Max Geißler

Jockele und die Mädchen

Roman aus dem Weimar des Jahres 1916

Max Geißler: Jockele und die Mädchen. Roman aus dem Weimar des Jahres 1916

Erstdruck: Berlin, Ullstein, 1916

Neuausgabe
Herausgegeben von Karl-Maria Guth
Berlin 2016

Umschlaggestaltung von Thomas Schultz-Overhage unter Verwendung des Bildes: Ivan Kramskoy, Kinder im Wald, 1887

Gesetzt aus der Minion Pro, 11 pt

Verlag: Henricus - Edition Deutsche Klassik GmbH
Mörchinger Str. 33, 14169 Berlin, info@henricus-verlag.de
Druck: Libri Plureos GmbH, Friedensallee 273, 22763 Hamburg

ISBN 978-3-86199-832-7

Bibliografische Information der Deutschen Nationalbibliothek

Die Deutsche Nationalbibliothek verzeichnet diese Publikation in der Deutschen Nationalbibliografie; detaillierte bibliografische Daten sind im Internet über www.dnb.de abrufbar.

Als wäre diese Geschichte nicht wahr – so wunderlich angetan mit allem Zierate der Romantik schreitet sie heraus aus dem grünen thüringischen Waldleben! Mit Zigeunern, die sich die Häuser aus bunten Lappen und Fichtenreisern erbauen und durch den Bergwald fliegen wie die Distelfinken, denen der Herrgott am letzten Schöpfungstage die Reste seiner Farbeschalen aufgetupft hat. Und mit einem alten Mädchen, das in besinnlicher Güte und Einsamkeit dem Herzschlag des Thüringer Waldes lauschte – auf einmal fiel der Veronika Sinsheimer ein Kind in die Hände, als sie schon daran dachte, wem sie das kleine Haus vermachen solle, wenn eines Tages der Mann im weißen Mantel über das Gebirge schritt, der die blauen Mohnkörner des ewigen Schlafes auswirft.

Das mit dem Kinde geschah ganz früh am Jakobustage – zu Sommeranfang, wenn die Drosseln das Silber ihrer Lieder über den Wald werfen wie die jungen Mütter des Christkindleins Haar um die Weihnachtstanne.

Die Häuslein sind um den Fuß der Vorberge gesäet wie die Weizenkörner; ein paar sind emporgeweht an die Hänge, und der Bergwald legt seine grünen Arme darum. Zuhöchst steht das des Fräuleins Veronika Sinsheimer – von weitem anzuschauen als ein Wildrosenbusch im Mai; denn es hatte frühlingsgrüne Mauern und ein hellrotes Ziegeldach, darin zwei blanke Augen, just wie das alte Fräulein selber.

An den Fenstern waren weiße Vorhänge, feuerrote Geranien und Glockenstöcke; die standen auch während des Bergwinters in lachendem Blühen. Kein Wunder, denn das Fräulein in dem Frühlingshause wandelte in einem freundlichen Spätlichte des Lebens, so warm und hell, daß die grämlichen Nebel der Altjüngferlichkeit sich darin niederschlugen als ein Tau in den Sommermorgen.

Die Leute von Ibenheim gingen gern bei ihr ein und aus; denn sie sprach eine feine thüringfremde Sprache. Die hatte sie mit aus der norddeutschen Heimat gebracht und schoß das »s« von dem feinen Bogen ihres Mundes wie einen Pfeil. Die zu ihr kamen, banden sich daheim eine saubere Schürze vor und strichen sich die Schuhe vor der Schwelle des Hauses ab, oder sie ließen die Pantoffel draußen stehen; denn um das Fräulein Veronika war alles blank.

Die lebte das Leben des späten Mädchens in Freude und erzählte keinem Menschen, daß sie hundertmal Gelegenheit gehabt hätte, einen Mann zu nehmen, oder daß gar einer wegen seiner Liebe zu ihr ins Wasser gegangen sei, sondern sie sagte: es wäre halt keiner gekommen, sie lieb zu haben, darüber wäre sie stehengeblieben. Und ihre Augen lachten das leise Lachen der Freude über diese Rede, weil sie dennoch mit dem Leben fertig geworden war.

Dies stille Leben lag vor den Augen all der Leute von Ibenheim, und doch war die feine kleine Person des alten Fräuleins für sie voller Geheimnisse. Aus jedem Stücke des Hausrats schaute eine ferne liebe Zeit, wie sie in den Erkerstuben alter Burgen eingefangen ist, die vordem einmal Kemenaten junger Frauen gewesen sind. Ahnungsreich lag der Duft von Lavendel um alle Körbchen und Decken, um Kissen und Polster, und Fräulein Veronika Sinsheimers reinliches Wesen trippelte zwischen diesen Dingen umher, und das Leben hatte kein Stäubchen auf sie geworfen.

Die Menschen sahen sich an ihr die Augen voll Sonntag. Und an dem Zinzilein, dem kleinen Mädel des Holzhauers, das an jedem Tag in das Frühlingshaus kam, war all der Sonntag hängengeblieben: es schoß das spitze »s« aus seinem Mündlein wie sie; seine kleine Zunge schwang in diesem Mündlein als gegen eine silberne Glocke, und wenn das Zinzilein aus der Hütte des Holzhauers über den Weg lief, ward der Waldsaum hell – in Kindern leuchtet das Scheinen der anderen Welt, aus der sie gekommen sind, rasch wieder auf.

Das Zinzilein blühte seinen fünfjährigen Frühling so in das Leben der alten Dame hinein und schüttete seine klingenden Fragen über sie, als es anfing, an dem Dasein herumzuraten: »Warum kann ich nicht in Deinem Hause schlafen, liebe Tante Veronika? Und warum sage ich zu Dir Tante und nicht Mutter? Warum bist Du nicht meine Mutter? Und was ist für ein Unterschied zwischen einer Tante und einer Mutter? Wenn ich groß bin – kann ich dann immer bei Dir sein, liebe Tante Veronika? Und warum ist es bei Dir so schön, so schön?«

Darüber kamen sie dann beide ins Raten; und wie eine Blume wandte sich diese junge Menschenblüte der Sonne zu, in der Fräulein Veronika stand. Den Namen Zinzilein hatte die Kleine für sich gemacht – er war aus der Zeit, da die Worte in dem jungen Munde noch manchmal durcheinanderpurzelten, aus Kreszenzia und Sinsheimer entstanden. Und weil es ein so wunderlicher Zusammenklang war, blieb er an dem Kinde hängen: als das ›Zinzilein‹ ist die Kreszenzia Laufer durch ihr Leben geschritten.

Aus dem unbewußten Blumendasein des ganz kleinen Holzhauermädels wurde gemach ein Menschenleben; und in seligem Erschauern ließ Fräulein Veronika das Glück dieses sachten Blühens in die Waldstille ihrer Tage rieseln und fühlte, wie es an ihrem vereinsamten Herzen zum Wunder ward.

Die Eltern des Zinzilein gingen zu Walde roden und aufforsten, und wenn der Schneewind über die Berge brauste, saßen sie bei der Heimarbeit, die in dieser Gegend Brauch ist: sie machten Puppen. Außer dem Zinzilein hatten sie kein Kind; und dies eine ward ihnen fremder mit jedem Tag. Es dachte anders und redete anders als Vater und Mutter. Und wenn das Zinzilein des Abends heimkam und aus seinem Frühlingsherzen heraus über sie schüttete, was das alte Fräulein am Tage hineingelegt hatte, merkten sie, daß das Kleine ein Gast in ihrer Waldhütte geworden war. Dann gaben sie sich Mühe, so fein mit ihm zu sprechen, wie es selber sprach, und standen vor ihm in feierlicher fremder Freude wie vor einer Tulpe, die ihnen auf den Geburtstagstisch gestellt worden. Wenn das Zinzilein nebenan in seinem Bette lag, holte die Mutter jedes Stück herzu, das es auf seinem Körperlein getragen, ließ ihre harte Hand darübergleiten und drückte es gegen die Wangen, zu fühlen, wie sanft es sei. Oder sie hielt das Kräuschen aus alten Spitzen gegen das Licht der Lampe, den feinen Lauf der Fäden zu sehen; denn Fräulein Veronika sorgte für alles – auch dafür, daß sich das Kinderherz den Eltern nicht völlig abwende. Und das war sehr schwer.

Sie badete es an jedem Tage des Sommern in einem klaren Bergquell, der aus dem schwarzen Wurzelgrunde heraus sich in ein Sonnenbett legte und das Glück des Himmels und Lichts in sich trank, ehe er als fußbreites Wasser in die Welt lief. Sie lehrte das Kind, diese Welt durch ihre klugen, reinen Augen zu sehen, und schloß ihm auf jedem Gang in den Frühling ein Wunder der Erde auf.

Es schien, als wäre die unerforschliche Macht, die die Menschen Schicksal nennen, zu der späten Erkenntnis gelangt, daß diesem Fräulein Veronika das herrlichste Mutterherz geschenkt worden, das sich denken ließe – da legte es ihr das kleine fremde Mädel in die Arme; denn das Kleinod dieses Frauenherzens, das kein Mann gefunden hatte, durfte nicht in Vereinsamung verloren gehen. Und dies Schicksal erkannte auch, daß dies Frauenherz unerschöpflich sei an hingebender Liebe und

Klugheit ... am frühen Morgen des Jakobustages, als das Fräulein Veronika sein Spitzenhäubchen auf die ergrauenden Haare gesetzt hatte und gleich einmal nach dem Zinzilein ausschauen wollte, ob es schon am Waldrand herüberschreite ... »Na«, sagte Fräulein Sinsheimer, »wer hat mir denn da etwas auf die Haustürschwelle gelegt?«

Sie beugte sich ein wenig nieder und machte die Augen weit. Es war ein Bündel aus grauem Wolltuch. Sie rührte ein wenig mit ihrem weichen Morgenschuh daran. Da wackelte etwas unter dem Tuche. Und sie tastete mit ihren Fingern darüber. Da kneckerte ein Lebendiges in dem Bündel – »Na!«

Es war aber weder ein junger Hund noch eine junge Katze darin, sondern ein leibhaftiges Menschlein, in Dinge gewickelt, die große Armut als Windeln ansehen konnte. Und daneben kniete das gütige alte Mädchen und wußte nicht, was es mit sich selber anfangen sollte.

Da kam ein wunderliches verzweifelte Lachen über sie. Sie trippelte durch die Stuben und durch die Küche, und ihre besonnenen Hände begannen umherzugreifen, als könnten sie einen der vielen flatternden Gedanken erhaschen. Sie legte die Hände vor den Mund, als müsse sie dies hilflose Lachen ersticken, das gar keinen Platz hatte in diesem seltsamsten Augenblick ihres Lebens ...

»Na, na, und gar ein Bübchen!« schrie sie aus ihrem gepreßten Herzen heraus. Aber dieser Ruf war schon Glück; denn er brach aus ihr hervor wie die Sonne aus dem verstürmten Märzhimmel.

Dann lief sie und nahm das große Bündel auf ihre Arme und trug es in die Küche und aus der Küche in das Zimmer und aus dem Zimmer zu ihrem Bette und legte es darauf. Und alle Türen standen offen, da lief ein goldener Morgenwind ins Haus und lief um sie her, und sie legte in ihrer freudigen Not eine Serviette dreieckig zusammen und das braune Bübchen darauf und deckte es mit ihrem weichen Deckbett zu bis an die Nase.

Zu all dem sagte der Junge gar nichts; als Zeichen seines lebendigen Unverständnisse wackelte er einmal mit den Lippen eine saugende Bewegung, beschied sich aber, ballte die Fäustlein, legte sie an seine Wangen und schlief sich tief in die wohlige Wärme dieses Bettes und neuen Lebens hinein wie ein Maulwurf.

Als das kleine braune schlafende Ding mit dem glänzenden Fellchen auf dem Kopfe nicht mehr in den Lumpen war, faßte Fräulein Veronika die Hülle mit sehr spitzen Fingern an und legte sie auf ein Zeitungspapier ... da klapperte etwas auf den Fußboden. Es war ein silberner Ohrreif, der der Mutter über der Hast und dem Schmerze des Scheidens entfallen sein mochte; oder eine der kleinen Hände hatte über dem letzten Kusse stürmischer Liebe nach einem Halt gesucht; oder die große Herzensnot der Frau hatte dem Kinde das einzige Besitztum mitgegeben, dem sie noch einen geringen Geldeswert beimaß.

Das Fräulein verwahrte den Ring in einer Glasschale auf der Etagere; aber die Hüllen trug sie in dem Papier hinaus und legte sie rechts neben die Schwelle.

Da kam das Zinzilein, wie der Frühling, der über die Berge steigt – der Morgenwind nahm es an der Hausecke gleich ein bißchen beim Kopfe; aber das Mädel stellte ihn darüber zur Rede: »Was fällt Dir denn ein? Du verstruwelst mir ja ganz meine Haare!« und schubste mit seinen kleinen Händen vor sich in die wehende Bergluft.

Fräulein Veronika führte das Zinzilein gleich an das Bett, und weil sie auf den Zehen ging und die Augen voller Geheimnis hatte, mußte etwas ganz Wunderbares in diesem Bette sein.

Da sah das Zinzilein das blauschwarze Fellchen und sah die kleinen Läden, die über die Augen herabgelassen waren ... aber das Wundern dauerte nur einen Augenblick, dann krümmte sich das Zinzilein in leisem, über die Maßen lustigem Lachen, und damit es nicht laut werde, klemmte es die Hände zwischen die Knie und lachte in einem fort. Dann warf es seine Arme stürmisch um Veronika.

»Das ist aber eine feine Geschichte!« sagte es. »Ich werde jetzt gleich laufen und meinen Puppenwagen holen!«

»Nein«, sagte das Fräulein, »der ist viel zu klein.«

Und sie gingen miteinander in die Küche, wo das Wasser zum Morgenkaffee noch immer wallend gegen die Stürze des Topfes stieß, und ließen die Tür ein wenig offen.

»Weißt Du«, sagte das Zinzilein und redete ganz leise, »ich werde mich so lange an das Bett setzen, bis er aufwacht! ... Ob man ihm nicht einmal die Augen ein wenig aufklappen könnte?«

»Ach lieber gar«, sagte Tante Veronika. »Zuerst gehst Du einmal zum Gemeindevorsteher und sagst zu ihm: Sie möchten, bitte, gleich einmal zu Fräulein Sinsheimer kommen – es ist eine sehr wichtige Sache.«

Das Zinzilein mußte diese Worte dreimal wiederholen, lief damit einen Steinwurf weit den Berg hinab zum dritten Hause und sah den

Vorsteher in seinem Garten. Da hielt es sich an einem Zaunstänglein fest und schrie: »Die Tante Veronika hat ein Kind gekriegt – es hat einen schwarzen Kopf, und Du sollst schnell kommen. Es ist eine großartige Sache!«

Herr Peter Squenz wußte, daß das Zinzilein ein unterhaltsames kleines Mädchen war, aber diese Botschaft schien ihm im höchsten Grade sonderbar. Er trat zu dem Kind an den Zaun, und weil er lachte, kam die Kleine ein bißchen aus dem Gleichgewicht. Da sah er, daß das Gesicht verängstigt war; denn das Zinzilein merkte, daß es die Worte der Tante über der Wichtigkeit des Augenblicks ganz vergessen hatte, aber es verließ sich auf sich selber und drängte: »Komm nur! Ein wirkliches richtiges Kind hat sie, liegt im Bette und hat die Augen ganz fest zu.«

Da dachte Herr Squenz, dem Fräulein Sinsheimer müsse etwas zugestoßen sein, warf sich schnell den Rock über und ging mit dem Zinzilein. Das redete immerfort von dem Kinde und seinem Sammetfellchen, und brauchte altkluge Worte, die wunderlich in dem kleinen Munde standen, aber als Herr Peter Squenz das Fräulein in der Haustür stehen sah, geriet seine lustige Neugier in abgrundtiefe Verwirrung.

Da mußte Fräulein Sinsheimer einspringen und ihn auf den rechten Weg führen. Die Sache war anders, aber sie war nicht weniger wunderlich; denn von dem kleinen Trupp Zigeuner, der in der Mondnacht durch den Bergwald gezogen war, hatte niemand etwas gesehen. Und weil das Fräulein Veronika auch erkläre, sie wolle für das Kind sorgen, wenn sich die Mutter nicht fände, und es solle der Gemeinde nicht zur Last fallen, so hatte Herr Peter Squenz weiter nichts zu tun, als den Vorfall mit dem Protokoll und der Unterschrift der Pflegemutter an seine Behörde zu berichten. In den umliegenden Dörfern und Städten blieben die Nachforschungen erfolglos. Die blanken Reden, die ins Ländchen liefen, versickerten, und es versickerte der Eifer der Behörden. So hatte Fräulein Veronika Sinsheimer zu dem blonden Zinzilein einen kleinen schwarzen Jakobus bekommen, den ihr recht gerne kein Mensch streitig machte. Diesen Namen hatte sie ihm gegeben nach dem Tage, an dem er gefunden worden. Etliche meinten zwar, er müsse Moses heißen: denn ob er aus dem Wasser oder aus dem Walde gezogen sei, wäre nicht so wichtig. Das Fräulein mochte davon nichts wissen.

Es blieb aber auch nicht bei dem Jakobus, denn das Zinzilein machte einen Jockele daraus und war mit seinem hellen ahnungsvollen Herzen um ihn und lebte sich in seiner Freude an ihm in ein sorgendes leuchtendes Glück; und die Tante Veronika lebte sich darüber hinein in die leuchtende Ewigkeit.

Natürlich hatte es Tante Veronika damit nicht eilig; denn Festungen, die ihm so sicher sind wie das Grab, pflegt ein weltfrohes Menschenherz nicht im Sturm zu erobern.

Es war nun doch ein großer Wandel der Dinge im Leben der alten Dame eingetreten: mit seinem kleinen Fäustchen warf das am Waldrand aufgelesene Büblein das stille Gleichmaß des blumenhaften Daseins einfach über den Haufen. Die rote Knospe seines Mundes faltete sich erst so leis auseinander, da herrschte er schon als König in seinem Reiche. Die blauen Wunder seiner Augen, in denen noch kaum etwas anderes war als die rätsellose Unbewußtheit des Himmels, machten das Wetter im Frühlingshause. Und weil er gewöhnlich nach Tante Veronika rief – mit Lauten, die ebensogut von einem Maikätzlein hervorgebracht werden konnten – wenn diese gerade in der Küche zu tun hatte, so mußte ein Mädchen ins Haus. Es waren da überhaupt hundert Dinge um seine kleine Majestät zu verrichten, deren viele recht unköniglich aussahen und die am besten einer dienenden Person überlassen wurden; denn zur Betätigung der unerschöpflichen Liebe blieb auch ohne jene Pflichterfüllung Gelegenheit genug.

So war das Haus am Bergrand vollgeworden zum Überlaufen, und die Tage begannen darin zu rennen wie die Windrädchen. Aber sie waren auch lustig wie diese, und es dauerte gar nicht lange, so hatte das Fräulein Sinsheimer wieder alles in seinen feinen weißen Händen, und die kleinen Sonnen, die sie sich an den Späthimmel des Lebens gestellt hatte, richteten ihren Gang nach dem großen Licht ihres Herzens.

Darüber lernte das Bübchen seine Freude in die Welt jubeln, und das Zinzilein fand sich in ahnungsvoller Hingabe in die seltsame Rolle, die es diesem Jungen gegenüber zu spielen berufen war. Es ward ihm Schwester und Mütterchen; es herrschte und gehorchte; es ward Pol und Kompaß, Saat und Sonne für das kleine Herz und schlang von einem zum anderen das Kettlein einer Liebe, das köstlicher war als Gold.

Weil es dem eigenwilligen Wunsche Jockeles entsprach, zog das Zinzilein in diesem Sommer ganz in das Frühlingshaus. Der Junge, dem Tante Veronika nachdrücklich klar gemacht hatte, daß es ein Gesetz des Wohlbefinden sei, die Nacht zum Schlafen zu benutzen, fand sich darein als in eine unverletzliche Pflicht. Und das Zinzilein war zu der Erkenntnis gelangt, daß man einem kleinen Menschen die Augendeckel nicht aufklappen dürfe, wenn sie heruntergelassen werden, und daß man so feine Härchen nicht stundenlang mit den scharfen Zähnen eines Staubkammes bearbeite. Dabei hatte sie Tante Veronika einmal ertappt, als es schon ganz rot unter dem Sammetfellchen hervorleuchtete. Man durfte einen Jungen auch nicht an einem Beine herumschlenkern wie eine Puppe. Es war überhaupt eine viel künstlichere Sache mit einem richtigen kleinen Menschen, und weit unterhaltsamer; denn der Jockele, als er sitzen konnte, bemühte sich nicht nur, dem »großen« und sehr klugen Zinzilein alles nachzutun, sondern er erfand auch eine Sprache, die das Zinzilein besser verstand als alle anderen.

Daß es nicht in dieser Sprache mit ihm reden durfte, war verdrießlich. Aber die Tante war gewöhnt, daß man Ordre pariere, und so mußte das Zinzilein in seiner klaren und reinen Sprache schon mit dem ganz kleinen Jockele verkehren. Und merkwürdig – die Tante war in dieser Sache zu keinem Entgegenkommen zu bewegen … die gütige, allerliebste Frau, die es gab! Und sie ließ sich nicht einmal auf Erklärungen ein.

Darüber geriet das Herz Zinzileins beinahe in Not, und das Mädchen Mali wurde von ihm zu Rate gezogen. Es fand sich in dem wunderlichen Willen der Tante Veronika aber auch nicht zurecht. –

Die Kinder schliefen droben in der Giebelstube, und das Zinzilein hatte sich von der Sorge um die Nächte ein für allemal frei gemacht mit der Frage: »Wenn der Jockele kneckert, soll ich dann aufwachen?« –

»Nein«, hatte die Tante gesagt und behauptet, sie schliefe so leise, daß sie die Träume der Kinder kommen und gehen höre.

Von nun an änderte sich durch eine lange Reihe von Jahren nichts mehr; denn das Glück bleibt gern zu Gast in einem Haus, in dem man zufrieden mit ihm ist. Nur weil die Menschen immer an ihm herumnörgeln, ist es so scheu geworden, und es muß einer in dieser Zeit oft meilenweit wandern, um es einmal über den Weg laufen zu sehen.

Seit das Zinzilein im Haus am Walde wohnte, hatten sich auch die Holzhauerleute mit dem Dasein des kleinen Jakobus abzufinden versucht, denn denen war der Junge wie ein Meteorstein in die Suppe gefallen. Armut ist immer eigensüchtig und wird darüber noch ärmer.

Einmal erschien die Mutter des Zinzilein bei dem Fräulein Veronika. Sie hatte sich zu dem Gange äußerlich zurecht gemacht wie ein Dorfsonntag und gab sich redlich Mühe, frohmütig zu erscheinen. Aber was sie sagte, kam aus einem angesäuerten Herzen; denn der Puppenmacherin Barbara Laufer wollte just der schönste Pott ihrer Hoffnung in Scherben gehen und klirrte vernehmbar in ihre Rede: das Zinzilein würde nun wohl übrig werden ... Und von dem kleinen Mädel sprang sie gleich mittenhinein in ihre saure Weltanschauung, vor der die Milch auf dem Teetische zusammenrinnen konnte.

Aber Tante Veronika wußte derartigen Ausfällen zu begegnen.

Was sie sich an Lebensglück und an Freude zurechtgerichtet hatte, stand mit einer etwas spitzen Überlegenheit gegen die Menschen, und es hätte wie Feindseligkeit ausgesehen, wenn Veronika eine Unterhaltung über derlei Dinge jemals eingegangen wäre; denn die Lebensauffassung dieser Menschen baut sich auf die Weisheit: Wir können anfangen, was wir wollen – wir haben kein Glück und sind an die Schattenseite des Daseins gesetzt. – Fräulein Sinsheimer aber sagte: Jeder Mensch hat vom Glücke genau so viel, als er sich erzwingt. Und in ihrem Munde lag das unausgesprochene Wort: »Sie haben alle nicht das Geschick, glücklich zu sein!«

Und damit hatte das Fräulein recht. Die leuchtende Weisheit der wenigen Stillen im Lande war auch die ihre geworden; denn zuletzt sind es doch nur diese Stillen, die in allen Stücken mit dem Leben fertig werden. Aber sie wußte auch: es würden alle an ihr herumnagen wegen dieser Erkenntnis, sobald sie einmal ihre Zunge davonlaufen ließ, und man würde sie als eine verrückte alte Jungfer ausrufen.

Sie hütete sich, die Menschen zu bessern und zu bekehren, damit ihr nicht die eigene Sonne über diesem müßigen Beginnen auslösche. Sie ließ sich tausendmal sagen: »Ja, ja, das Fräulein Sinsheimer hat das Große Los des Lebens gewonnen!« Aber sie verriet keinem, wie töricht diese Rede sei, und daß sie selbst auf ein in Tränen ertrunkenes Dasein zurückschauen würde, wenn sie ihren vereinsamten Jahren nicht eine Fülle von Licht mit aller Weisheit und Zähigkeit ihres Herzens abgerungen hätte.

An einem Sonntagnachmittag um die Teestunde brach die Barbara Laufer in das Frühlingshaus. Sie ließ aus ihren ungeschickten Worten herauf merken, daß der Eindringling Jakobus dem Zinzilein leicht ein Glück streitig mache. Dies Glück hatten sie in dem Holzhauerhause schon mit heimlicher Freude gehätschelt.

Über allem rückte das Fräulein seinen Stuhl mit Entschiedenheit in die Sonne, faßte das flache altmeißener Schälchen mit drei spitzen

Fingern und schlürfte ihren Tee mit jener süßen Behaglichkeit, gegen die keine Säuernis verknitterter Herzen ankommen konnte. Sie wäre gewöhnt, ihr Haus und ihr Leben selber zu bestellen, sagte sie, und fand dafür so feine und blanke Worte, daß die Frau Barbara in ganz demütiger Dankbarkeit zuhörte und mit der Erkenntnis davonging, sie wäre nahe daran gewesen, eine fürchterliche Dummheit zu machen.

Als ihr Mann sie vom Waldsaume her gegen das Haus kommen sah, schritt sie voll unverrichteter Dinge ihres Wegs.

Er fragte an ihr herum, ob sie denn nicht von Leben und Sterben geredet habe? Es könne doch einem alten Menschen einmal etwas zustoßen, und dergleichen.

Aber die Frau Barbara meinte, so weit wäre sie gar nicht gekommen, und er solle nur selber zusehen, wenn er sich einbilde, er mache es besser. Danach knurrten sie sich noch ein bißchen an, trösteten sich zuletzt aber mit der Weisheit, daß ein gesprungener Topf oft recht haltbar wäre. Sie trauten sich dabei nicht, die Sache mit dem rechten Namen zu nennen, und hatten doch schon so lange daran herumgedacht.

Das Fräulein Sinsheimer aber hatte sich in ihrem Leben nur ein einziges Mal überraschen lassen. Das war an jenem Sommeranfang gewesen, als ihr die Vorsehung den kleinen Jakobus in die Arme gelegt hatte. Nun war längst alles wieder in schöner Ordnung in ihrem Herzen, und es war fertig zum Leben und zum Sterben. Die Puppenmacherin Barbara Laufer brauchte gar nicht zu kommen, um einmal nachzuschauen, wie die Sachen stünden.

Aber die sehnerigen Augen der Leute von Ibenheim rieten vergeblich an der geheimnisvollen Freude des Fräuleins vom Berge und an ihren Absichten für die Zukunft herum.

Die Freude an den Kindern bekam ein helleres Herz mit jedem Tage; denn es blühte an ihnen alles licht hinein in das Leben. Nur das Mädchen Mali war ein Ding im Hause, dem das Glück über dem Zusammensein mit den anderen Menschen längst keine Selbstverständlichkeit mehr war. Um Mali schauerten um diese Zeit die kühlen Tage des späten Mädchenlebens, in denen die Lippen ihre Sehnsucht zu vergessen haben, und es doch nicht können. Malis Herz spähete aus vom Turme der höchsten Zeit, ob sich eine Stätte finden ließe, von der es sagen könnte: Hier bin ich daheim.

So hatte Fräulein Veronika auch ihr Sorgenkind, das nicht gleich in die Sonne des Hauses als in sein fröhliches Besitztum hineinwuchs. Aber es fiel ihr nicht ein, dem Mädchen Mali Wohltaten für die kommende Zeit zu verheißen, sondern sie schrieb einfach unter den letzten Willen, durch den sie die Kinder bedacht hatte, daß die Mali – wenn sie die Kleinen bis zur Mündigkeit erziehe – in der oberen Giebelstube des Hauses für den Rest ihres Lebens Wohnung haben solle, und setzte ihr einen Geldbetrag aus.

Das Mädchen erfuhr von alledem nichts, und Fräulein Sinsheimer war zu jeder Stunde bereit, diese Bestimmung durch eine andere zu ersetzen, wenn Mali der Ansicht wäre, das Glück finde sich im Lande irgendwo für sie leichter als an dem hellen Herdfeuer des Frühlingshauses.

Und als sie sich derart auch mit ihrem Sterben auseinandergesetzt hatte – damit sie sich Grab und Himmel nicht vergälle – nahm sie die große Kunst mit aller Zähigkeit wieder auf, das Leben in klarster Bewußtheit zu leben. Sie empfing jeden Tag aus den Händen ihres heiteren Gottes als ein Geschenk, das sie in grenzenloser Hingebung austeilte an alle, die in ihrem Hause waren.

Tante Veronika hatte dreißig Jahre tiefster Sommereinsamkeit ihres Lebens mit Bergwald, Büchern und sich selber verbracht. Darüber kann der Mensch ein wunderlicher Kauz werden und eine so zerknitterte Seele bekommen, daß sie der Stahl des blankesten Glücks nicht wieder ausplättet. Er kann aber auch zu einer lichten Höhe mit erhabener Rundschau über alles Menschentum gelangen, für die besondere Gesetze des Lebens geschrieben sind.

Für Tante Veronika galt beides.

Sie war aus der langen Stille nicht ganz ohne Knitter hervorgegangen, aber die waren an ihr als feine Besonderheiten; und wenn sie da und dort Ähnlichkeit mit jenen Brüchen hatten, in denen sich der Staub der Altjüngferlichkeit festsetzt, so verbarg sie das unter dem Takt ihres geläuterten Frauentums und blies diesen Staub nicht durchs Haus nach der Gewohnheit jener Frauenzimmer, in denen verwelkte Jahre ihre Verwüstungen anrichten. Schon das Wort Staub verursachte ihr das Unbehagen einer nahenden Krankheit, und wenn sie es ausgesprochen hatte, rollte sie die Spitze der Zunge hinter den Zähnen in dem Gefühle, es sei von der grauen Wolke, die darübergestrichen, etwas hängen geblieben. Aber sie wedelte nicht als ein lebendig gewordenes Wischtuch durch das Haus. Und da sie dies Haus vor dreißig Jahren erbaute, geschah es in der weisen Erwägung, daß sie an dem sonnenvollen Rande des Buchenschlages so hoch über allem stehe, was innerhalb der menschlichen Gemeinsamkeit wie Staub auffliegt, als es einem Menschen möglich ist, der einsam sein will, ohne sich in die Welt feindseliger Einsiedelei zu vermauern.

Sie hatte in diesen dreißig Jahren die hellen Augen frohsinnig in die Welt gerichtet und hatte in der Rolle des vergnügten Zuschauers das Wundern nicht verlernt. Sie stand der neuen Zeit mit dem Respekte gegenüber, den große Wandlungen der Dinge zu beanspruchen haben, und redete nicht nach der Art alternder Leute mit wehmütigem Bedauern von der guten vergangenen Zeit, weil sie mit der neuen nicht mehr Schritt halten können – hoho, diese Tante Veronika schloß sich ihre Tage auf, als hätte sie eine Geschichte der Entwicklung des deutschen Volkes im zwanzigsten Jahrhundert vor! Und als der erste Zeppelin über die Wälder im Herzen Deutschlands donnerte, wunderte sie sich, daß man darauf so lange habe warten müssen, und sie sagte zu Herrn Peter Squenz: »In fünfzig Jahren werden die Menschen über die Maßen lustig sein bei dem Gedanken, daß ihre Großväter mit solch einer Explosionsmaschine die Fahrt in die Welt des gestirnten Himmels begonnen haben; den Mut werden sie bewundern, aber die Weisheit, die mit Gas und Funken durch die Lüfte reiste, werden sie belächeln.«

Herrn Peter Squenz, dem gerade das Herz in seligem Stolz auf die Zeit erschauerte, in der er lebte, sah Fräulein Sinsheimer mitleidig aus den Winkeln seiner Augen an und sagte, die Errungenschaft sei eine Sache, über die hinaus es einfach nicht mehr ginge.

Fräulein Veronika aber lächelte und antwortete: »Schade, daß wir in fünfzig Jahren beide irgendwo im All herumwirbeln oder etwa als wilde Rosen an einer Berghalde unsere Sommerseele in heiterem Blühen verhauchen und uns über unsern heutigen Zusammenstoß nicht mehr unterhalten können!« Dann lachte sie ihm so überlegen ins Gesicht, und das erhabene Bild des Luftkreuzers versickerte im Blau über dem Gebirge. Herr Peter Squenz aber dachte: »Was richten Bücher, Gedanken und Einsamkeit in von Natur ganz vernünftigen Menschen für heillose Verwirrungen an!«

Nun hatte Fräulein Sinsheimer aber weder den Ehrgeiz, ein gelehrtes Frauenzimmer zu sein, noch war sie vom Dichterwahn oder den Emanzipationsgelüsten ihrer städtischen Schwestern befallen; sie predigte weder die Erlösung vom Manne – was in ihrer manneslosen Lage nicht unverständlich gewesen wäre – und forderte auch nicht das Frauenstimmrecht … aber schon daß sie ein ganzes Regal voll Bücher besaß und sich sogar mit ihnen belästigte, war für Ibenheim bei Waltershausen eine unerhörte Tatsache. Und die hätte genügt, die Besitzerin so vieler gedruckter Gelehrsamkeit zum Gegenstand sorgsamer Beobachtung ihres Geistes zu machen, wenn das Fräulein das Bedürfnis gefühlt hätte, den Leuten häufiger in ihrer Überlegenheit zu begegnen. So aber hatte sie sich die herrlichste aller Künste in vollkommenem Maße zu eigen gemacht: sich vor der Welt ohne Haß zu verschließen. Und ihr kleines Reich blieb für alles, was draußen lag, uneinnehmbar.

Als der Jockele seinen Einzug in das Frühlingshaus gehalten hatte, rieten die Leute eine Zeitlang wieder lebhafter an den Dingen da oben herum und sagten: Wenn ein Mensch keine Sorge hätte, so mache er sich welche – an dem Jungen von dunkler Herkunft werde sie ihr Wunder schon noch erleben! Etliche mutmaßten sich darum in eine wilde Zukunft hinein und sahen den Jakobus Sinsheimer, der doch wahrscheinlich ein Zigeuner wäre, als Räuberhauptmann sein Unwesen in den thüringischen Wäldern treiben.

Einmal brachte das Mädchen Mali solchen phantastischen Klatsch mit aus dem Dorfe. Das war sehr heilsam für sie, denn sie erkannte an der hellen Empörung ihres Herzens, wie sie sich in ihrer Denkart allgemach loslöste von den Schichten, aus denen sie gekommen war.

Tante Veronika lachte ihr vergnügtes Lachen darüber und sagte einige Worte über die Macht der Erziehung, die nicht nur den Leuten von Ibenheim, sondern der Menschheit im allgemeinen noch ein Buch mit sieben Siegeln sei … Doch – das war wieder einmal eine der gelehrten Reden des Fräuleins, die das Mädchen Mali nicht ganz verstand. Aber zu denken hatte ihr diese Unterhaltung gegeben, und sie lenkte das Gespräch in der Folgezeit immer wieder einmal darauf zurück; denn der Unterschied zwischen der Blütenfreude des kleinen Jockele und einem angehenden Räuberhauptmann hätte schließlich doch selbst einem Holzhauerverstande eingehen müssen.

Weil es nicht in dem Wesen des Fräuleins lag, so schulmeisterte sie weder an Mali noch an den Kindern herum. Sie ging zwischen diesen drei Menschen einher wie zwischen den vielen, vielen Rosen ihres Gartens, und ließ blühen und ranken nach eigenen Gedanken, bis die Natur einmal sich selber im Wege war. Wie sie des Morgens mit der kleinen blanken Rosenschere durch die Sommerbeete wandelte, so schuf sie mit der klaren Feinfühligkeit des Herzens auch Ordnung in der überschießenden Seligkeit des jungen Lebens. Und die Regel, in die sich dies Leben hineinlief, hieß: der Wille zum Glück.

Nicht weit vom Hause lag eine Sandgrube, die war voll Sonne, und um ihre Säume wob der Sommer blühende Borden. Da senden die Kerzen des Natterkopfs, und an jeder brannte ein Dutzend blauer Flämmlein und leuchteten über die goldene Einsamkeit der Sandhalde. Da war ein Wildrosenbusch, da war purpurner Steinklee - es brachte jeder Monat ein paar Hände voll neuer Blumen, es brachte auch jeder dem Buchwald eine neue Farbe des Kleides, und zuletzt den scharlachenen Königsmantel. Und als das große Rauschen der Wälder gekommen war, fuhr der Wind über den Sandbruch hinweg, und es war, als hätte sich aller Sommersonnenschein in der Kuhle gesammelt.

Das Zinzilein war über diese Wahrnehmung ganz außer sich vor Freude, kletterte hinab in den gelben Trichter und sah zu, wie der Wind droben an den Rändern die bunten Blätter als Kreisel trieb. Er jagte ihrer gleich hundert auf einmal in wirrem Tanze dahin, immer auf dem schmalen Rande - wenn eins davon an den Hang entwischte, durfte es nicht mehr mitspielen; denn in dem Trichter war es still und warm wie an einem schönen Sommertage. Da sagte das Zinzilein: der Sandbruch wäre ihr goldenes Haus; aber die Mali meinte, das Haus hätte ja kein Dach, also wäre es keins. So genau ginge das nicht, sagte wieder das Zinzilein, wurde aber auf einmal schweigsam und patschte mit seinen kleinen Händen die Mauern der Sandburg fester, die sie während der vorigen Tage gebaut hatten. Nach einiger Zeit sagte es: »Mali, es ist ein Loch, und es ist voll Gold - und wenn es kein Haus sein kann, so ist es ein Brunnen; denn ein Brunnen hat auch kein Dach.« - »Aber in einem Brunnen ist Wasser«, wußte die Mali. - »Haha«, lachte das Zinzilein, »in unserem ist etwas viel Feineres - guck nur, es ist ein ganz goldener Brunnen!« Da guckte die Mali und fand das nun wirklich.

Von Stund an hieß der Sandbruch der Goldbrunnen. Zwar - dies Wort hatte zuerst die Tante Veronika ausgesprochen, als sie ihr erzählten, was sie heute miteinander geredet hätten; aber das Zinzilein hatte doch die ganze Sache erfunden. - Der Wildrosenstrauch hatte nun Hagebutten mit schwarzen Mützen, und die Mali lehrte davor das Zinzilein das Lied von dem Männlein, das still und stumm im Walde steht und sein Mäntlein aus lauter Purpur umhat. Der Gesang der Mali war scheußlich, aber das Lied war fein.

Manchmal ging auch Tante Veronika mit in den Goldbrunnen. Zuvor war sie über den farblosen Schacht nie erfreut gewesen, der mit in ihrer Umzäunung lag, aber nun waren die Kinder darin vor allen Einbrüchen und vor der Zerstörungswut junger Dorfgenossen sicher. In den Tagen des Herbstes sammelten Veronika und Zinzilein Samen von hundert Blumen, und das Zinzilein kroch an den Hängen des Goldbrunnens herum, schaufelte da und dort ein Loch und legte Samen und bessere Erde in den Sand und wollte auch gleich warten, bis es wüchse.

Als wieder Tage voll Sonne den pfeifenden Bergwinter vertrieben und die Kätzchenweide im Goldbrunnen schon Wolken gelben Blütenstaubes in den Frühling warf, spazierte der Jockele auf eigenen Füßen in den Sandbruch, kam aber nicht weit über den Rand, an dem im Herbste die bunten Buchenblätter gelaufen waren; denn dann geriet er ins Kugeln und schoß kopfüber kopfunter auf den Grund des Trichters. Das war eine peinliche Geschichte, hätte ihn aber keine Träne gekostet, wenn die Mali und das Zinzilein nicht mit so schrecklichem Schreien hinterdreingelaufen wären, als müßten sie nun alle seine Beinchen zusammensuchen.

Darüber merkte der Junge, daß etwas mit ihm passiert sei, aber er hätte es mit jungmännlicher Tapferkeit getragen, wenn die beiden Mädchen nicht in ein erlösendes Lachen verfallen wären, als er sich den langen Weg mit verständnislosen Augen betrachtete, den er in Purzelbäumen durchmessen hatte. Da begann er ein gefährliches Heulen, bis man ihm den Sand aus Mund und Nase gewischt hatte und ihm aus sorgenden Herzen versicherte, daß er noch ganz sei.

Im Jahre darauf hatte er schon ein Holzschwert und lief dem Zinzilein damit entgegen, wenn es aus der Schule kam.

Als er diesen Weg in die Welt zum ersten Male schritt, hatte er gleich einen Kampf zu bestehen. Auf dem Anger vor dem Hause des Herrn Peter Squenz sonnte sich nämlich eine Gänsemutter mit ihren sechs Kücken. Die Kinder stiegen so sachte daran vorüber, auf einmal ward der Hals der alten Gans zu einer zischenden Schlange und schoß ihnen entgegen. Das Zinzilein überkam der Schreck, aber der Jockele riß sein Schwert aus dem Gürtel und fuchtelte damit bedrohlich in der Luft herum. Da mußte die Frau Peter Squenz kommen und ihn retten.

»Ha!« sagte er mutig, als ihn die Squenzin wieder auf sicheren Grund gestellt hatte – »ha!« Aber in diesen Ruf der Tapferkeit gewitterte es sachte aus überstandenen Fernen.

Der Goldbrunnen erhielt in den folgenden Jahren das Aussehen eines Bahnhofsneubaus. Man konnte dabei aber auch an die Anlage einer Kupfermine denken.

Als Jockele dann in die Schuljahre hineinwuchs, standen ihm die Sandburgen, die unter jedem Gewitterregen einstürzten, nur noch in lächelnder Erinnerung; denn da hub er ein lebensgefährliches Graben in der Sandkuhle an ... Holzhauer hatten beim Stöckeroden am Saum einer Waldau ein Hockergrab gefunden, dazu Waffen und Urnen. Deshalb wollte auch er in forschendem Eifer ein Stück Weltgeschichte zutage wühlen.

Das betrieb er, bis er einmal die Schule vergaß und Tante Veronika selbst sich auf den schwierigen Weg in den Goldbrunnen machte. Da kroch er aus den Röhren im Sande wie ein Fuchs aus dem Bau, und die Tante hatte Gelegenheit, ein bißchen Wildwuchs zu beschneiden. Das Zinzilein war in dem Sandbruch nun schon ein seltener Gast geworden, und die Mali war seit Jahren nicht mehr hinabgestiegen. Da nahm der Jockele in Jungenweise überhand. Aber in dieser Stunde bewährte sich die Erziehungskunst der alten Dame wieder einmal ausgezeichnet –

»Ich hätte Dir sagen sollen, daß solch eine wilde Hantierung für einen Jungen gefährlich ist. Hast Du denn gar nicht daran gedacht, daß die Sandmassen über Dir zusammenbrechen könnten?«

»O ja«, sagte der Jockele, »wenn jemand darauf herumliefe, könnte das wohl sein.«

Da leitete sie ihn zu einer besseren Erkenntnis, und dann mußte er sein Ränzlein überhängen und in die Schule gehen, die schon längst angefangen hatte.

Das war eine furchtbar peinliche Geschichte; denn als er über die Schwelle trat, spießten ihn die Blicke aus hundert Augen auf; und als er dem Lehrer berichtete, wie er zu der Verspätung gekommen, brandete ein Lachen aus fünfzig Kinderkehlen um ihn, daß es ihm ganz rosenrot vor den Augen wurde. Während er dann auf seinem Bänklein saß, sauste ihm ein Sturm in den Ohren, als ob er die große Seemuschel von Tante Veronikas Wandbrett daranhielte.

Aber ein Gutes hatte diese Sache doch: er bekam an jenem Tage die Taschenuhr, deretwillen er sich schon lange um ein paar Jahre älter gewünscht hatte – nun hörte er auf einmal die Zeit laufen in richtigen kleinen Schritten, deren jeder eine Wegstrecke vorwärts bedeute. Und das war an dem gleichen Tage, an dem er darüber nachdenken lernte: Tod und Leben stünden so dicht beieinander, daß oft nur eine Handvoll Sand zwischen beiden wäre ... Und er hatte immer gedacht, vom Leben zum Tode wäre es weiter als bis an das blaue Gewölbe des Himmels, das kein Adler und kein Zeppelin erfliegen könne.

Die Wahrsager im Dorfe waren darüber entweder hinweggestorben, oder sie getrauten sich nicht, ihre wilden Prophezeiungen aufrechtzuerhalten; denn der Jockele war ein über die Maßen manierlicher Junge geworden, er brach ihnen weder in die Hühnerställe, noch schnörrte er den Leuten die kleinen Fenster in den Giebeln und Dächern mit der Steinschleuder in Stücke; und wenn ein paar Schlingel vom Förster bei dem Stellen von Leimruten und Sprenkeln abgefaßt wurden, so war der Jakobus Sinsheimer nie dabei. Manchmal gab es zwar auch ein wildes Fahren durch den Bergwald, aber nicht zu oft; denn die Kinder in dieser köstlich grünen Welt blühen wie die Nägelein in den Scherben auf den Fenstersteinen: sie puddeln sich über der Heimarbeit die roten Backen zum Teufel, oder es löscht ihnen im halben Licht der Stuben der Glanz aus den Augen, und die Wälder und dunkelblauen Berge ihrer Heimat stehen vornehmlich in ihrer Sehnsucht. Dem Jockele aber sprudelten die Quellen entgegen und – unerhört: er badete sogar darin. Dies zuzulassen, war auch eine solche Lästerlichkeit des Fräuleins Sinsheimer! ... Der Jockele durfte mit dem Zinzilein und der Mali durch den jauchzenden Hochwald streifen, so oft er wollte. Oder er ging mit einem Forstgehilfen zwischen Tag und Dunkel, wenn nur über dem Hörselberge noch eine Flamme Licht im Verleuchten war und wenn die Nebel in feinen Gespinnen in den Wipfeln hingen, und sah die Hirsche heraustreten und hörte sie ihren königlichen Brunftschrei über die Grenzen ihres Reiches schlagen – ah, du dunkelgrüne, du starke, du einzige Thüringer Erde!

Um diese Zeit lief der Jockele den Dorfjungen aus den Händen. Es war ein so kümmerliches Blühen des Geistes und Herzens um sie, und sie rochen nach Leim und Stube – was soll einer damit anfangen?

Das alte Fräulein, das nun ganz weiße Scheitel hatte, hielt alles Leben im Hause weiter in ihren sicheren Händen. Manchmal gab es eine freundschaftliche Unterredung über den Jockele mit dem Zinzilein; denn dieses war nun ein ›Fräulein‹ geworden, litt an einer verzärtelnden Liebe zu dem Jungen und dachte, es müsse den ›Kleinen‹ aus der tiefen Hingabe ihres Herzens heraus noch beraten wie damals, als er im Kittelchen in der Sandgrube Kuchen buk. Mit solch mütterlichem Behaben drohte sie oft die ganze Pädagogik der Tante über den Haufen zu werfen.

»Du mußt nicht meinen, Du hättest ein Mädchen vor Dir«, sagte dann die Tante; »ein Junge, der unter der ängstlichen Fürsorge von lauter Frauen aufwächst, läuft Gefahr, unter die Räder des Lebens zu kommen. Ich habe es deshalb von frühester Kindheit mit dem Jockele anders angefangen als mit Dir. Ein Junge muß einmal in der Welt stehen und muß sich ein Stück dieser Welt erobern können.«

Die Dorfschule reichte für den Jungen längst nicht mehr zu. Tante Veronika spannte ihn immer eine Stunde des Tages noch zur Fahrt durch das Reich ihrer Bücher ein. Sie hatte sich da einen klugen Plan zurechtgedacht, und weil sie selbst in allen Werken, die auf dem Regale standen, wohl beschlagen war, ging Jockele willig in dem Geschirr und nahm gegen die alte Dame nicht überhand. Als er auf einen Physikband verfiel, richtete er sich in dem Gartenhause, das aus Stein war und ein Fenster hatte, und in dem es sich sehr traulich lebte, eine Werkstätte zu allerlei Hantierung ein.

Einmal baute er wochenlang an einer Lokomotive, eine Konservenbüchse mußte dabei die Rolle des Dampfkessels übernehmen. Danach galt es, ein Flugzeug zu erdenken, natürlich von so kühner Bauart, wie sie den Fachleuten noch nie eingefallen war. Und als er aus einem Automaten eine apfelgroße Weltkugel erstanden hatte, die mit Schokolade gefüllt gewesen war, hing er sie an einem Faden an die Decke des Gartenhauses, und die Frauen mußten kommen und sich die Sache ansehen. Das Fenster stellte die Sonne vor, und Jockele löste an der im Raume schwebenden Erdkugel der Mali das Geheimnis von Tag und Nacht. Zur größeren Anschaulichkeit hatte er die Schattenseite ein bißchen mit Ofenruß angestrichen.

Er hatte in dem Gartenhaus überhaupt hundert Dinge aufgestapelt: wunderlich gewachsene Hölzer, die die Form von Köpfen hatten, der er dann immer ein wenig nachhalf, bis die Mali sich vor ihnen entsetzte; dazu Versteinerungen, sauber aufgespannte Schmetterlinge, die sich in einem Kasten mit einem Glasdeckel befanden, und zu denen er nach den Büchern der Tante die Namen geschrieben hatte; Raupenhäuser, in denen er den Wandel der Würmer zum Falter beobachtete; ein Fischglas und ein Terrarium mit Eidechsen, einer Blindschleiche und einer Ringelnatter.

Damit die Bergwinter seinen Eifer nicht unterbrachen, war der einzige Raum des steinernen Gartenhäusleins auch mit einem kleinen Ofen versehen worden.

Je mehr er in das betriebsame Jungentum hineinwuchs, desto sicherer entglitt er den Einflüssen der sehr sanften Mädchenhaftigkeit, mit denen das Zinzilein um ihn war.

Tante Veronika bemerkte das mit Genugtuung; denn das Behaben des Zinzilein zu dem Jungen war ganz voll von der Rätselhaftigkeit der Liebe, die in ihrer Maßlosigkeit gar nicht anders bezeichnet werden kann als hingebungsvolle Eigensucht. Es schien fast, als vereinsame das Zinzilein über seiner Liebe zu dem Jungen, weil er nun so von ihr fortwuchs.

Sie sagte das Veronika auch. Aber die Tante blieb bei ihrer wunderlichen Ansicht: das müsse so sein. Im übrigen ließ sie sich auf Erklärungen nicht ein, hütete sich dem Jungen gegenüber ängstlich vor aller Schulmeisterei und sorgte dennoch, daß sie ihm an der Hand ihrer Bücher von Zeit zu Zeit ein neues Wissensgebiet erschloß. Er ging auf alles mit begieriger Freude ein, aber von der Sorge, die Veronika in dieser Zeit des flüggen Jungentums am meisten beschäftigte, sagte sie dem Zinzilein gar nichts. Und dennoch schlief die Sorge nie ganz ein, es möchten sich eines Tages an Jockele vererbte Eigentümlichkeiten zeigen, denen gegenüber alle Erziehung und Liebe ohnmächtig wären. Aber diese Bangigkeit nagte nicht an ihr und quälte sie nicht; denn sie war ihr in Wahrheit gegen ihre Überzeugung gekommen in einer Zeit, die ganz voll war von der Mechanikerweisheit der Vererbung. Und dafür fand sie zu ihrem Erstaunen eines Tages auch bei dem Menschheitslehrer Goethe eine Belegstelle – »Man könnte erzogene Kinder gebären, wenn die Eltern erzogen wären ...«

Darüber geriet sie von neuem ins Raten. Aber trotz aller Mühe, die sie sich gab, konnte sie diese Verse nicht ganz zu ihrer Ansicht umdeuten, daß eine in allen Stücken vollkommene Erziehung die geistige und sittliche Verfassung eines Menschen aller Vererbung zum Trotze bestimme.

Tante Veronika hätschelte den Gedanken solchen unerkannten Königtums der Erziehung mit eifersüchtiger Liebe als die köstlichste Erkenntnis ihres Lebens – und nun wälzte ihr gar Johann Wolfgang einen Fels in den Weg! Zwar: er setzte damit auch der Erziehung eine der vielen Kronen auf, die seine königliche Hand zu vergeben hatte, aber … Und dies Aber blieb stehen und rumorte in Winkeln ihrer Seele herum, die Jahrzehnte in wundervoller Sonnenruhe gelegen hatten.

Doch – eine sechzig Jahre alte Dame läßt sich schwerer umstimmen als ein sechshundert Jahre altes Klavier. Und das war in diesem Falle ein großes Glück.

Wunderlicherweise war es das Zinzilein, das die Frage zuerst aufwarf, was einmal aus dem Jockele werden solle. Das kam daher, daß der Gedanke in dem Mädchen Wurzel geschlagen hatte: ein Junge müsse geschickt werden, sich ein Stück Welt zu erobern. Wie er das in Ibenheim anfangen sollte, war nicht leicht zu denken.

Tante Veronika war in diesem Falle von einer unerforschlichen Sorglosigkeit und sagte:

»Zuerst und vor allem muß er ein Mensch werden. Es ist falsch, einen Jungen für einen Beruf zu bestimmen, weil er im Spiele diese oder jene Neigungen zeigt. Solche Neigungen sind wichtig, aber es geht nicht an, darin in verliebtem Stolze gleich einen Weg fürs Leben zu erkennen.«

Das Zinzilein meinte, Naturforscher wäre für den Jockele das Richtige, und dachte sich etwas ganz Närrisches dabei.

Eines Wintertags, als alle Quellen des Lichts aus dem geschliffenen Späthimmel brachen und es aussah, als wäre die Himmelsglocke zertrümmert worden, weil der Sonnenball, siebenmal größer als sonst, in seiner leuchtenden Majestät anders nicht hätte durch die Tore ziehen können, schlug der Jockele seinen Farbekasten auf und pinselte das königliche Spiel des Verleuchtens auf ein weißes Papier. Er saß am Fenster des Gartenhauses, sein Tisch war eine alte Hobelbank, an der in grauen Zeiten Tante Veronika ihre Rosenpfähle selber zugerichtet und grün angestrichen hatte – da fiel das gewaltige Flammenwerk des Himmels in seine jauchzenden Augen. Er wußte kaum, was er tat – es war ihm, er stünde davor mit hoch, hoch emporgestreckten Armen und wäre ganz nackt; denn alle Armseligkeit des Irdischen fiel darüber von ihm ab – und hätte ein Schauen in eine andere Welt. Aber er saß doch an der braunen Hobelbank, inmitten tausend kleiner Dinge, die er dem Alltag aus den Händen genommen, und strich in Selbstvergessenheit die Farben auf das Papier.

Und dann war es ein recht armseliges Machwerk geworden – es fehlte darin kein Licht, aber es fehlte das Leuchten … Die Himmelsfreude seiner Augen war ausgelöscht auf der Spanne Weges durch den Pinsel! Darum sah sein Sonnenuntergang so verbrecherisch aus, als hätt' ein Dorfjunge, der dem Puppenmaler zugesehen, einen Haufen farbiger Kreidestücke an der schneeweißen Haustür der Tante Veronika probiert. Scheußlich!

Er warf den Pinsel hin und verlor sich mit seinen Gedanken wieder in das letzte Scheinen, das noch ferne stand.

Es waren nun Wolken in wunderlichen und wilden Bildern über den Saum der Erde gekrochen und fraßen den königlichen Glanz. Endlich waren nur noch zwei Öffnungen in der Finsternis. Durch diese konnte man hineinsehen in glutrote Weiten …

In diesem Augenblicke zerriß ein schwarzer Vorhang vor einer Kammer seines Herzens, und was ihm kein Mund eines Menschen erklärt hatte, ging in seiner Seele auf als eine rote stille Flamme: er erriet ein Stück der Götterlehre der Germanen, die von den Gipfeln dieser Berge, so wie er jetzt, durch die Türen des Himmels geschaut und ein machtvolles Wandern von Gestalten gesehen hatten, die dort in einem großen Lichte gingen. Und weil die Vorfahren noch nichts von der Welt kannten, als was sie mit ihren Sinnen erfaßten, deuteten sie sich das Gesehene und sagten: es ist das ewige Leben in jenem großen Leuchten, und sie nannten es Walhall …

Da fiel der rauhe Ruf des Mädchens Mali in den Sternenflug seiner Gedanken. Es war die Zeit des Nachtmahls, das sehr früh genommen wurde.

Auf seinem Gesichte lag noch der Widerschein des heiligen Feuers. An anderen Abenden nahm er sich mit wißbegierigen Augen gleich beim Eintritt ins Zimmer von den aufgetragenen Speisen einen Teil des Wohlbehagens hinweg, in das sich sein gesunder Jungenappetit hineinzuessen gedachte – heute stand er diesen Dingen gleichmütig gegenüber wie noch nie.

Das Zinzilein, das gewöhnt war, alle seine Begeisterungen und Enttäuschungen mitfühlend zu durchleben, als wär's ein Stück von ihm, ein großes Stück, trat gleich ohne anzuklopfen mitten in ihn hinein –

»Na«, fragte es.

»Ich habe ein großes Erlebnis gehabt!« sagte er mit Wichtigkeit.

»Wahrhaftig – es ist noch ein ganz fremder Klang in Deiner Stimme!«

»Ich wünschte, ich könnt' Euch alles halb so schön sagen, wie ich es gedacht habe! Aber es geht nicht. Wenn ich erzählen wollte, würde es geradeso herauskommen wie der Sonnenuntergangshimmel, den ich zu malen versucht habe. Ich wette, ich habe jedes Licht auf dem Papier, und ist dennoch eine abscheulich schlechte Sache ... es sieht aus wie die bunte Kaffeedecke, als sie das Mädchen Malchen mal abgekocht hatte, und sollte doch der Himmel werden – der herrlichste Abendhimmel, der je über der Erde gestanden hat!«

Er redete da in Worten, wie er sie vordem nie gebraucht – jedes hatte Flügel, und seine Augen hatten den Glanz großer Sterne.

Dann lockte das Zinzilein Walhalls Entdeckung aus ihm heraus.

Er redete sich darüber in fernschauende Vergessenheit, aber es ward zuletzt doch nur ein Bild ohne den überirdischen Glanz, in dem seine Träume durch die Dämmerung gezogen waren. Das kam auch von der Scheu, vor den prüfenden Blicken der Tante und des Zinzilein alle Hüllen von der Seele zu werfen.

Darüber ward er schweigsam. Das Essen geschah ohne die begeisterungsvolle Hingabe, zu der er sonst imstande war, und er sah aus wie einer, der eine Erscheinung gehabt hat. Er war in der Dämmerung dieses Wintertags in einen neuen Abschnitt seines Lebens gesprungen.

Vor dem Schlafengehen nahm er sich das Zinzilein noch einmal zur Seite und sagte: »Du, das quält mich! Lach' aber nicht! ... Es ist heute so etwas in mir aufgegangen – weißt Du, gerade wie damals, als die Schauspieler im Dorfe waren ... Wir saßen in dem ganz finstern Saale, auf einmal rollte der Vorhang empor – es blühte ein schöner Rosengarten dahinter und stand alles in so warmem Lichte ... Jawohl, so ist es in mir gewesen! Zinzilein, sag es mir: ist das die Seele?«

Gott, wie purzelten ihm die Worte klug und unbeholfen über die Lippen!

Aber wenn er das alles hätte Veronika sagen sollen, wär' es noch reichlich dümmer geworden.

Das Zinzilein geriet an dieser Frage des großen Erwachens in Herzensnot. Es merkte: der Junge wollte eine sichere Rede hören über Dinge, die ihr selbst bis zu dieser Stunde nur unsichere Gedanken gewesen waren. Wie sollte sie denn das anfangen, ohne sich Jockeles Achtung und Liebe zu zertrümmern?

»Ja«, sagte sie aus großer Bedrängnis heraus, »das ist die Seele!«

»Das hab ich mir gedacht«, sagte er in aufatmender Befriedigung. »Ist Dir das auch so gegangen?«

»Ähnlich wird es wohl gewesen sein«, lächelte das Zinzilein. »Aber weißt Du, das sind Dinge, über die man erst klug reden kann, wenn man viel älter geworden ist. In der Jugend ist es genug, wenn man weiß, es ist etwas da, das einen von innen so warm und hell anscheint wie die Sonne von außen.«

Das war das erlösende Wort! Es fiel in den Jungen aus einer großen Not ihres Herzens, das an diesem Abend jedem seiner Gedanken und Blicke treues Geleit gegeben hatte. Und darum fand sich's nun so auf Zinzileins Lippen, just wie es das drängende Begehren des Knaben brauchte, das plötzlich an dem Uhrwerke des Lebens herumzuraten begann.

Als der Jockele, der schon seit Jahren allein in der Giebelstube schlief, zu Bett gegangen war, geriet das Zinzilein in ihrer Bedrängnis an Tante Veronika. Die saß in der warmen Behaglichkeit ihres Lehnstuhls, aber als das Mädchen das fremde Geschütz auffuhr, griff Tante Veronika mit der einen Hand nach der Krücke des gelben Stockes, an dem sie nun aus einer alten Familiengewohnheit heraus zu gehen pflegte, und mit der anderen glitt sie so langsam über das Gesicht, als müßte sie sich ein bißchen lächelnde Verlegenheit abwischen …

Es wurde an diesem Abend länger und gefühlvoller gesprochen als sonst, ohne daß es zu Entdeckungen von grundlegender Bedeutung über das Wesen der Seele gekommen wäre.

Seit dieser Zeit beschied sich Jakobus nicht mehr damit, vorgedruckte Bilder auszutauschen, sondern er suchte Farben und griff nach dem Himmel.

Darüber wurde das Zinzilein von einem grausamen Lachen befallen und sagte: kleine Kinder machten es geradeso – sie langten zuerst nach den schönen goldenen Nägeln des Firmaments, dann aber spielten sie mit Steinen und schlechtem Sand! Ob denn auf der *Erde* nicht etwas wäre, und nicht so voll von unmalbarem innerlichen Glanze wie die Wunder des Himmels? Sie könnte ihm zwar weiter nichts helfen als sehen … »Guck«, sagte sie, »da steht draußen der Zaun aus lauter braunen Stänglein, steht vor dem blauen Tuche des Himmels und hat sich so viele kleine Mützen aus frischem Schnee aufgesetzt … könnte man das nicht malen?«

Himmel, was solch ein großes Mädchen für herrliche Einfälle hat! – Da war das Zinzilein schon aus dem Gartenhause gesprungen, kam aber gleich wieder, schwang ein blaues Papier und sagte: die Sache wäre einfach genug – er brauchte den Himmel nicht einmal zu malen; denn da wäre er schon!

Die Tante lobte ihn danach mit Maßen und sagte: wenn er hundert solche und ähnliche Dinge vor der Natur weggenommen, werde er große Geheimnisse entdecken. – Das war ein Rätselspruch von der Art jener, die die verschleiernde Kunst der Pythia geliebt hatte! Einer, der vor einem großen Werke steht ohne den heiteren Glauben an seine Kraft, kann sich darüber verbluten.

Das Zinzilein verlangte mehr Lob für den Jockele, aber Tante Veronika überhörte das gute Wort gänzlich.

Die beiden letzten Schuljahre des Jungen wurden von ihr sehr ernst genommen, die Naturgeschichte und Malerei schienen dabei geflissentlich übersehen zu werden und blieben für die Sonntage und die Ferien.

Veronika hatte auch eine lateinische Grammatik ungemein ehrwürdigen Alters unter ihren Büchern entdeckt, die war voll Genusregeln von klappriger Enthaltsamkeit des Geschmacks und Geistes. Dazu ein Übersetzungsbuch von Ostermann für Sexta, das bibliophilen Wert hatte; denn es war eines der ersten Exemplare der ersten Auflage und trug eine vergilbte Einschrift des Verfassers für den Vater der Tante Veronika.

Jockele, der sich ausrechnete, daß dieser Vater um jene Zeit gut hundertzwanzig Jahre hätte zählen können, ahnte beim Anblick der greisenhaften Würde des Buches zum andern Male seine Seele – diesmal in einem fröstelnden Erschauern.

Dann kam über die alte Dame eine fast heftige Betriebsamkeit im Latein. Gleich zu Anfang aber forderte der Junge Frist zu einem Privatschnaufer der Verwunderung, weil die Tante das nun auch noch konnte. Allein, sie gestand ohne Umschweife, daß es mit ihrem Latein hapere. Doch – das kannte der Jockele! Nichts als übertriebene Bescheidenheit! Und er war geneigt, jede Wette einzugehen, daß der Professor Sinsheimer, der an dem gelben Krückstock durch die Straßen Bremerhavens gestabt und dessen Werk die Tante Veronika war, an ausbündiger Gelehrsamkeit zugrunde gegangen wäre.

Während dieser letzten Schuljahre stand der Jockele der Grammatik und dem Übungsbuche mit frostigem Herzen gegenüber, er lernte, weil er sollte, und niemand im Hause wußte eigentlich recht, wozu. Selbst Tante Veronika war froh, als sie dem Jungen erklären konnte, nun sei es mit ihrem Latein zu Ende. Das war an dem Tage, an dem sie die letzte Seite des Ostermanns für Sexta umschlugen.

Danach kam die heitere Ruhe des Frühlingshauses ein wenig ins Wanken, es war ein wunderliches Drängen nach außen. Zuerst ging die Schulzeit des Jockele zu Ende, und es richteten sich allerlei Fragen steil und nüchtern vor dem innigen Beisammensein auf. Sie forderten die Antwort nicht von einem Tage zum anderen, aber sie schoben bei jeder unpassenden Gelegenheit den Kopf zwischen die drei Menschen und sagten: »Na, wie wird das?« Und sie wären noch viel hartnäckiger gewesen, wenn das Zinzilein nicht um diese Zeit maienseliger Erdenfreude von einem Forstgehilfen schön gefunden worden wäre. Weil der nicht das Töchterlein des Holzhauers und Puppenmachers Laufer, den er im Walde an die Arbeit zu stellen hatte, sondern das Ziehkind der feinen alten Dame ehelichen wollte, war ihm von vornherein klar, er werde einen heillosen Sturm im Haus auf dem Hügel losmachen, der ihm die großen Klötzer nur so vor die Füße wirbelte.

Die erste Betätigung dieser Liebe war das Interesse des jungen Forstgehilfen für den Jockele.

Einmal auf einem Spaziergang, als auf den Waldgrund die braunen Knospenhüllen der Buchen herabschneiten und das brünstige Schauern der Frühlingserde sich an Quellen und Bachsäumen zu Bändern aus Vergißmeinnicht zusammenwob, schlug der Forstmann Matthias Prinz dem Jungen eine Tür auf, durch die er einen Blick in die Ferne tat – so weit hatte er nie sehen können, wenn Tante Veronika vor seinen Augen hinaus ins Leben deutete! Es waren in Matthias einige Erinnerungen aus verlorenen Lateinjahren wachgeworden.

»Siehst Du«, sagte er zu Jockele, »das Latein, das ich nicht gelernt habe, hat mir die Hälfte meines Lebens verdonnert!«

»Wie denn das?«

»Nun, ich hätte Oberförster werden können und Forstmeister – aber an dem Latein bin ich hängen geblieben.«

»Und wenn einer nicht Forstmeister werden will?« klügelte Jockele an dieser Rede herum.

»Lern's Junge!« schrie ihm Matthias Prinz ins Gesicht und legte ihm beide Hände auf die Achseln, »und wenn Du's hundertmal nicht weißt, wozu Dir dies oder jenes nützen soll – raff zusammen in Deinen

Frühlingsjahren, was Du kannst, denn es könnte die Zeit kommen, da Du Gold daraus schlägst!« Nach dieser klingenden Rede fragte er kurz: »Was willst Du werden?«

»Ich weiß es nicht. Wenn ich sehr fleißig bin, darf ich mir's noch drei Jahre überlegen; bin ich faul, muß ich in irgendeine Lehre.«

»Junge«, sagte Matthias, »das ist ja großartig! ...«

Darüber waren sie an den Saum des Buchwalds gekommen, an dem die Umzäunung über dem Goldbrunnen dahinlief.

Sie gingen ganz langsam dem Frühlingshaus entgegen, und Herr Matthias Prinz redete sehr laut und väterlich.

Da lugte die Mali aus dem Küchenfenster, was es wäre, und gleich darauf trat Tante Veronika an dem gelben Krückstock heraus in die Sonne. Sie überschüttete die jungen Leute ganz mit der hellen Freude, die immer nicht genug Platz in ihren Augen hatte, und sagte, sie könne dem Herrn Matthias nun endlich danken für die Teilnahme, die er an der Entwicklung des Jakobus zeige.

Herr Matthias Prinz aber redete sehr verbindlich und ehrfürchtig zu der alten Dame, von der alle einsichtigen Leute mit so heillosem Respekte sprachen, und fand sich auch geschickt zu der Behauptung, von der er dachte, sie werde sie am meisten erfreuen. Er sagte, sie hätte den Jockele zu einem sehr klugen und braven Jungen erzogen.

Es lag aber nicht in der Art Veronikas, sich im Sturme nehmen zu lassen. Deshalb begegnete sie der prinzlichen Begeisterung mit einer maßvollen und sicheren Liebenswürdigkeit; und als Matthias fragte, ob er bei Gelegenheit einmal in ihr Haus treten dürfe, entgegnete sie: »Ich werde mich darüber freuen; und dann wird Ihnen Jakobus in der Gartenhütte zeigen, wie er lernt, und Sie werden ihm sagen, daß ihm noch viel zu tun übriggeblieben ist.«

Danach reichte sie ihm die Hand und wußte, daß aus diesen drei Minuten die größte Wandlung in ihrem Hause hervorwachsen würde, die seit dem Eintritt Jockeles darin gegeben war.

Nichts an ihr verriet diese Erkenntnis, aber das Herz des Herrn Matthias Prinz hatte Schwingen bekommen und wirbelte mit ihm hinein in den Frühlingswald – die Finken rührten ihr Schlagzeug, als hätten sie Wachtparade, die Mönchsgrasmücke trug den Schellenbaum, und die wilden Tauber schlugen die große Trommel. Und der Herr Prinz – als war er schon König geworden – bildete sich ein, die ganze Waldmusik hätte der Frühling extra für ihn losgelassen. –

Jockele stand auch über diesen Tag hinaus den Ereignissen mit Unbefangenheit gegenüber. Das Geheimnis der rosenroten klingenden Liebe war für ihn noch nicht erfunden, und er brachte nicht den ahnungslosesten Verdacht auf, daß er von dem Herrn Matthias als Sprungbrett zu einer himmelblauen Seligkeit benutzt würde.

Gesprochen wurde nach Ansicht des Jockele von dem Forstgehilfen im Hause nur dann, wenn er selbst die Rede auf ihn brachte; Tante Veronika hatte mit sehr nachdrücklichen Worten namentlich der Mali alles verboten, was für die Ohren des Jungen nicht paßte. Daß Mali und das Zinzilein in dieser Zeit oft recht geheimnisvoll taten, merkte er auch nicht – ein Junge merkt überhaupt nicht viel; er wühlte sich im Gartenhaus mit einer Wichtigkeit in seine Bücher, die er über den anderen Pflichten der Schule nicht einmal geahnt hatte.

Darüber war auch der »Ostermann für Quinta« beschafft worden, an dem der alte Pastor in Jockeles Gemeinschaft jede Woche drei Stunden sein verblichenes Latein auffrischte.

Als Herr Matthias nach einigen Wochen im Frühlingshause Besuch machte, beschränkte ihn die Tante wiederum für die Dauer von drei Minuten auf das Damenzimmer. Dann begleitete sie ihn vor das Gartenhaus, das Zinzilein guckte durch den Vorhang, und der Herr Matthias Prinz suchte mit seinen Augen über die Achsel der Tante hinweg, ob etwa aus diesem Fenster ein Sonnenschein fiele. Er redete dabei ausgiebig und bezeigte ein großes Interesse für die Anlage des Gartens.

Veronika war auch davon nicht im geringsten überrascht – wer überhaupt dächte, sie hätte sich von Stund an in die Rolle des schätzehütenden Drachen eingelebt – ha, der würde Fräulein Sinsheimer sehr schlecht kennen!

Sie liebte es, die Augen zu schließen, um besser sehen zu können, und war dem Zinzilein selbst in den wichtigsten Angelegenheiten der Liebe unbedingt vertrauenswürdig. Wenn der Jockele davon etwas hätte ahnen dürfen, so hätte er gesagt: »Nun versteht sie das wahrhaftig auch noch!«

Tante Veronika hatte gegen die Dinge, die sich nun im Frühlingshause vorbereiteten, nicht das geringste einzuwenden, aber sie wollte alles mit der ihr eigenen Delikatesse behandelt wissen.

Sie fand es selbstverständlich, daß das Zinzilein gleich das neue Muster abhäkeln mußte – jetzt, am Sonntag mittag, und eine Stunde vor dem Essen! Und sie fand es durchaus natürlich, daß dies auf einem

Platze hinter dem Vorhang des Fensters nach dem Gartenhaus hin geschah, an dem das Zinzilein sonst nie saß. Dabei blühte das Zinzilein
wie eine Malve und war von weltumarmender Glückseligkeit. Und weil
Tante Veronika wußte, daß solch ein Glück als Geheimnis tausendmal
schöner ist, merkte sie von den musizierenden Engeln, die das Zinzilein
umtanzten, gar nichts.

Nach einiger Zeit ging die Gartentür – da stürzten sich alle anwesen-
den Engel dem Mädel ans Herz und läuteten damit, daß ihm angst und
bange wurde.

In der schönen Zeit dieses Jahres schlossen sich Herr Matthias Prinz
und Jockele innig aneinander, wiewohl der Forstgehilfe beinahe noch
einmal so alt war als sein junger Freund. Sie waren fast an jedem Tage
beisammen.

Weil Matthias keine Gelegenheit vorübergehen lassen durfte, die sehr
umsichtig befestigte alte Dame zu erobern – und wenn sie mit Ketten
an den Himmel gebunden wäre! –, so machte er dem Jungen die
Waldgänge zu fröhlich angeregtem Unterricht vor der Natur. Darüber
wurde alles Glanz an dem, und er lief in seine ersten Jünglingsjahre,
als wäre er der Blütenzauberer Frühling selber.

Das Ebenmaß seines Wachstums geriet um diese Zeit, die zwischen
den Zeiten steht, ein wenig in Unordnung, und die Glieder baumelten
manchmal in der Welt herum, als wüßten sie nicht, was sie schlagen
sollten. Das Zinzilein aber sagte in belustigter Übertreibung, Arme und
Beine hingen um ihn wie langgereckte Fragezeichen.

Aus dieser Erkenntnis des Zinzilein erklärte er sich die merkwürdig
fremden Augen, mit denen das Mädchen nun manchmal an ihm her-
umsuchte, als gingen sie Rätsel raten. Und es trat auch sonst eine Ver-
änderung in ihrem Wesen ein; früher machten sie oft einen Ringkampf,
zu dem sie ihn sogar herausforderte – jetzt wies sie das als eine ganz
unmögliche Sache von sich, und er hatte doch gerade so große Lust
dazu. Früher war sie ein Kind gewesen wie er, nun war sie über Nacht
ein Fräulein geworden und war voller Geheimnisse. Früher sah man
ihr an, daß sie das Leben des Jungen in allen Stücken zu dem ihren
machte, jetzt wußte sie nicht einmal mehr in seinem »Laboratorium«
in der Gartenhütte recht Bescheid. Und die natürlichste Sache von der
Welt – nämlich daß sie der Jockele heiraten würde – schien ihr auf
einmal ein kindischer Spaß, und sie lachte ihn aus. – »Davon verstehst
Du noch gar nichts!«

Einmal des Abends, als die sammetweiche Sommernacht durch die Fenster ins Zimmer stieg, trat auch das Zinzilein herein, und seine Augen flogen vor ihm her wie Leuchtkäfer; da nannte sie der Jockele »ein merkwürdiges Stück Naturgeschichte«.

Er erzählte Tante Veronika, was er die Tage her von Herrn Matthias gelernt hatte, und das Zinzilein wurde darüber ganz Andacht.

Des anderen Tages ging sie selber mit ihm in den Wald, und da mußte er ihr jede Seite des leuchtenden Sommerbuches umschlagen und mußte vorlesen, was darauf geschrieben war – nicht nur von den Arten der Blumen und Bäume und des vielerlei Getiers, sondern auch von der Forstwirtschaft wollte sie hören. Sie war fast fürchterlich in ihrem Wissensdrange.

Da sagte Jakobus, sie solle nur einmal mitkommen, wenn er mit dem Herrn Matthias ginge. Aber das Zinzilein lachte ihn für diesen wohlmeinenden Vorschlag aus, und dies Lachen schlug einen Laden an seiner Seele auf, und es brach eine Fülle neuen Lichts in ihn. Ein Gedanke sprang ihm klingend ins Herz – da ward dies Herz voller Ahnungen. Das Zinzilein aber bückte sich rasch und strich mit der Hand über das grüne weiche Waldmoos …

»*Polytrichum commune*, Goldhaar«, sagte ihr der Jockele.

»Weißt Du das auch von dem Herrn Prinz?«

»Nein. Alles soll ich von dem Herrn Prinz haben! … Warum bist Du denn so rot geworden?«

»Weil Du so grausam gelehrt bist«, log das Zinzilein.

»Es wäre auch ein Name für Dich, Prinzessin Goldhaar!« scherzte der Jockele.

Da wurde aus dem Zinzilein eine ungeheure blutrote Verwirrung; denn dieser Junge sprang ihr mit dem goldenen Wortspiele vom Prinzen und der Prinzessin mitten hinein in das Allerheiligste ihres Herzens, und es fehlte nicht viel, so ertappte er sie über heimlichem Opfer.

Das Herz des Zinzilein schlug sich allgemach in das vorige Gleichgewicht; sie war aber kurz angebunden, und ihre Gedanken stolperten umher wie die Libellen mit den blauen und glasgrünen Flügeln.

Von diesem Tage ab wurde das Verhalten Jockeles zu dem Herrn Prinz ein wenig anders. Aber nicht etwa respektloser, weil er hinter ein Geheimnis gekommen, oder gar mißtrauisch, sondern es wurde ein bißchen verwandtschaftlich.

Der Himmel mochte wissen, wer dem Forstgehilfen das Märchen von der Prinzessin und dem Prinzen erzählt hatte – genug, er kannte es.

Danach kam er eine ganze Woche nicht ins Frühlingshaus, weil er in einem sehr fernen Forste Vermessungen vorzunehmen und Arbeiten zu überwachen hatte – aber am nächsten Sonntag als schon die Mittagsglocke über das Dorf läutete und der Jockele ahnungslos von irgendwo aus dem September kam, nahm ihn die Mali gleich an der Haustür in ihre Hände. Ihre Augen fielen ihn an wie zwei Sonnen, und sie zog ihn eilig in die Küche und war gar nicht bei sich.

»Der Herr Prinz ist drinne!« zischte sie ihn an. »Er will das Zinzilein heiraten – alleweil sagt er's der Tante!«

»Hab ich längst gewußt!« sagte Jockele so von oben herab, fiel aber gleich aus der Rolle, faßte die Mali unter und wirbelte sie ein paarmal durch die Küche. Dann gingen sie auf den Zehen, horchten manchmal ein bißchen durch den Türspalt und wisperten miteinander wie die Goldhähnchen im Winterwalde – alles als gäbe ihnen eine dunkele Ahnung ein: sie beide müßten nun zusammenhalten, da das Frühlingshaus langsam zu vereinsamen begann.

Auf diese losgelassene Freude kam ein Augenblick, der wäre beinahe sehr feierlich geworden: die Tante trat in die Küche und sagte, der Herr Matthias Prinz speise heute bei ihnen zu Mittag; dann führte Veronika den Jockele in das Zimmer, das ganz voll Gold und Glück und weißer Vorhänge war – »Jakobus«, begann sie und gedachte in sehr schönen Worten von einer großen Freude zu reden. Aber das dauerte dem Jakobus zu lange, da ging er ihr durch und stürzte den beiden ans Herz.

So hatte Herr Matthias Prinz das Wachstum dieses Jahres unter Dach, ehe die Welt von Nebeln eingewoben wurde – wie sich das für einen vorsichtigen Liebhaber schickt.

Tante Veronika, obwohl sie niemals in himmelblauer Verlobungsseligkeit herumgeflogen und darüber hinaus von dem anderen Geschlechte so gründlich stehen gelassen worden war als möglich, kam dennoch nicht auf den Einfall, es diesen einen entgelten zu lassen und ihn in Entsagungen zu üben – nur auf Delikatesse hielt sie und bestand darauf, daß »solche Sachen« nicht zum Ansehen für andere gemacht seien. Wodurch aber nicht verhindert wurde, was sie beabsichtigte – nämlich, daß der lange schöne Knabe Jakobus die Vorstufe zu einer raschen und gründlichen Liebesschule durchmachte. Wäre der Lehrstoff weniger delikat zum Vortrage gelangt, so hätte Jockele vielleicht nicht die nötige Anteilnahme aufgebracht und wäre davongelaufen. Aber dieser Herr Prinz war in allen Stücken von einer so vorbildlichen Ritterlichkeit, daß der Junge während des Winters feststellte: Matthias der Prinz und Prinzessin Zinzilein wären einander durchaus würdig, und das Mädel in seiner sonnigen Blondheit wäre nun noch viel schöner geworden ... Lauter Dinge, an denen der Jockele so viel herumzudenken hatte, daß er denselbigen Winter in der Folgezeit einmal »die Auferweckung des Jakobus« genannt hat.

Durch den tiefsten Bergschnee herüber trug Matthias eines Tages die Nachricht, daß er vom 1. April ab als Revierförster in der Nachbarschaft des Hörselberges bestimmt sei. Natürlich wollte er nicht unbeweibt seinen Einzug in das Waldforsthaus halten – da überkam den Jockele zum ersten Male die Schwäche der Eifersucht, und zwar auf beide, die sich ihm gegenseitig wegnahmen.

Er wäre darüber am Ende in die Unzufriedenheit des Flegeltums hineingewachsen, dem der liebe Gott zur Warnung als äußeres Kennzeichen das schlaksige Unebenmaß der Glieder anhängt. Aber die Erziehungskunst der Tante Veronika trieb an ihm eine schöne späte Blüte: sein Takt gegenüber der waldgesunden Männlichkeit des Schwagers behütete ihn vor Entgleisungen.

So focht er den ersten Kampf mit sich und der Welt in der Stelle des Gartenhauses aus; er ward einsilbig, er knurrte auch einmal, wenn er durch die Stube wippte, aber er setzte sich nicht dem vereinigten Gelächter der Engel und Menschen aus, die während der Vorbereitungen zur Hochzeit das Haus bevölkerten. Er arbeitete sich um seine offensichtliche Zurücksetzung mit großem Eifer herum, entschädigte sich durch Erzählungen aus dem Gallischen Kriege des Cäsar, den er um diese Zeit mit dem Pastor las, und hörte mit sieghafter Genugtuung zu, wenn der ritterliche Herr Matthias das Bekenntnis ablegte, daß sein Schiff an dieser Klippe fast wrack geworden wäre.

So war Jockele über allem auf ein Nebengeleise rangiert worden. Da fiel er in der beschaulichen Ruhe seiner Gartenhütte auf eine Verzweiflungstat: er hatte die Schmetterlinge seiner Sammlung gemalt und begann, zu jedem die Naturgeschichte zu schreiben. Es war die erste Arbeit, die er planvoll aufnahm und durchführte. Das Zinzilein, das ihn am liebsten als »Naturforscher« gesehen, hatte auch Verdienste an seinen farbigen Tier- und Pflanzenstudien, die oft recht hilflos waren. Deshalb dachte er, er wollte dem Zinzilein dies »Werk« als Hochzeitsgeschenk überreichen; denn er wußte, Prinzessin Goldhaar war mehr als die anderen dazu geneigt, gute Vorsätze als Taten anzusehen.

Mitte März war er damit fertig, und als es der Buchbinder wieder ins Haus schickte, standen sie in diesem Hause gerade vor der Hochzeit.

Die wenigen Tage surrten noch vorüber; dann kam der stürmische 1. April, der das Zinzilein dem Frühlingshaus entführte – Himmel, was war von dieser blonden Mädchenjugend eine Fülle von Sonne gekommen!

Nun, da sie nicht mehr da war, schauerte den Zurückgebliebenen die Einsamkeit fröstelnd ans Herz. Überall lagen Erinnerungen: Blätter aus zerfallenen Blüten – das ganze Haus war voll von abgestandenen Festtagen; es war stief und stoppelfeldig in allen Zimmern, und gegen die Fenster stieß der Sturm, klirrte der Aprilregen.

Tante Veronika hatte sich fest zugeschlossen, stabte mit dem gelben Stocke in ihrer Wehmut herum und suchte nach einem liegengebliebenen Sonnenschein. Es war aber keiner da.

Vielleicht lief das alte Fräulein auch dem Gedanken nach, ob sie denn zum zweiten Male ganz verwaisen sollte?

Es ist bei den Jahren anders als bei den Menschen – die Jahre kriegen im Alter das Rennen, und man muß sich bei guter Zeit vorsehen, will man sie nicht davonlaufen lassen.

Jawohl, ganz heimlich dachte Tante Veronika daran, wie sie den Jungen im Hause behalten könnte, ohne daß er an ihrer verzeihlichen Selbstsucht nicht zur vollen Entfaltung seiner hellen Gaben gelangte. Aber sie faßte diesen Glauben nicht mit der alten Festigkeit an, weil ihr das Herz davor bange war. Und diese Bangigkeit verlor sie nicht mehr. Doch brauchte sie nicht lange an der Frage herumzuraten; denn eines Tages stand ein Sturm auf, der dem alten Mädchen am Bergwalde den Jungen aus Haus und Händen wirbelte ...

Zuvor aber kam Maria Reh nach Ibenheim.

Da war der Frühling im vollen Gange und schüttete ein Blühen in die Gärten, daß es über die Zäune lief.

Weil Fräulein Reh zuerst mit dem Mai durch den sprossenden Buchwald gestrichen war, kam sie mit Maleraugen voll Entdeckungen und einem Herzen voll Licht und Himmelblau und trat in das erste Haus, an dem sie der Weg aus dem Walde vorbeiführte.

Darin wohnten die Laufers. Frau Barbara fing sie gleich in dem Netz ihrer Freude und schüttelte die ganze Hochzeit und das Glück des Zinzileins über sie. An diesem Tage nahm Maria Reh die Stube nach dem Wald hinaus.

Als sie am nächsten Morgen mit der Staffelei in die Bergsonne stieg, um ihre Sinne vom wilden Farbendrängen zu erlösen, ward sie von dem Mädchen Mali erspäht. Deshalb schritt bald danach der Jockele von ungefähr des Weges, um zu sehen, was es wäre. Er kroch erst ein bißchen um das Malfräulein herum, und weil er noch so zwischen den Lebensaltern stand, durfte ihn ihre Spätfrühlingsreife ohne Scheu ermutigen. Es wurden ein paar falterleichte Fragen gewechselt – die erste ließ Maria auffliegen. Weil sie den Jockele mit »Sie« anredete, bekam er einen roten Kopf; denn das passierte ihm zum ersten Male. Aber er fand sich alsbald in das erforderliche Auftreten und erwies sich dabei als fertiger Schüler seines Schwagers Matthias.

Am ersten Regentage machte Maria Reh der Tante einen Besuch. Sie trat auch in das »Laboratorium« und erbat sich den »Herrn Jakobus« als fröhlichen Malergesellen, nachdem sie seine frischen, aber ungelenken Versuche gesehen hatte.

Einige Tage später, in denen das junge Buchlaub ganz zu Golde geschlagen worden, war aus dem komischen »Herrn Jakobus« für das Fräulein schon der junge Jockele geworden – manchmal hieß er noch »Sie, Herr Jockele!« – und er saß neben ihr im Walde und visierte mit dem Zielauge über den Bleistift hinweg die Lage der Dinge, die er skizzierte.

Wieder nach einiger Zeit wanderten sie zusammen in das Forsthaus am Hörselberge. Da nahm auch Maria ihr Skizzenbuch mit und redete von lustigen Malerfahrten beider Herzen in ein weltumarmendes Glück.

Die enganliegende Lebensart im Frühlingshause, die das Werk der Tante Veronika war, fand sich bei Maria Reh nicht. Sie war ein blondes, schlankes Mädchen mit einem Teutoburgerwaldgesicht und einem freien Hals, an dem über dem Blusenausschnitt unter dem Nacken der erste Rückenwirbel kräftig hervortrat; denn er hatte zu tun, den Kopf mit dem klingenden Haar und dem klaren, kühnen Gesicht zu tragen.

Natürlich behauptete Maria, sie wäre viel größer als Jockele. Als sie einander aber mit entschuhten Füßen und aufgelegtem Skizzenbuch an einem Waldstamme maßen, war zwischen den beiden Strichen gerade nur so viel Raum, daß ein Sonnenstrahl hindurchkriechen konnte.

Diese Messung fand auf dem Wege zu dem Berge der Frau Venus statt. Und weil es eine so sonnevolle Waldfahrt war, gelangten sie erst im roten Lichte des Spätnachmittags in das Forsthaus und standen beide über und über in Blüte. Deshalb läutete das prinzliche Paar gleich mit allen Glocken, und das Lachen schoß als goldene Raketen in die Waldnacht vor dem traulichen alten Jägerhause. Dabei wurde festgestellt, daß der Jockele in sechs Wochen um sechs Jahre älter und ritterlicher geworden sei, und er, dem das Haar so wellig und schwarz um die Stirne wehte, hatte die Augen voll feuchten Glanzes.

Das Zinzilein schaute fast erschrocken in dies heiße Licht, das aus einem tiefen Himmel kam. Aber der Jockele sagte: daran wäre die Sonne schuld, die über Tag hineingeronnen, und daran wäre schuld, daß diese Augen nun Dinge zu suchen und zu sehen hätten, von denen das Zinzilein samt seinem jungen Herrn Förster gar nichts ahnte. Er sagte das aus einem gläubigen Jungenherzen heraus; aber das Zinzilein mußte doch auf der Hut vor sich selber sein, daß sie ihn nicht für ganz erwachsen nahm und ein bißchen an ihm herumklopfte … denn auch das Zinzilein war in diesen sechs Wochen gelehrig gewesen und verstand sich auf Männeraugen.

Sie blieben in dieser Nacht im Forsthaus, und am Morgen wußte der Jockele, warum ihn das Zinzilein manchmal mit so rätselhafter Lustigkeit ansah, hinter der immer ein sehr großes und sehr leuchtendes Ausrufezeichen stand. Sie schliefen in den Zimmern im oberen Stockwerk, und ihre Betten standen Wand an Wand. Der Hochwald hauchte die Kraft durch die weiche Nacht, die die Kerzen zur Frühlingsfeier aus den schwarzen Tannen treibt, und irgendwo unter den Fenstern brach ein Brunnen aus dem schwarzen Stein und flüsterte der Nacht wunderliche heimliche Reden ins Ohr. Als Jakobus an das Fenster trat, hauchte ihn die Südwand des Zimmers mit einer süßen Schwüle an, daß er erschrak; denn es war, als legte Maria Reh die Arme um ihn.

Er löschte das Licht, das ihm das Zinzilein aufs Zimmer gebracht hatte. Die blaue warme Finsternis tat ihm wohl – und da merkte er, das Zinzilein hatte die Rätsel seiner Augen schon erraten, ehe er noch wußte, daß sie darin waren. Aber nun, in der Stille dieser Waldnacht, nun war das Wunder da: er sah in der Finsternis! Es stand ein hohes blondes Frauenbild vor ihm, reif wie ein Ährenfeld im Sommer, wenn der Duft von gebackenem Brote über die wogenden Halme zu schwimmen beginnt, und Maria Reh war schön wie eine Königin. Er blieb immer in der Nähe der Wand, in die des Tages die Sonne gesickert war, und fühlte den warmen fremden Odem … Mitten darin stand Maria Reh in ihrer leuchtenden Überlegenheit und zog ihn an sich und küßte ihn mit ihren roten Lippen auf den Mund. »Was bist Du für ein lieber stolzer Junge«, sagte sie. – »Stolz?« fragte er. »Wissen Sie denn nicht, daß ich immer so vor Ihnen knien möchte wie heute an dem warmen Waldhange, wo der Wachtelweizen in tausend blauen Lichtern brannte? Und wissen Sie denn nicht, daß ich Ihr Edelknabe bin, Sie liebe, liebe blonde Königin?« Da hörte er ihr klingendes Lachen, und sie nahm seinen Kopf zwischen ihre Hände und küßte ihn auf die Stirn …

Über dem Kusse schloß er die Augen und fühlte ihn hinabrinnen als ein wundersames himmelfremdes Glück bis in sein Herz.

Und er ward durstig nach dem blutroten Leben ihres Mundes – aber er dachte nicht daran, sie zu küssen, sondern *sie* mußte es sein, die sich über ihn beugte und ihm aus der Gnade ihres Königinnentums reichte, wonach er so sehnsüchtig war …

So sahen die Verheerungen aus, die dieser jubilierende Montag in Jakobus Sinsheimer angerichtet hatte. Weit über die Mitternacht hin schwamm er in einem rosenroten Meere von Seligkeit … Auf einmal wachte er auf – der Morgenhahn warf seinen Ruf wie eine goldene Lanze durch das Fenster! Jockele erwachte sehr nüchtern; er hatte sich in den Schlaf gefreut; denn er dachte, der Traum würde die Fäden noch viel schöner weiterspinnen, die er ihm in die Hand gegeben. Nun hatte ihn die Nacht darum betrogen.

Aber die falterleichte Jugend, als sie die Wipfel so voll klingender Sonne sah, brachte sein Herz gleich wieder zum Fliegen.

Er schritt leise die Treppe hinab und fand Zinzilein und Matthias schon draußen beim Morgenkaffee unter der großen Buche. Im Zimmer Marias war der Vorhang noch vor das Fenster gezogen.

Jockele hatte nichts dagegen, daß Matthias gleich danach das Gewehr umhängte und in den Wald ging; denn nun nahm er des Schwagers Platz ein, weil er von da aus das Fenster an Marias Zimmer immer im Auge haben konnte.

Das Zinzilein belustigte sich in aller Heimlichkeit ganz ungemein.

Es war ein blanker Morgentisch gedeckt, wie es zu den hellen Herzen und der Welt voll Licht paßte, und als Maria Reh – schon fix und fertig – endlich den Vorhang zur Seite zog, flogen ihr die sehnsüchtigen

Augen des Jungen ans Herz. »Na, da ist sie ja!« jubelte das Zinzilein, und Jockele wurde ganz stolz, weil sie seine Schwärmerei gemerkt hatte und doch in der Ordnung zu finden schien. Man plätscherte noch eine Viertelstunde in Lachen und Sonne, dann segelten die beiden auf ihrem glückhaften Schiffe davon.

Jakobus war nach dem Erlebnisse vom Abend zuvor wie verwandelt, gestern war er ein Malschüler gewesen, heute war er ein glückseliger Page.

Maria Reh ließ sich seine scheue Liebe gefallen und hätte nicht das geringste einzuwenden gehabt, wenn sie etwas weniger ungefährlich gewesen wäre. Sie war nun auch viel sanfter zu ihm; denn sie sah, der Junge war ganz von sich, und diese erste Jugendschwärmerei fiel über sie wie der Duft einer Blume, die ohne Gift ist.

Mittags, als sie wieder an dem Hange ruhten, über dem der Wachtelweizen mit den himmelblauen Spitzen seiner Stengel als ein sonnenstiller See blühte, strich Maria mit ihrer Hand über sein Gesicht; da lehnte er den Kopf an die Erde und ließ ihre Stirn so über sich kommen und sah seinem Glücke tief in die Augen. Dann sagte er: »Ich bin sehr froh, daß Sie so lieb zu mir sind!«

»Sind das Zinzilein und Fräulein Veronika nie so gewesen?« fragte sie aus ihrem wissenden Herzen heraus.

»Aber das ist doch etwas ganz anderes, Fräulein Maria!« Und er erfaßte ihre Hand und legte sie über seine Augen.

Weiter geschah auf diesem langen, langen Frühlingsgange nichts, aber als sie in der Dämmerung nach Hause kamen, waren sie beide ganz still geworden, und Maria sagte sehr weich und mitleidvoll zu ihm: »Auf morgen – nicht wahr?«

Da küßte ihr der Junge die Hand und ging mit gefährlich feuchten Augen von dannen.

Sie sahen sich nun an jedem Tage. Jockele saß neben ihr im Walde und zeichnete, was sie ihm aufgab. Des Morgens suchte er sie stets mit scheuer Freude; denn vor Nacht war sie immer in so königlichen Bildern um ihn, und dann ließ er sich von ihren sachten Händen in den Schlaf streicheln.

Sie fühlte auch, was sie ihm war, und war darum auf der Hut vor sich selber, damit der Glanz nicht von ihr abfiel, den seine erwachenden Sinne um sie träumten.

Er hätte am liebsten gehört, wenn sie ihn »Du« genannt hätte, aber die Scheu, sich lächerlich zu machen, hielt ihn davor zurück, es ihr zu sagen; wenn er in den heimlichen Stunden zwischen Schlaf und Wachen mit ihr allein war, mußte sie es doch machen wie er wollte!

Über allem befiel ihn ein ruheloser Eifer, ihr mit seinen Zeichnungen zu gefallen. Sie lobte ihn leicht und oft; das hatte ihm zuerst wohlgetan; dann peinigte es ihn; denn er dachte, es wäre eine unverdiente Gefälligkeit. Er sagte ihr das auch einmal und verstimmte sie damit; das dauerte drei Tage, und am vierten ging sie zu einer Stelle im Walde malen, die sie ihm nicht verraten hatte. Da geriet er in eine qualvolle Unruhe, lief den ganzen Tag im Walde herum und war heilsfroh, als er sie gefunden hatte. Aber die Abende, in denen er sich ihr ans Herz träumte, waren seit einiger Zeit nicht mehr so wonnevoll wogend und rosenrot, und sie wurden es noch weniger, als sie eines Tages an ihrer Bluse auf dem Rücken einen Druckknopf nicht geschlossen hatte. Wenn sie vor der Staffel stand und sich ein wenig zurückbeugte, sperrte sich diese Stelle des Verschlusses immer auf und ließ ein Stück Spitze ihres Hemdes sehen.

Das peinigte ihn; denn es stimmte gar nicht zu den königlichen Bildern seiner Frühlingsträume. Er arbeitete mit heißerem Eifer, um Maria vor seinen törichten Augen zu schonen. Aber immer wieder blitzte das schmerzende Weiß in seine Arbeit – da nahm er den Feldstuhl und setzte ihn so, daß er ihre Rückseite nicht sehen konnte, und begann eine neue Zeichnung.

Einige Tage später war der Druckknopf wieder offen. Da sagte er zu ihr, er könne diese Bluse nicht leiden. Sie redeten eine Weile in scherzendem Ernste, und weil sie so überlegen tat, wehrte er sich –

»Jawohl, nicht leiden, weil immer ein Knopf daran offen ist!«

»O weh«, sagte sie lachend, »und das haben Sie gesehen und haben ihn nicht zugedrückt?«

Sie fand also dabei gar nichts. Aber sie ahnte auch nicht, daß ihr großes Licht in seinem Herzen darüber zu einer matten Sonnenscheibe geworden war. Dann knurrte er ein bißchen vor sich hin, und sie redeten danach einmal vom Wetter und daß der Herbst schon so unfreundlich durch das Gebirge kroch.

An ihrer Freundschaft änderte dieser Vorfall nichts, aber über die Vergänglichkeit des Rausches der Liebe begann Jockele in diesen Tagen der ersten Nebel doch nachzudenken …

Er ging in die Reifkälte des Oktobers aufrechter und fertiger, als er durch die fallenden Blüten des jungen Jahres gegangen war.

Da sie sich wieder einmal maßen, war er über Maria Reh hinausgewachsen, was ein wildes Siegesgeschrei zur Folge hatte, und seine Arme baumelten nicht mehr um ihn herum wie Schlaghölzer am Dreschflegel. Er hatte auch Fräulein Sinsheimer mit auffälliger Sicherheit erklärt, er wolle Maler werden und – vom Herbste des nächsten Jahres an – die Weimarische Kunstschule besuchen. Im Herbste des nächsten Jahres war er siebzehn vorbei.

Veronika, die mit Maria Reh mehrfach über sein Talent gesprochen hatte, gab ihr ruhevolles Einverständnis und war froh, daß die Dinge sich so fügten. Seine mancherlei Studien vor und in der Natur waren nun gewiß auch für seinen künftigen Beruf nicht zwecklos gewesen, und die alte Dame brauchte sich nicht zu sorgen, daß ihr der Junge dereinst den Vorwurf machte, sie hätte den Unterricht planlos betrieben – nein, nein, die Sache war ihr so in allen Stücken recht.

Als die Blätter gefallen waren, war Maria Reh fort. Die Freundschaft hatte gehalten – Jockele hatte ihr das Gepäck in das Wagenabteil gereicht und hatte ihr noch im Schreiten Lebwohl gesagt, als schon die Räder neben seinen Schuhen rollten.

Aber sie stand nun in seinen Gedanken in einer so rotbäckigen Menschlichkeit und kernigen deutschen Art, daß er sich wunderte, wie es ihm möglich gewesen wäre, das alles mit dem Glanze des Märchenkönigtums zu umdichten.

Auf einmal faßte das Leben mit hartem Griff in den stillen Lauf der Tage des Hauses am Walde, und es ward eine tiefe Finsternis. Es sah aus, als wollte sie der Dinge und Herzen Herr werden und alle Freude in einer Stunde in die Luft sprengen, an der Veronika viele Jahre mit heiterem Fleiße gebaut hatte.

Tief im Thüringer Wald steht ein Gasthaus an der Straße, etwa drei Wegstunden von Ibenheim; darin halten Fuhrleute, die über das Gebirge fahren, ihre Rast; dahin ziehen sommerfröhliche Menschen, wenn ihre Herzen dürsten nach Bergwind und Tannengrün. Im Winter ist es ein verlorener Bergwinkel, um den die Stürme Lasten von Schnee mauern.

In jenes Gasthaus trat an einem frostklaren Januartage ein Weib, hatte in Männerstiefeln lange verschneite Straßen hinter sich getreten und war in allerlei schlechte Tücher gehüllt. In der Hand trug sie den

Schaft einer jungen Erle, irgendwo am Wege gebrochen und notdürftig für eine Bergfahrt zugerichtet.

Die Frau sprach ein fremdes und mühseliges Deutsch, und die Wirtsleute sahen sie aus ihrer tiefen Wintereinsamkeit verwundert und fast feindselig an.

Sie rückte sich einen Holzstuhl an den Ofen und nestelte Kupferstücke aus der Tasche ihres Rockes; das ging langsam, denn ihre Hände waren krumm vor Kälte. Für das Geld bekam sie ein Glas Grog und schüttete den heißen Trank schluckweis in sich hinein. Darüber kamen ihre erstarrten Sinne, kam ihr das Herz allgemach wieder in Gang. Die Wirtsleute begannen, sich an sie heranzufragen. Aber sie hatte abwesende Augen, leuchtete damit in der großen Gaststube herum und sagte: »Die Fenster sind alle dick zu von Eis.«

Da merkte der Wirt, es wäre nicht viel mit ihr zu reden, und bedeutete sie durch Zeichen, ob sie noch ein Glas Grog brauche. »Ja«, sagte sie, und legte das Geld dafür auf den Tisch. Ihre Augen gingen wieder durch die Stube und blieben endlich stehen, und die Wirtin, die das kochende Wasser aus dem Kessel über den Rum schüttete, fragte sie, ob sie krank wäre.

»Nein«, – sie überlegte sich nur, wie sie es sagen sollte, was sie vorzubringen hätte; denn ihre Sprache wäre das Ungarische und sie fände sich im Deutschen nur mühsam zurecht.

Da taten die Leute ihre Arbeit und warteten, was es mit ihr wäre.

Nach einer Weile sagte sie: »Ist hier vor länger als sechzehn Jahren ein Kind gefunden worden?«

»Hm, ein Kind gefunden? Das ist eine merkwürdige Frage. Und vor mehr als sechzehn Jahren?«

Die Wirtin wußte gleich, wohin die Frage zielte. Aber es wachte in ihr auch schon die Furcht auf vor mühsamen Gängen zum Gericht. Und sie warf ihrem Mann einen Blick zu, der wollte sagen: gibt acht, aus derlei Dingen wächst ein Haufen Unkraut!

Deshalb antwortete sie mit hinterhältiger Sanftmut: »Ein Kind? Es ist davon wohl nichts bekannt worden.« Aber die Neugier brannte sie auf die Nägel, und der Mann sagte, vor sechzehn Jahren wären sie noch gar nicht in dieser Gegend gewesen.

Die Zigeunerin hatte das graue Tuch, das sie um den Kopf getragen, überdem zurückgeschoben; da sahen sie, daß sie im Alter der ergrauenden Haare stand. Sie hatte ein verkümmertes Gesicht und sehr schöne schmerzvolle Augen.

»Nun«, begann sie nach einer Weile, »wenn ein Kind gefunden worden ist, so redet man in einem Gasthause wohl auch nach vielen Jahren einmal davon; denn Kinder wachsen doch nicht an den Straßenrändern wie die Disteln.«

Ob es ein Junge oder ein Mädel gewesen wäre?

»Es war ein Knabe, und in der Nähe des kleinen hellgrünen Hauses am Waldrande war eine Sandkuhle. Ist da nicht ein grünes Haus in der Nähe, bei dem eine Sandkuhle ist?«

»Es sind etliche Sandkuhlen in dieser Gegend und wohl auch mancherlei grüne Häuser«, sagte der Wirt, aber es war, als liefen ihr seine Gedanken nun doch entgegen. »Was haben Sie denn mit jenem Kinde zu tun?«

»Ich bin die Mutter. Ich habe es auf die Schwelle jenes Hauses gelegt – es war in einer grauen Frühe und war im hohen Sommer. Ich dachte: in diesem Hause müßten gute Leute wohnen – es war alles blank und sauber daran.«

Da redeten die Wirtsleute leise miteinander, und weil sie dachten, es wäre besser, dies Weib wäre nicht unter ihrem Dache, rückte die Wirtin ihren Stuhl herzu und sagte: »Es ist in der Tat einmal von einer solchen Sache geredet worden« – was es denn wäre, das sie nach so vielen Jahren herzöge?

Menschen, die von Reu' und Glauben voll sind, schließen leicht alle Türen ihres Herzens auf … und die Zigeunerin erzählte: es lebe in ihrem Volke die Gabe, das Künftige zu erschauen, und es hätten ihr drei weise Frauen ihres Stammes gesagt: ihr Kind lebe, aber es könne keine Rast finden hier und dort …

So erzählte sie aus der Not ihres abergläubigen Herzens eine verworrene Geschichte von silbernen Ohrringen, deren einen sie trüge und die wieder zusammenkommen müßten, und sie erzählte eine noch viel verworrenere Geschichte von den Seelen, die sich gleich den getrennten Ringen suchten über Zeit und Ewigkeit hinaus.

Nicht die irrende Not dieses Weibes, nicht das Elend ihres verkümmerten Leibes hatte bei den Wirtsleuten vermocht, was der närrische Glaube ihres Herzens vollbrachte …

Davor wurden ihre Augen weit, und sie liefen mit schauerndem Behagen am Wunderlichen in das dämmerige Land dieser Seele.

Aber sie scheuten sich, das letzte zu sagen, und gerieten darüber wieder ins Forschen: wenn sie den Sohn nun für sich haben wollte, ob sie meinte, daß man ihn ihr gäbe? Er wäre doch nun ein Mensch geworden, der ihr ganz ferne gerückt sei mit seinen Gewohnheiten und seinen Kenntnissen.

»Oh«, sagte die Zigeunerin, »ich will nicht sein Glück zerstören, sondern ich will es erfüllen.«

Da redeten die Wirtsleute in der breiten Mundart ihres Landes miteinander.

Die Frau war voll Mitleid und sagte:

»Man muß ihr den Weg zeigen!«

Aber der Mann widersetzte sich:

»Sie wird die Geschichte von den Wahrsagerinnen erfunden haben; sie will sich in das fremde Haus stehlen und dort einnisten, und man wird uns die Schuld an allem zumessen, was daraus hervorwächst ...«

Dann beschrieben sie ihr den Weg aber doch, der sie über das Gebirge führte, und nannten ihr den Namen des Dorfes und sagten, sie müsse zum Gemeindevorsteher gehen und den Ohrring zeigen – es würde sich dann schon alles finden.

Danach ging die Zigeunerin fort und wanderte durch den tiefen Schnee des Waldes und lief einen weiten Weg in dem Dämmerlichte, das zwischen den Stämmen der hohen Fichten lag; denn die Bäume trugen ein Dach aus Schnee.

Es war ein Schreiten zu den Toren der Ewigkeit; denn es fiel ein fremdes schönes Licht in die bangende Seele, und der vermühte Leib vergaß über dem beschwingten Gange die Not der verflossenen Zeit.

Der Weg führte aufwärts zum Kamme des Gebirges. Der Weg? Es war kein Weg, es war weißer schlafender Waldgrund, und der klirrende Frost zerwehte vor dem beseligten Wanderschritt.

Droben, wo sie schon den Wind hinter dem Kamme des Gebirges singen hörte, und wo er hohe Mauern aus glitzerndem Schnee durch den Wald gezogen hatte, lehnte sich das Weib an eine der weißen Wände ... es war, als wäre aller Frost drüben, wo das ferne und eintönige Singen der Luft erklang. Da dachte sie: ich will mich ausrasten, ehe ich hineinschreite in den klirrenden Wind. Sie setzte sich nieder und sah die tiefe Spur, die ihre Füße in den Schnee getreten hatten, und wunderte sich, daß ein Mensch durch solch einen verstürmten Bergwinter schreiten könnte ...

»O ja«, sagte sie, »mit einem Herzen voll Himmel wandert man durch alle Mühsal der Erde ...«

Das war das letzte. Dann fiel ein blaues heitres Scheinen in sie. Und das blaue heitere Scheinen war das Sterben; denn als der Frühling über die Berge stieg und die weißen Decken wegnahm, fanden sie die Waldleute in ihrem tiefen Schlafe. Der Mann der Barbara Laufer war unter ihnen, und als er den silbernen Ohrring sah, den die fremde Tote trug, lief er zu Herrn Peter Squenz in Ibenheim und sagte, er sollte gleich mit ihm gehen; denn die dort oben schliefe, wäre die Mutter des Jakobus Sinsheimer. –

Durch Herrn Peter Squenz war diese Geschichte schon in allen Einzelheiten auf die Menschen losgelassen worden, als sie im Frühlingshause noch niemand ahnte.

Gegen Abend, da die Leute von der Waldarbeit heimgekommen, sah Mali eilige Frauen gegen die Hütte der Laufer streben, verkündete das dem Fräulein Veronika und schickte sich gerade an, Licht in die Sache zu bringen, da trat Herr Peter Squenz über die Schwelle. Die Glocke an dem metallenen Schwippbogen machte einen so ausgiebigen Lärm, daß auch der Jockele mit Augen voll Einsamkeit und Bestürzung herzulief; er hatte naturforscherweise in der Gartenhütte gesessen.

Squenz, der als Amtsperson kam, nahm sich entsprechend wichtig und ahnte nicht, daß Tante Veronika ihm von dieser Stunde an eine Taktlosigkeit und Gemütsroheit nachreden würde, die sie mit sehr spitzem Munde als »einfach ganz unverzeihlich« bezeichnete. Er hielt die Anwesenheit Jockeles für durchaus wichtig; denn es ginge den Jungen vor allem an, meinte Herr Squenz, und dann berichtete er. Fräulein Sinsheimer saß dabei in ihrem Lehnstuhl, als hinge sich in dieser Stunde ein Bienenschwarm unter ihr an die Polster des Sessels; in Jakobus löschte der Tag aus, und das Mädchen Mali stand draußen im Vorhaus, hielt die Hand auf der blanken Klinke und überlegte, ob sie nicht die Flamme ihres Zornes über diesen Herrn Squenz werfen sollte. Der faltete drinnen ein Papier auseinander und legte den Ohrring auf den Tisch, und Jockele holte den Bruderreif aus dem geschliffenen Väslein und legte ihn daneben ...

Da fand Fräulein Sinsheimer das erlösende Wort –

»Ich bin gar nicht mehr imstande, Ihnen zuzuhören, Herr Squenz, und bitte Sie, das Haus zu verlassen ... Sehen Sie denn nicht, welche Verwüstungen Sie anrichten?«

Herr Squenz schaute sich sehr verwundert um und sah nichts. Dann entschuldigte er sich mit seiner Pflicht, aber Tante Veronika lehnte sich im Stuhle zurück und bezeigte ihm so vollkommene Abwesenheit und tiefe Entrüstung, daß er sich ohne Säumen empfahl. Die Klingel läutete ihn hinaus, und es war zu hören, daß Mali den Riegel hinter ihm mit strafender Empörung vor die Tür schlug. Dann kam sie herein; denn sie hatte Fräulein Sinsheimer von Verwüstungen reden hören – sie hielt ihre Anwesenheit in dieser wilden Stunde auch ohne Aufforderung für durchaus nötig. Tante Veronika stieß ihren gelben Stock in einemfort hart vor sich auf die Dielen; denn sie hatte das Bedürfnis, jedes ihrer zornwütigen Worte mit einem Schlage zu bekräftigen. Jakobus saß am Fenster, hatte den Kopf auf den Arm gestützt und sah in finsterem Schmerze in die sinkende Nacht. Was ihm einmal ein Schuljunge in raschem Kinderärger nachgerufen und wovor man ihn im Haus eine lange lichte Jugend hindurch behütet hatte – in dieser Stunde hatte Peter Squenz mit der brutalen Rücksichtslosigkeit des vereinigten Ochsenbauern und Polizeimannes die Decke von dem Geheimnis gerissen und hatte dem Jungen das Herz blutig geschlagen. Es war alles durcheinandergestürzt, was Tante Veronika in den Jahren aufgebaut hatte, und sie fand sich nicht mehr in sich selber zurecht. Da legte die alte Mali dem Jockele ihre Hand auf die Achsel; denn sie sah, daß ihm die Augen überliefen von stillem und heißem Weinen. Sie fand auch warme Worte windigen Trostes – denn welches Menschen Rede vermöchte das wildgewordene Meer eines im Tiefsten erregten Herzens zu glätten?

Danach stand er sehr ruhig auf und sagte: »Ich will in das Gartenhaus gehen und sehen, wie wir es machen können.«

Als es schon ganz dunkel geworden war, kam er wieder herein und sagte:

»Es ist nicht das, was Ihr denkt, daß es mich so hart getroffen habe! Daß eine Zigeunerin im Bergwinter verkommen ist, die ich nicht kenne, ist ein Jammer, und der Gedanke ist furchtbar, daß sie meine Mutter gewesen sein könnte. Aber ich habe sie nicht gekannt – sie hat auch gar nicht gewollt, daß ich sie kenne und liebhabe – aber sie zerreißen sich nun die Mäuler in der ganzen Gegend über mich. Vielleicht ist das auch nicht so schrecklich, wie es mir jetzt zu sein scheint; denn jetzt meine ich, ich könnte mich nicht mehr draußen sehen lassen, weil die Kinder hinter mir herschreien, was mir meine Mutter getan hat.«

Tante Veronika hörte ihn in Ruhe an, aber der alten Wirtschafterin wendete sich das Herz um, und sie kam mit Gründen einer landläufigen und gefühlsseligen Moral, daß es schlimm wäre, wenn ein Kind so von seiner Mutter rede.

»Und was hast Du Dir weiter gedacht?« fragte Veronika.

»Ich habe mir gedacht, es wäre am besten, ich ginge fort, schon morgen. Ich habe alle meine Zeichnungen zusammengesucht und will damit zu Maria Reh nach Weimar und möchte sie fragen, was *sie* zu der Sache meint. Wenn ich unter fremden Menschen bin und neue Pflichten habe, komme ich leichter über alles hinweg.«

»So ist es wohl am besten«, sagte Tante Veronika. »Ich kann Dir in jedem Monat hundert Mark schicken; wenn Du mit dieser kleinen Summe auskommst, so will ich Dich nicht zurückhalten. Und es wird wohl gehen; denn Maria Reh hat mir gesagt, daß sie auch mit so wenigem haushalten müßte.«

»Hundert Mark?« fragte Jakobus in großer Verwunderung.

»Du darfst darüber nicht erstaunt sein«, sagte Veronika, »es ist nicht viel – Du weißt das noch nicht. Aber ich denke, es läßt sich schon machen.«

Sie hütete sich auch in dieser finsteren Stunde vor schulmeisterlichen Lehren und dachte: wenn ich ihn falsch erzogen habe, so wird nun auch sein Leben falsch werden.

Dann stand sie auf und suchte mit dem Mädchen alles zusammen, was er mitnehmen sollte. Er trug aus dem Gartenhause herüber, was er für nötig hielt, und sie ließen noch etliches für den anderen Tag; denn es wurde bestimmt, daß er erst abends reisen sollte, um den peinlichen Augen der Leute von Ibenheim aus dem Wege zu gehen.

Als die Stunde gekommen und sein Gepäck schon vorausgeschickt war, begleiteten ihn Veronika und Mali bis auf die Schwelle des Hauses. Sie hatten alle aufrechte und stille Herzen, und Fräulein Sinsheimer sagte: »Ich habe mir das bis zuletzt aufgehoben: borge Dir von keinem Menschen Geld, wenn Du einmal nicht mit dem langen solltest, was ich Dir geben kann! Es würde mir sehr weh tun; denn Du würdest damit bezeigen, daß Du zu anderen mehr Vertrauen hast als zu der Frau, die mit all ihrer Treue und Liebe um Dich gewesen ist. Du hast mir viel Freude geschenkt, Jakobus, und ich habe die Pflicht und den Wunsch, Dir für dies Glück zu danken. Du wirst mich immer finden, so oft Du mich suchst. Und nun sei brav und tapfer – lebe wohl!«

Jakobus sagte: »Ich weiß seit gestern klarer denn seit je, daß ich Dir alles zu danken habe, was ich bin und wohl auch werde, liebe Tante Veronika, und ich werde es nie vergessen.«

Dann beugte sich seine hochgewachsene klare Jugend zu der kleinen feinen Frau hinab, und sie küßte ihn mit ihren schmalen Lippen auf die Stirn.

Die Glocke am Schwibbogen tat drei leise Schläge, als sich die Türe geschlossen hatte, und Veronika sagte zu Mali: »Wir sind heute ein großes Stück dem Ende zugelaufen. Man legt nicht jeden Tag als Maß an den Weg, aber in solch einem stehen gleich sieben Meilensteine.« –

Er kam nachts um elf Uhr nach Weimar. Am anderen Vormittage ging er in die stille Straße, die Am Horn heißt; denn Maria Reh wohnte seit einiger Zeit mit einer Freundin, die auch Malerin war, in dem sehr kleinen Gartenhause, das ganz versteckt in dem schönen Besitze des Generalintendanten von Vignau liegt.

Als er den breiten Fahrweg entlang schritt, der von dem eisernen Tor unter Kastanienbäumen zu dem Häuschen führt, kam er sich sehr tapfer und fast daheim vor; denn er war durch den alten Weimarer Park herübergegangen, und die Welt war voll Frühlingsahnungen und heimlich springenden Knospen wie der Buchenwald an den Hängen des Gebirges. Als seine Augen nun den Schritten vorausliefen und an den kleinen Fenstern suchten, ob sie Maria Reh sähen, wußte er: er würde den Damen alles erzählen, was ihn zu seinem raschen Entschlusse gebracht hatte. Er kannte all diese Menschen nicht, an denen er vorbeigelaufen war, und fühlte: denen wäre es ganz gleichgültig, woher er gekommen sei; und sein helläugiges Wesen bäumte sich auch dagegen auf, sich von den Malerinnen die Wege in das Leben führen zu lassen und ihnen dafür mit Unehrlichkeit zu begegnen. Barbara Laufer hatte wahrscheinlich längst von allerlei Vermutungen zu Maria Reh gesprochen ...

Er stand vor der grauen Haustür und zog an dem Glockenstrange, der aus einer anderen Zeit kam ... Da hatte ihn Maria Reh auch schon in den Händen, und ihre weiche tiefe Frauenstimme wollte sich überschlagen –

»Mensch!« rief sie, »Sie sind ja schon wieder eine Elle länger geworden und haben die Augen ganz voller Himmel – was will denn das werden?«

Sie zog ihn die schmale Holztreppe empor – – was war das für eine starke und frohmütige Art!

In der kleinen Stube nach dem Garten hin stand Doris Rinkhaus in einem hellblauen Morgenkleide – ein Frühlingstag, dachte Jakobus Sinsheimer; denn es war alles blau und golden an ihr, ihr Gesicht blühte wie ein Sonnenhang im März, und sie trug das lichte Haar wie die Mädchen auf den Bildern Defreggers.

Das stürzte alles so über ihn, und eine dunkle und eine helle Frauenstimme flatterten um ihn wie ein Trauermantel und ein Zitronenvogel, die in seinem jungen Lichte spielten. Maria Reh ergriff seine beiden Hände und legte sie in die von Doris Rinkhaus und sagte:

»Das ist der Junge aus dem grünen Lande! Gib acht, aus dem wird etwas – es weiß nur noch nicht, wohin es mit ihm will!«

Nun saßen sie sich seit drei Minuten gegenüber und kannten sich schon seit Anbeginn.

Auf dem Tische lag ein Wachstuch; das Geschirr vom Morgenkaffee stand noch darauf und daneben lagen viele Krumen. Auf einmal fiel es Doris Rinkhaus ein, sie müßten den Tisch abräumen, weil sie Besuch hätten. Da packten sie beide die vier Zipfel des Wachstuches, ließen das Geschirr durcheinanderklirren, schütteten ihr Lachen darüber und trippelten damit in die Küche. Dann rückten sie an Jakobus heran, daß die drei Paar Knie zusammenstießen, und Maria Reh sagte: »Schießen Sie los, junger Mann! Sie wissen, Sie haben sich einmal an mir in sieben rosenrote Himmel hineingeschwärmt, aus deren etlichen Sie jählings herausgefallen sind. Aber der Freundschaft tut das keinen Eintrag – und nun mal los: Hat die Tante Veronika einen Krach geblasen? Leiden Sie an einer unglücklichen Liebe, die ganz gewiß Ihre letzte sein wird? Haben Sie ein neues Schmetterlingsbuch verfaßt, oder wie ist das?«

»Du reißt ja mit einem Male alle Türen an Herrn Sinsheimer auf!« mahnte Doris Rinkhaus. »So laß ihn doch erst zu sich selbst kommen!«

Da tat Jockele einen tiefen Atemzug – es ging nun doch nicht so leicht, wie er nach dem klingenden Begrüßungsfeste gedacht hatte. Er begann tastend – ein Wanderer an einem steilen Hange, der fürchtet, die Steine unter ihm könnten ins Gleiten geraten. Er suchte zuerst auch in den Augen und Mienen der Mädchen, ob sich in ihnen über seine Rede eine heimliche Lustigkeit zeige. Aber sie hörten ihm mit Selbstvergessenheit zu. Einmal unterbrach er sich und sah Maria Reh an:

»Wußten Sie schon, daß allerhand Gerüchte über mich in den Dörfern liefen?«

»Ja«, sagte sie, »ich habe es reden hören. Die Leute taten sehr geheimnisvoll; ihre Erzählungen hörten sich auch gar zu komisch-romantisch an – das Lachen kam einem ja, wenn man ihre stumpfen Gedanken und plumpen Münder an diesem Rätsel herumraten sah!«

»Ich dachte es mir, daß Sie es wüßten. Und Sie haben mir auf unseren Waldgängen nichts davon gesagt?«

»Warum sollte ich mich in Dinge drängen, die mich nichts angehen? Und wenn Sie selbst gar keine Ahnung gehabt hätten – warum sollte ich Ihnen denn einen so großen Schmerz bereiten?«

»Sie reden von einem großen Schmerz, Maria. Wollen Sie ganz ehrlich gegen mich sein?«

»Ja«, sagte sie, »ich gelobe es sogar!«

»So sagen Sie mir: was meinen Sie mit diesem großen Schmerz?«

»Ich habe gedacht, es müßte Ihnen sehr weh tun, daß Ihre Mutter Sie so lieblos in die Welt gesetzt hat ...«

Darüber sprang Doris Rinkhaus auf und schritt ein paarmal durch die kleine Stube –

»Was meinst Du?« fragte Maria.

»Ich glaube gar nicht an den großen Schmerz«, sagte sie, »nein, ich kann es mir nicht denken!« Und es lag über ihren klugen Stirn und über ihrem leuchtenden Munde wie ein Märztag, den der Sturm blank geblasen hat. Sie sprach hart und klar: »Wenn ich mir überlege, meine Mutter hätte mich hilflos auf eine fremde Schwelle gesetzt und hätte sich nicht mehr um mich gekümmert, dann hätte sie ja gar keinen Anspruch auf meine Liebe ...«

Danach erzählte Jockele die Geschichte zu Ende. Es kam ein fast wilder Mut in ihn, den Kampf mit dem Leben aufzunehmen, in das er nun hinausgestoßen war, ehe er daran gedacht hatte. Hinter jedem Worte stand sein kampfmutiges und kühnes junges Herz. Der blühende Märzenmund hatte zur Flamme geblasen, was Glut gewesen war ...

»Man wird auch hier von dieser Geschichte reden; denn ich mag nicht immer um mich selbst herumlaufen wie der Fuchs um das Schlageisen, in dem er sich doch endlich fängt – nur sagen Sie es mir: wird man auch hier hinter mir herschreien und mich verachten, weil meine Mutter eine Zigeunerin war?«

»Ach Unsinn!« riefen die Mädchen wie aus einem Munde.

»Wenn Sie schon recht viel könnten, wären Sie mit einem Schlage berühmt!« Doris Rinkhaus fand alles ›rasend‹ interessant und warf die ›Donnerwetter‹ hinter ihre Worte als Ausrufezeichen. Manchmal wollten ihr Herz und Kopf davonlaufen, dann schlug sie sich übermütig vor den Mund und sagte: »Nur für Damen! Darüber will ich mit Maria reden, wenn wir allein sind!« Und Maria Reh faßte Jockele vorn an der Jacke und sagte: »Wissen Sie noch, wie weich und träumerisch und maigrün Sie um die Wachtelweizenblüte waren?«

Es flog ihm blutrot aus dem Herzen herauf – nun ja, auf dem Weg aus dem Sommerwalde durch den Bergwinter hatte auch viel Erkenntnis und Einsamkeit gelegen, dazu der Tag, in dem Tante Veronika sieben Meilensteine stehen sah! … Doris Rinkhaus sprang rettend dazwischen –

»Wie ich die Dinge beurteile«, sagte sie, »so müssen wir jetzt eine Bude für Sie suchen; denn hier geht das nicht, junger Mann!«

Jakobus Sinsheimer hätte am liebsten gesehen, wenn es hier gegangen wäre – nun jagten sie ihre Gedanken durch viele Straßen, und als nichts paßte, verfielen sie auf das Dienerhaus, das neben dem sehr kleinen Gartenhause stand und doch fast dreimal kleiner war als dieses. Weiß Gott, welcher Philosoph sich das einmal ins Grüne gedichtet hatte wie Vögel ihr Nest! Doris Rinkhaus sagte: es müsse ein ganz ungeheuer fröhlicher und gescheiter armer Mensch gewesen sein, und er sei über dem Gedanken sicher ins Singen geraten oder in ein welt- und himmel-fröhliches Pfeifen.

Die Sache kam in Ordnung: Jakobus Sinsheimer, der angehende Kunstmaler, hatte zwei Stuben zu ebener Erde und über sich ein Dach. In der einen hatte mit knapper Not sein Bett Platz. Auf ein Atelier glaubte er aus vielerlei Gründen zunächst verzichten zu können. Er ließ sich also sein Gepäck herbefördern und fing an zu wohnen.

Auf der Akademie hörte er auch Kunstgeschichte bei einem alten Herrn, der einmal Pastor gewesen war. Am ersten Tag erschien ihm die Sache prächtig; denn er trat an die neue Welt heran mit dem selbstverständlichen Willen, sie in allen Stücken vollkommen zu finden. Später saß er in diesen Vorlesungen mit grausamer Selbstentäußerung und ließ ihre mitleidlose Langeweile über sich zusammenschlagen. Auf Akt und Landschaft warf er sich mit der fröhlichen Kunst der Jugend zum Glücklichsein. Es war ein frische Zugreifen und herzhaftes Vor-wärtskommen, aber nicht ohne Eigenwilligkeiten, wegen derer es zu

Auseinandersetzungen zwischen ihm und seinen Lehrern kam. Wege suchen und Ziele finden, wenn es auch noch so mühsam war, machte ihn warm; der Regel und dem Schema stand er gefroren gegenüber. Um Menschen solcher Art bilden sich zweierlei Meinungen – die einen sagten: »Dieser Sinsheimer kann nichts und wird nichts!« Die anderen meinten: »Sinsheimer ist ein eigenwilliger Kopf, aber er ist aus dem Holze derer geschnitten, die durchkommen!«

Er hatte schon wenige Tage nach seiner Übersiedlung viele Bekannte; denn ein Junge, dem Zigeunerblut in den Adern rollte und der berühmt war von dem Augenblick an, in dem ihn zum ersten Male die Sonne beschienen hatte – das war etwas! Dazu diese geschmeidigen Glieder, und dies Herz, voll bis zum Rande von der Kraft des Bergwalds, und die Augen voller Licht – »Donnerwetter!« schrieb Doris Rinkhaus hinter Jakob Sinsheimer. Nach vier Wochen wußte kaum einer mehr, daß er noch einen anderem Namen trüge als Jockele – und das kam ihm von Maria Reh.

In der Zeit zwischen März und Frühling geriet er in das Leben, das Doris Rinkhaus in der Klarheit, mit der sie alle Erscheinungen erfaßte, die ›Filiale von München-Schwabing‹ genannt hatte. Es ist ein Gemisch von Jugend, Sorglosigkeit, Übermut, einem ganz geringen Zusatz ernster Arbeit und einem stärkeren von vermeintlicher Genialität. Zu den äußeren Kennzeichen rechnete Jockele, daß jeder, der in diesem Leben stand – sei es Jüngling oder Mädchen – die unverbrüchliche Verpflichtung eingegangen zu sein schien, in je fünf Minuten mindestens einmal die Worte genial, Genialität oder Genie zu gebrauchen. Darüber gelangte man zu der Annahme, die Genies wüchsen in der Welt wie gelber Löwenzahn, und binnen kurzem könnte sich die Erde nicht mehr vor ihnen retten.

Das war die Zeit, in der Jockele zu der peinlichen Erkenntnis kam, daß ein Monat zwanzig Tage länger sein kann als hundert Mark.

Ehe er dieses Maß nahm, hatte er sogar Geld ausgeliehen. Einmal machte er sich auf den Weg, die Schuld einzufordern. Da schloß ihn der Kunstschüler gerührt in die Arme und rief den Propheten Daniel zum Zeugen an, daß er alles bezahlen würde, wenn er berühmt wäre.

Mit diesem Troste zog Jakobus Sinsheimer seine Straße und war froh, daß er über den alten Schießstand unter den mächtigen Kastanienbäumen nach Hause gehen konnte, der hinter den Gartenzäunen langlief; denn er dachte, die Menschen müßten es ihm ansehen, daß er seit drei Tagen nur noch zwei rote Pfennige in der Tasche trüge. Weil der Magen gegen solche Behandlung knurrend Einspruch erhob, trat Jockele zuvor in den Hausgang einer Bäckerei und erstand für diese zwei Pfennig Weißbrot. Auf dem Walle des Schießstandes, um den Maienwind und Grün wirbelten, verschlang er die Semmel und sah dabei manchmal über die Gartenzäune, ob da wohl einer in sattem Wohlbefinden stand und ihn beobachte. Aber es war niemand da als der Frühling, und der hatte alle Hände voll zu tun; denn da warteten die tausendarmigen Leuchter der Kastanien und wollten angezündet sein.

Als Jakobus gerade den alten Wall hinabspazierte und durch die Schlüpfe des Gartenzauns in die grüngoldene Einsamkeit verschwinden wollte, setzte sich ein Mann im Gras auf. Ein stattlicher Herr mit einem blonden Vollbart und einer goldenen Brille. Unter seinen forschenden Blicken schritt Jockele auf die Pforte zu, und als er den Schlüssel hervorsuchte, erhob sich der andere und fragte: »Ah, Sie wohnen hier?«

»Zu dienen – in dem ganz kleinen Hause da.«

»Aha. Da sind Sie also der junge Maler Jakobus Sinsheimer. Ich heiße Fridolin Hartwig.«

»Angenehm. Auch Maler?«

»O nein, ich bin Schriftsteller. Darf ich Ihnen für wenige Augenblicke in das grüne Idyll folgen? Ich interessiere mich dafür – man kann Sie ja wohl darum beneiden.«

»Das wohl!« sagte Jockele. – Sie schritten über das Gras, das unter den schon schattenden Obstbäumen noch morgenfeucht war.

»Sie haben ja einen romantischen Einzug in die Welt gehalten«, begann Hartwig, »und wollen es im Leben zu etwas bringen, hm?«

»Ich hoffe.«

Sie waren eine halbe Stunde beisammen, und als sie wieder vor der Pforte im Zaune standen, kam Doris Rinkhaus den Gartenweg daher und ein Paar aufdringliche Männeraugen begegneten ihr.

»Was hatten Sie denn für einen Herrn in Ihrer Gesellschaft?« fragte sie später. Sie ließ es sich berichten …

»Er hat unehrliche Augen«, sagte sie – »solche, die gern um die Ecke gucken. Und wissen Sie, derartige Koketterien wie die dünne silberne Uhrkette um den Hals, die große Silbermünze mitten auf der Brust, und dies Spazierstöckchen neben so mächtigen Gliedern – so etwas wirkt auf mich einfach peinlich.«

»Aber liebes Fräulein Rinkhaus ...«

Sie sprang mitten hinein in seine Rede –

»Ach, sagen Sie, was Sie wollen, so trägt sich ein Mann nicht, und wenn er sich noch so ernst gebärdet! Ich würde das nicht einmal einem halbwüchsigen Kunstschüler verzeihen.«

»Sie verschießen Ihre Worte ja wie vergiftete Pfeile«, lachte Jockele; aber es war nicht das fröhliche Draufgängertum der anderen Tage in ihm.

»Jawohl, Pfeile! Und ich wünsche, Sie würden getroffen! Ich glaube, es ist die höchste Zeit, Sie einmal auszuputzen. Sie laufen seit ein paar Tagen in der Welt herum und tragen den Kopf unter dem Arm. Kommen Sie mal gleich rein, da kann ich lauter reden!«

Sie faßte ihn am Jackenzipfel und zog ihn hinter sich her in das kleine Haus. Da hatte die Sonne tausend Goldstücke auf die Dielen gelegt – Jockele sah dies poesievolle Leuchten zum erstenmal aus dem nüchternen Gesichtswinkel geprägten Edelmetalls. Das ist ein kläglicher Standpunkt; die meisten Menschen sagen: er ist richtig, aber sie unterbinden sich damit das Herz, kriegen scheele Augen, puddeln sich darüber ins Grab und haben ihr Leben zuletzt doch um das bißchen Himmel betrogen.

Doris Rinkhaus schob die Staffelei und den Stuhl in den Winkel – es war weiter nichts da, das sie am Auffahren ihres Geschützes hinderte. Jockele suchte einen Stützpunkt und wählte sich dazu den Stuhl. Sie wollte gleich ein richtiges Maschinengewehrfeuer auf ihn eröffnen, da befiel sie ein letztes Mitleid – »Mensch, sind Sie krank?« fragte sie.

»Ja«, sagte er, »sehr! Ich habe kein Geld und habe seit drei Tagen eigentlich nichts mehr gegessen.«

»Was fällt Ihnen ein, – sehen Sie denn nicht, daß Sie mich damit einfach entwaffnen?«

»Das einzige Gute an diesem verzweifelten Zustande!« sagte Jockele. »Sehen Sie, ich habe mein Portemonnaie vor ein paar Tagen auseinandergezogen und in die alte Vase gesteckt, als Blume der Erinnerung an schöne Zeiten.«

Er trug vom Fensterbrett nebenan die Vase herüber, die er in einem Winkel des Schuppens gefunden hatte, und darin steckte die zerknüllte Geldtasche und machte eine schmerzensreiche Verbeugung vor Doris Rinkhaus. Die hatte über Jockele im besonderen und über die schiefe Stellung zum Leben reden wollen, in die er hineintrieb – nun aber sprach sie über die Männer im allgemeinen und teilte sie ein in Helden, Dummköpfe und Kinder. Die Helden kämen hier gar nicht in Frage; denn sie wüchsen spärlich wie Mohn im Winter. Die Dummköpfe müßten ausgeschaltet werden, weil sie in Riesenauflagen erschienen und von der fixen Idee befallen seien, sie wären als würdige Vertreter des starken Geschlechts in die Weltregierung eingesetzt und wären so etwas wie die Staatsminister des lieben Gottes. Und die dritte Sorte: die Kinder – aus denen in allen Fällen etwas würde, wenn sie beizeiten einer gescheiten Frau in die Hände fielen …

Jockele bekam eine Anwandlung verzweifelten Humors und sagte: »Darüber müssen Sie mal einen öffentlichen Vortrag halten.«

Da merkte sie, daß sie sich nun doch mäßig aneinander erbost hatten, und fragte ihn, wie es käme, daß sie nur zwei Jahre älter und dennoch um ein Menschenalter gescheiter wäre als er?

»Das ist wohl so etwas wie Notreife, die ich als peinliche Tatsache empfinde, bis ich wieder Geld habe«, sagte er.

»So kann ich bis dahin auch nicht mit Ihnen kämpfen! – Sie müssen also heute an Tante Veronika schreiben, ich bringe Ihnen Briefpapier und eine Marke.«

»Fällt mir ja gar nicht ein«, sagte Jockele, »denken Sie, ich mache mich auch dort lächerlich?«

Hinter diese Rede setzte Doris Rinkhaus ein Ausrufezeichen; sie ließ es ihn aber nicht merken.

»Es muß doch irgendetwas geschehen!«

»Natürlich – ich hungre die zwanzig Tage, und wenn es nicht mehr geht, fresse ich Gras.«

Da machte sie wieder ein Ausrufezeichen.

Sie dachte nicht, daß es bei dieser stumpfen Härte einen Zweck hätte, aber sie sagte dennoch: »Sie gehen augenblicklich mit zu mir hinüber und essen sich satt! Ich lade Sie für jeden Tag dieses Monats zu Mittag und Abend – zwischendurch gibt es nichts!«

»Diese Güte beschämt mich, Fräulein Rinkhaus! Aber es wird sich nicht anders machen lassen. Ein Trost ist, daß es zwischendurch nichts gibt, sonst würde ich für meine Eselei ja gar nicht gestraft werden.«

Doris Rinkhaus lachte hell auf, und er gab sich der klaren Überlegenheit ihres leuchtenden Frauentums mit ganzer Seele hin. Maria Reh war schon seit drei Tagen in ihre westfälische Heimat gereist und blieb über Pfingsten fort.

Als er gegessen hatte, fragte er: »Warum reisen Sie nicht auch?«

»Trotz!« sagte sie. »Wenn wir uns besser kennen, erzähl' ich Ihnen diese Geschichte. Ich bleibe dies ganze Jahr hier.«

»Auch ich kann ja nicht nach Hause gehen«, sagte er. »Ich muß erst weiter abrücken von den Dingen und Menschen, die dort um mich gewesen sind, seit ich vor der Tür aufgelesen wurde. Ich bin zwar fast immer allein geblieben, aber ich kenne diese Gesichter von Ibenheim zu gut, und ich kann Augen nicht leiden, die so an mir herumnagen.«

»Augen, die an einem herumnagen ...«, wiederholte sie nachdenklich, – »jawohl, das ist das richtige Wort dafür; jener Herr Fridolin Hartwig hat auch solche Augen. Vielleicht nur Frauen gegenüber ... Es gibt viele Männer, die uns auf diese Weise anfallen, und kommen sich dabei wohl auch tapfer vor.« Da merkte sie, daß sie damit auf ein Feld geraten war, auf dem die Jugend Jockeles noch nicht säete. Sie dachte auch, vielleicht wäre sie darin von zu großer Empfindlichkeit; denn Maria Reh hatte ihr einmal gesagt: »Du bäumst Dich da vor Dingen auf, die gar nicht so widerlich sind.« – Nun ja, Maria Reh, mit ihrem sachte rinnenden Blute und ihrer Hochsommerruhe! Maria Reh stand nicht mehr weit von der Schwelle der Dreißig.

»Es ist merkwürdig, daß Maria nirgend rechten Anschluß findet«, sagte sie dann, »sie hat hundert Bekannte und keinen Freund oder keine Freundin. So ist es auch mit ihrer Kunst – sie malt tausend Landschaften und kein Bild. Und so sind sie fast alle, diese ›Malerinnen‹; sie hungern nach Betätigung und werden doch nie satt an einer Sache, zu der sie von ihrem Geschmack, aber nicht von einem gewaltigen Willen und überzeugendem Talente geführt worden sind. Nun halten sie zwar erträglich damit Haus, aber sie finden sich darüber doch nicht zu einem Glücke des Lebens.«

»Und doch reden sie alle ganz anders«, sagte Jakobus.

»Reden! Natürlich reden sie; sie sind begriffen auf einer fortwähren-den Selbstentschuldigung, oder nicht einmal das – sondern sie sind froh, daß sie ihr Leben wenigstens ohne die Langweile veründeln können, die sie – sind sie Frauen – auch zu physischem Ruin führen.«

Jakobus merkte: es waren in diesem Mädchen ganz andere Kräfte lebendig, es war ein Licht in ihr in einer fast wilden, unbändigen Helligkeit, das nun in ihn hineinstürmte.

»Es hat noch niemand so mit mir gesprochen«, sagte er.

»Mit mir auch nicht!« lachte sie – »sonst wär' ich nicht so querköpfig geworden. Querköpfig daheim und querköpfig unter den Menschen. Ich ecke an, wo ich mich sehen lasse.«

»Mit Ihrer Kunst auch?« fragte Jockele.

»Ach Unsinn – oder besser: leider nein; denn was ich schaffe, schaff ich für mich, zu einem Mehr reicht's nicht aus.«

»Und sind mit solcher Erkenntnis Kunstgewerblerin geworden?«

»Nein, lieber Jakobus Sinsheimer! Ich bin nur dazu gegangen, damit ich aus Verhältnissen herauskam, die mich in ein paar Jahren auch um das betrogen hätten, was mich heute noch apart – oder sagen Sie: so fröhlich eigenwillig macht. Mein alter Herr ist Fabrikbesitzer in Bonn, er ist ein reicher Mann – na, was soll ich Ihnen sagen: da fliegen die heiratslustigen jungen Männer ins Haus, daß es eine Art hat! Natürlich – ich will heiraten – aber *ich* will heiraten … Sie verstehen ja davon nichts! Sehen Sie, wenn es nach mir gegangen wäre, hätt' ich studiert – Kunstgeschichte meinetwegen oder Germanistik, oder auch Staatswissenschaften, und hätte promoviert – aus purem Eigenwillen, wissen Sie. Aber dazu fehlen mir die Zeugnisse. Und so in die Vorlesungen laufen, ohne das Ziel eines Abschlusses mit dem *Dr. phil.*, ist ganz und gar nicht nach meinem Geschmack. Da hab ich mich nach Weimar gesetzt. Ich liebe diese Stadt, sie ist voll berauschenden Lebens – die meisten laufen daran vorbei mit ihren müßigen Seelen und schwätzen von dem ›Odem einer großen Vergangenheit‹, unter dem ihr kärgliche Licht manchmal ein bißchen ins Wackeln kommt. Ich bin hier, weil ich mir hier selbst gehöre! Alles andere ist Nebensache, und den Titel einer angehenden Künstlerin verbitt' ich mir ein für allemal … Das war eine lange Rede. Ich hätte sie Ihnen erst halten sollen, wenn Sie mal Weltschmerz haben – vielleicht hätte ich Sie dann wieder aufgebaut. Na, Hunger und Weltschmerz sind ja wohl Geschwister. Heut abend um sieben kommen Sie zum Nachtmahl. Und nun fangen Sie wieder an zu arbeiten. Adieu.«

Sie nahm eine Kunstgeschichte vom Regal, setzte sich vor den Tisch am Fenster, und Jockele ging hinüber in seinen Malraum; er ging wortlos und dachte, was das mit ihm wäre? Er hatte dem weichen Frauentum Maria Rehs gegenüber vor einem Jahre die gleiche Willfährigkeit gezeigt wie jetzt dieser leuchtenden Mädchenjugend. Es waren Schauer wollüstiger Ergebenheit, zu beiden Malen, die ihn ganz untergehen ließen in der anderen Art – dort ein weiches frauliches Hinnehmen, das hatte sanfte Hände, denen er sich einst mit geschlossenen Augen ergab … und diese schöne klare Doris Rinkhaus kam über ihn als ein jauchzender Sieg.

Es war eine Sache, die ihm wohl eines Gedankens wert schien, aber er zerbrach sich nicht den Kopf, weder darüber, ob es so in Ordnung sei, noch darüber, ob es daher käme, daß er vom ersten Tage ab nur Frauen um sich gehabt hatte. Auch was in seiner Stellung zum Leben und zu seinem Schaffen etwa auf Rechnung dieser Erziehung zu setzen wäre, fiel ihm nicht ein, zu erwägen – für jeden Menschen ist der Weg siebenmal um die Erde viel kürzer als der in sein eigen Herz. Und zwischen diesem Herzen und den Augen, die ihm am nächsten sind, liegt neunfältige Nacht. Die Tür zu dem Herzen aber ist so fest zu, daß ein großes Glück, welches mit Leichtigkeit den Himmel samt allen Sternen in die Arme schließt, kaum mehr an ihr vermag, als durch das Schlüsselloch zu gucken, ob es dahinter auch wirklich hell ist. Ein großes Leid aber bescheidet sich nicht mit dem Schlüsselloch – ein großes Leid tritt die Tür ein; denn es hat eiserne Füße und Fäuste von Stein.

Auf derlei Gleichnisse verfiel Jockele aber nicht. Und das war gut; sonst hätte seine Jugend ausgesehen wie einer, der in Kniehosen und hohem Glanzhut durch die Welt läuft. – Er steckte noch bis über die Ohren in der landläufigen Weisheit, daß der Mensch zum Arbeiten da sei – eine Sache, die auch der vor seinen Mitmenschen als selbstverständlich anzusehen hat, der da weiß: das ganze Menschengeschlecht wird erst dann in die sehnsüchtig erträumte Gotteskindschaft hineinwachsen, wenn ihm Arbeit und Leben eine fröhliche Gemeinsamkeit geworden sind.

Tante Veronika hatte sich mit dieser Ansicht so viel Himmel erobert, als sich denken läßt; aber wie sie ihre Weisheit dem Jungen beibringen sollte, ohne die heillosesten Verwirrungen in ihm anzurichten, das war ihr dunkel geblieben. Darum hatte sie niemals an diese Dinge gerührt.

Von den jungen Männern, die Jakobus kennen gelernt, erweckte keiner den Wunsch nach engerem Zusammenschlusse in ihm – ein Erbe aus dem Frühlingshause; und an die älteren unter den Akademikern, die schon nahe daran waren, etwas zu sein, hatte ihm die Gelegenheit gefehlt, heranzukommen. Er arbeitete in diesem Sommer mit immer wachsender Zähigkeit. Ein über das andere Mal ging ihm das Vertrauen zu sich selbst in Scherben; dann mußten ihn die Damen aus dem Gartenhause wieder zusammensuchen. Aber raten konnten sie ihm nicht; denn Doris Rinkhaus stand diesen Erscheinungen fremd gegenüber, und in Maria Reh traten sie zutage als Verstimmungen leichterer Art; sie hatte sich schon bescheiden gelernt, als sie mit dem Pinsel an ihre erste Leinwand geriet.

In solchen Zeiten war Jakobus Sinsheimer für Gott und die Welt verloren, und Doris Rinkhaus allein durfte es unter Beobachtung aller Vorsicht wagen, ihm über den Weg zu laufen. »Sie sind selbst da noch ein ganz passabler Mensch«, sagte sie und hielt still, wenn ihn einmal ein blitzeschleuderndes Gewitter durchtobte. Maria Reh aber wurde bei solchen Gelegenheiten stets drei Tage unsichtbar für ihn und ließ sich nur langsam wieder finden. Er hielt auch diese Entladungen für ganz in der Ordnung und wurde in seiner Annahme bestärkt, als er einem Zusammenstoße zwischen Maria und Doris beigewohnt hatte, in dem Fräulein Rinkhaus seine Partei ergriff: »In einem jungen Manne, der so allein steht und sich seine Stellung in der Welt zu erkämpfen hat, sammelt sich allerlei Zündstoff – wo will er denn hin damit?« sagte Doris Rinkhaus. Aber Maria Reh redete von ungezogenen Stunden. Sie hatte sich über manche geheiligte Form und Regel des Kleinbürgertum hinweggesetzt, aber sie war doch ohne jene königliche Beschwingtheit der Seele, die der anderen ihren leuchtenden und freien Flug sicherte. So stand Jakobus zwischen den beiden Mädchen, deren gegensätzliche Art den friedlichen Verein der Drei niemals ernstlich in Gefahr brachte – das Barometer maß Tief und Hoch und zeigte so häufig himmelblaue Beständigkeit, als sie von Menschenherzen ohne Schaden ertragen werden kann. Der Wetterwechsel war nicht immer willkommen, aber man schlug seinetwegen den lieben Gott nicht tot.

Dies ganze Jahr war für Jakobus Sinsheimer Kampf, aber es war nirgend Sieg.

Hinter dem kleinen Hause lag ein Gartenwinkel mit Fruchtbäumen, der nach zwei Seiten durch die Gebäude, nach den anderen beiden durch Hecken und Zäune begrenzt wurde, und hinter der einen Hecke erhob sich der Wall mit den herrlichen alten Kastanien. Von dort her durch die Schlüpfe betrat Fridolin Hartwig den Apfelgarten während des Sommers häufig. Er kam immer mit dem leisen Tritt und der tiefen Ruhe des auf ein schönes inneres Gleichmaß gestimmten Menschen und erzählte von einigen Verlagshäusern, von denen er reichliche Einnahmen beziehe. Er war auch nie aufdringlich, suchte sich einen Platz in dem sachte durchsonnten Grase nahe der Staffelei Jockeles, redete dabei von nicht allzu tiefen und nicht allzu gleichgültigen Dingen und lebte sich durch die grüne Sommerstille als ein Mann, der auf Gedanken zu einem tüchtigen Werke wartet. Manchmal sprach er mit Respekt von sich selber, oder er brachte seinem jungen Freunde das Heft einer Zeitschrift, in der sich ein Artikel oder die Fortsetzung eines Romans aus seiner Feder befand, dann sagte er: »Das müssen Sie lesen.« – Wenn es geschah, daß Doris Rinkhaus in dem schlichten blauen Morgenkleide aus dem jenseitigen Gartenteil in ihr Haus schlüpfte, befiel sein besinnliches Wesen eine Bestürzung, und er raffte sich zusammen wie einer, der eine Attacke reiten will. Er war ihr schon vorgestellt worden, aber Doris Rinkhaus hatte ihr Urteil über ihn nicht geändert; nun ließ sie sich zwar sehen, so oft er da war, aber sie setzte ihn auf einen stummen Gruß und wußte: ›die nagenden Augen‹ liefen hinter ihr her, bis der blaue Schein ihres Kleides darin verlöschte – oder auch noch länger.

Jockele begann dieses Verhalten zu belustigen. Einmal sagte Hartwig: »Sie, Herr Jockele, ich glaube, Fräulein Rinkhaus ist eifersüchtig auf mich, oder sie ist hochmütig.«

»Sie ist keins von beiden«, sagte Jockele, »sie ist nur eigenwillig!«

»Hat sie einmal mit Ihnen von mir gesprochen?«

»Ja. Als Sie das erste Mal hier waren, seitdem nie wieder – sie fragte damals die gleichgültigen Fragen. Aber das ist ja natürlich; denn wir drei gehören nun doch zusammen; jetzt sind wir aber nur zwei; Fräulein Reh kehrt erst im September zurück.«

Der Anfang des Augustmonats war regnerisch, da besuchte Jakobus Fridolin Hartwig mehrmals; denn die Bilder, die im Sonnenschatten des Apfelgartens begonnen waren, konnten in dieser Zeit nicht gefördert werden. Einmal fiel ihm die Stille der Wohnung auf, und als er nach den drei Kindern fragte, sagte Hartwig: »Ich habe sie in ein Kloster gegeben. Ich arbeite zuviel, wissen Sie, und sie störten mich häufig. Außerdem konnten wir uns der Erziehung nicht in dem Maße widmen, das wir für wünschenswert hielten.«

Als sie noch redeten, klopfte es an der Tür, und Hartwig ging hinaus. Er sprach da mit einem Manne, der sich nicht abweisen zu lassen schien, und kam nach geraumer Zeit herein und sagte: »Pardon, Herr Jockele – haben Sie vielleicht sechzig Mark bei sich? Es ist mir eine Zahlung ausgeblieben. Ich erstatte Ihnen das Geld in den allernächsten Tagen zurück … Nicht? Das ist peinlich! Sie ahnen nicht, mit welchen Widerwärtigkeiten ein ringender starker Geist zu kämpfen hat!« Dann ließ er den Gerichtsvollzieher eintreten, der im Auftrage des Buchhändlers die Pfändungsmarke an das eichene Regal mit der Prachtausgabe eines Konversationslexikons klebte .... »Guten Morgen, Herr Hartwig.« – »Guten Morgen, Herr Hucke –« Die beiden kannten sich offenbar schon von früher. Und da war die Sache geschehen.

»Brauchten Sie denn zwei Lexika?« fragte Jockele. »Sie haben ja da noch den Herder.«

»Ach, wissen Sie, der enthielt mir zu wenig bibliographische Angaben, und da hab' ich mir noch den Meyer zugelegt – auf Raten, na, und die hab' ich ein paarmal vergessen ... das ist doch menschlich, nicht? Wer soll denn solche Lappalien immer im Kopfe behalten?« Hartwig reichte Jockele das Zigarettenetui: »Da«, sagte er, »setzen wir uns einen Dämpfer auf!«

Aber Jakobus Sinsheimer war die Sache auf die Sprache gefallen – – drei Kinder im Kloster, Gerichtsvollzieher, und dabei das großmännische Behaben ... Es war von diesen Gedanken und dem sachten Gruseln, das sie Jockele verursachten, nur ein Schritt bis zu Doris Rinkhaus. Er gab sich auch gar keine Mühe, Teilnahme zu heucheln oder sein Befremden zu verbergen, sondern verabschiedete sich und fiel wenige Minuten später in die Ecke des Sofas von Doris Rinkhaus.

Es war für ihn ein ungeheures Erlebnis und brannte ihn, daß er übergekocht wäre. Aber das Rätsel Mensch war in dieser Stunde in einer so fremden Erscheinung vor ihn hingetreten, daß er sich nun vorkam wie in einem nächtlichen Walde. Vor der Ahnungslosigkeit, mit der er diesem Manne gegenübergestanden hatte, bäumten sich alle seine Sinne auf, und er begriff nicht, wie Doris Rinkhaus zu ihrer Hellsichtigkeit kam. Er berichtete mit einer Stimme aus verstürmtem Herzen, und Fräulein Rinkhaus lehnte in ihrem Stuhle wie eine Siegerin und sagte:

»Was wollen Sie, er ist einer von vielen!«

In der Woche danach, als von allen Bäumen wieder die goldenen Flaggen des hohen Sommers wehten, malte Jockele im Apfelgarten. Rings lag bienendurchsummtes Mittagslicht voll Traum und Stille. Da klangen Frauenstimmen auf dem breiten Wege, der von dem eisernen Tore herläuft – und der Pinsel, der das Grün der Baumkronen so besinnlich vor den Himmel auf die Leinwand tupfte, blieb plötzlich auf halbem Wege stehen ... »Na!« – Dann ging Jockele bis an die Hausecke und lugte durch die goldgrüne Stille. Wahrhaftig, da wandelte Tante Veronika neben dem blauen Morgenkleide den breiten Weg unter den

Kastanien daher – den Kapotthut auf dem weißen Haare, die violetten Seidenbänder unter dem Kinne leicht verschlungen. Der schwarze Spitzenumhang fiel so zier um die kleine feine Person, und die schritt so klar und sauber daher wie ihre Sprache; der gelbe Krückstock stabte immer eine Spanne vor ihrem rechten Fuße – das kam alles stracks heraus aus einer anderen Zeit, es flog ein sachter Lavendelduft darum, und war doch gar nicht altmodisch.

In der Linken die Palette, in der Rechten den Pinsel, und den ein wenig verdrückten Panama weit ins Genick geschoben, so lief er den Damen entgegen und wagte bei Tante Veronika eine Umarmung, die er in gefälligerer Form zu wiederholen versicherte, wenn er das Malzeug los wäre.

»Na!« dachte auch Tante Veronika, als die Sonne dieser freien Augen über sie fiel. Aber wenn sie sich nichts merken lassen wollte, war sie undurchsichtig wie ein Dachziegel. Und jetzt *wollte* sie sich nichts merken lassen.

Doris Rinkhaus beteuerte: als das große Tor vor Tante Veronika aufgegangen wäre, hätte sie sie schon erkannt. Sie hatte im Liegestuhl unter den Bäumen eine Geschichte von Fridolin Hartwig gelesen – die sie überdies nicht im mindesten berührt hatte –, da war das alte Fräulein an der Treppe des Herrenhauses vorübergeschritten, und der Gedanke war ihr voraufgelaufen: dort hinten, wo die Bäume das flitternde Gold herniederschütteten, dort müßte es sein! Da flatterte ihr das blaue Kleid schon entgegen … »Ich werde Sie doch kennen – sind Sie denn nicht jeden Tag einmal mitten unter uns?«

Aber Tante Veronika wartete mit allem ein bißchen, was sie sagte.

Doris Rinkhaus dachte: »So machen es die alten Damen alle.« Und Jockele meinte: er müßte wohl einen Schritt zurücktreten und sie einmal ordentlich ins Auge fassen; denn Tante Veronika schien ihm nicht mehr ganz richtig zu gehen.

Vor dem Hause blieb das blaue Kleid stehen und sagte: »Es ist nicht sehr wohnlich in der Werkstatt Jockeles – bitte, treten Sie bei mir ein, wenn Sie sich ausruhen wollen; ich werde indes an eine Erfrischung denken.« Und als sie dann durch das Häuschen gingen, lächerte es Fräulein Sinsheimer ein wenig – »Ich wußte schon seit Deinem ersten Brief alles auswendig«, sagte sie; »ich wußte auch, daß diese Studien unten an den Wänden liegen und daß etliche so herumhängen.« Da gestand er ihr, daß ihm die Hobelbank aus der Gartenhütte fehle, und daß er manchmal eine heiße Sehnsucht nach dem ›Laboratorium‹ habe. Tante Veronika sagte: »Wenn Du nach allem noch länger hier bleiben willst, läßt sich das ja wohl auch machen ...«

Es guckte aus diesen Worten schon wieder das Warten; sie sah ihm dabei ins Herz, aber sie fand keinen Schatten. Da fing sie in Gedanken gleich an einzurichten – hier könnte ein Tisch stehen, da die Hobelbank doch besser im Gartenhause bliebe, und hier ein Schrank und ein Regal; dazu nähmen sie vielleicht das aus der oberen Giebelstube .... Die ganze Freude, die in der Sorge um den Jungen das späte Glück ihres Lebens geworden war, hatte wieder ihre himmelseligen Schwingen bekommen. Dann faßte sie Jockele unter, wählte noch drei Studien aus, die sie sehen sollte, und führte sie hinüber zu Fräulein Rinkhaus. Vor der Türe wurde ihre Stimme noch einmal vorsichtig: »Kann man denn vor dem Fräulein alles reden, was Dich angeht?«

»Alles!« lachte Jockele aus seinem sommerhellen Gewissen heraus. Und als Tante Veronika in der sicheren Sofaecke die Lippen mit einem Himbeerwasser angefeuchtet hatte, ritt sie geradeaus zur Attacke.

»Es ist gar nichts in Dir in Unordnung geraten?« fragte sie. Da sah sie in zwei Paar erstaunte junge Augen. »Und Du hast auch keinen Boten zu mir gesandt, der mir etwas ausrichten sollte?«

»Boten? Ich? Nein! Womit denn?«

»Nun, eben mit jener Nachricht, daß man über ein paar Verschiebungen leicht wieder ins Gleichgewicht kommen könnte – mehr als hundert Mark seien dazu nicht nötig ...«

»Ja, aber liebe Tante Veronika!! Du redest da immer an etwas herum – siehst Du denn nicht, daß Du uns beide peinigst?«

»Verstehen *Sie* mich, Fräulein Rinkhaus?«

»Auch ich nicht!« sagte Doris, und ihre Augen richteten sich starr und weit offen auf die alte Dame.

»Mein guter Junge«, sagte die und geriet ganz nahe ans Lachen, »es scheint, die alte Tante Veronika ist wieder einmal sehr klug gewesen!« Sie begann, die crèmefarbenen Glacéhandschuhe abzustreifen. – »Ich sehe, Sie haben alle beide keine Ahnung! So lassen Sie mich also erzählen – doch halt: noch eine Frage: Hast Du mich für heute nicht erwartet?«

»Nicht einmal im Traum wäre mir das eingefallen!«

Tante Veronika war nun mitten darin in ihrer lachenden Genugtuung: »Und ich dachte, das Fräulein Rinkhaus hätte mich da vorn in Empfang genommen, weil meinem Jungen am Gerichtstag das Herz ein wenig ins Rutschen gekommen wäre! Nun, es wird ja gleich Tag werden! Es ist da vorgestern ein Herr in Ibenheim erschienen, mit blondem Vollbart und goldener Brille; er schickte seine Karte herein, und ich habe eine Stunde mit ihm geplaudert, die noch netter gewesen wäre, wenn er nicht zuletzt mit der Nachricht aufgewartet hätte, es wäre Dir mit Deinem Geld ein kleines Malheur passiert ... ein paar Schulden ...«

So erzählte sie. Und dann hatte sich der Herr angeboten, den jungen Mann zu rangieren, und Tante Veronika solle ihm nur gleich die hundert Mark mitgeben ... Das hatte sie ihm aber verweigert und war nun selbst gekommen, zu sehen, wie es um ihren Jungen stand.

So hatte sich Fridolin Hartwig einen Weg gesucht, den Zehrpfennig für eine letzte Sommerfahrt zu erlangen, die ihn bis an die Pforte des Vergessens führen sollte! Er hatte das Vertrauen der alten Dame zu dem Jungen als Spieleinsatz darangewagt, und hatte sich nicht gescheut, sich diesen sträflichen Abgang aus dem Leben zu sichern, mit dem er niemals fertig geworden war; denn am Tage darauf, während Veronika schon längst wieder in ihrem Waldhäuslein saß, stürmte Doris Rinkhaus auf die Malwiese Jockeles und stieß einen Indianerschrei aus – Herr Fridolin Hartwig wäre verschwunden und hätte seiner Frau einen Brief zurückgelassen, darin stand:

»Ich bin des aussichtslosen Kampfes mit der Welt müde – in der Stille eines Klosters hoffe ich Rast und Sühne zu finden.«

Jockele besann sich in seiner Bestürzung auf kein Wort, das er ihr sagen sollte. Er legte sein Malzeug ins Gras und ging in das kleine Haus, das noch ganz voll war von dem hellen Scheine, den Tante Veronika gestern hindurchgeschienen hatte. Er setzte sich auf den Stuhl wie ein Reiter in den Sattel, kreuzte die Arme über der Lehne und legte das Kinn darauf. Er machte sich schwere Bedenken über die Menschen, mit denen er in diesen Monaten zusammengetroffen war. Darüber wurde es ganz finster in ihm, und in der Finsternis standen zwei sehr helle Sterne, die hießen Veronika und Doris; und es glimmten noch zwei kleinere in weiter Ferne herauf: das Zinzilein und Matthias Prinz.

Zum ersten Male kam ihm der Gedanke, der heimliche Friede des Frühlingshauses könnte daran schuld sein, und sein Leben wäre zu weit abgerückt gewesen von dem der anderen. Er saß eine Stunde und sann sich brunnentief in den Gedanken: er wäre wohl ein Mensch, der nicht zu anderen paßte; denn in Doris Rinkhaus war über der wilden Geschichte mit Hartwig nicht eine einzige Kerze verlöscht von den vielen, die in ihr leuchteten. Und in ihm sah es aus, als wäre er in ein Burgverließ gestoßen worden.

Da ging er wieder hinaus und nahm sein Malzeug auf und setzte einen Farbenfleck neben den andern. Aber es kam nichts zustande; denn seine Gedanken flogen umher wie Tauben, die sich nicht mehr zu ihrem Schlage finden.

Doris Rinkhaus kam, und er sagte zu ihr: »Es ist eine verrückte Sache, und ich bin darüber ganz von mir selber gekommen. Haben Sie Lust? Ich möchte mit Ihnen in die Welt laufen – vielleicht entdecke ich da den Jockele Sinsheimer in irgendeinem Waldwinkel; denn der jetzt mit Ihnen redet, heißt etwa Emil Meyer.«

Da machten sie sich fertig und gingen durch die Pforte im Zaun über die Raine und kamen in den Kastanienwald, der an der Viehleite nach Oberweimar liegt.

»Warum sind wir eigentlich noch nie so miteinander gegangen?« fragte er. »Es sind doch Ferien, und es ist Sommer in der Welt.«

»Weil Sie immer fleißig gewesen sind und auch gar keine Wünsche hatten.«

»Es ist richtig – ich habe kaum gemerkt, daß ich bis zum Rande voll Glück war. Aber durch die mancherlei Erlebnisse ist darüber vieles in den Sand geronnen.«

»Oder Sie waren von unnahbarer Unzufriedenheit; dann haben Sie menschenfresserische Gelüste. Aber die soll man Ihnen gern lassen; denn auch damit hat es bei Ihnen seine Richtigkeit!« neckte Doris Rinkhaus.

So stiegen sie hinein in späte Ährenfelder und Sommerlicht, und dieser Tag ward ein Meilenstein am Weg ihres Lebens, und sie wußten es nicht. Doris Rinkhaus hatte gedacht: »Ich will ihm alle Schatten hinweglachen«, aber nun, da sie erkannte, daß er in eifriger Arbeit an sich selber war, blieb sie bei ihm, wie er sie haben wollte. Einmal schritten sie zwischen hohem Hafer; es war ganz still, nur der Sang einer Sommerlerche war noch da und sehr viel Sonne. Da lachte Doris Rinkhaus und sagte: »Ich dachte daran, daß junge Männer in der Regel neben jungen Mädchen herlaufen wie Hunde, die ihnen die Zeit vertreiben; es sieht aus, als wollten sie immer etwas apportieren, was ihnen die Laune auf den Weg wirft; dann werden sie müde aneinander und langweilen sich heimwärts.« Sie wanderten danach ein Stück durch das

Wäldchen, das das Webicht heißt – »Hoffmann von Fallersleben hat in den Erinnerungen aus seinem Leben manches hübsche dichterische Bild aus diesem Walde aufbewahrt«, sagte sie, »es müssen zu jener Zeit hier noch Schneeglöckchen gewachsen sein; denn er sagt einmal: ›Diese sprossenden Frühlingskinder strecken im Webicht dem besiegten Winter schon die Zünglein heraus.‹ Und Musäus hat auf seinen Gängen hier Märchen blühen sehen ...«

»Das wissen Sie alles?«

»Hm«, sagte sie, »ich bin in diesen zwei Jahren ja fast stets allein mit mir selber gewesen, da hab' ich mir dann immer einen Dichter zur Begleitung gebeten.«

»Und wollen Sie nun alle diese Schätze für mich aufbauen?«

»Wenn es Ihnen Vergnügen macht, so oft und so viel Sie wollen.«

Sie kamen nach Tiefurt und gingen durch das alte Schloß, das einst ein Bauernhaus gewesen ist, und gelangten in schauerndem Erleben hinein in die Tage, da sich in diesen Räumen der Teekreis mit Goethe, Herder und Wieland, mit Anna Amalia, der Göchhausen und Corona Schröter bildete, der zu einem Zauberringe geworden ist, in dem Lust, Genie und Freundschaft vermoderter Zeiten neu werden jedem sehenden Auge und sich hinüberleben aus einem Jahrhundert in das andere.

Es war um diese Mittagszeit niemand auf den Wegen des Parks, auf denen sonst die Allzuvielen dahinwandeln in der Ahnungslosigkeit ihres Schauens und meinen, was sie mit ihren Augen sehen, das wäre es. Aber Weimar – das Unsichtbare – ist tiefe, tiefe Ewigkeit, und Ewigkeit ist lebendig, und darum ist Weimar die Seele Deutschlands. Vielleicht ist es die Seele der Welt.

»Ich bin einmal durchgelaufen, wie die Neugier hier durchläuft«, sagte Jakobus, »und ich habe damals einige Scherze Goethes gesehen, wie sie die Neugier sich ansieht.«

»Dachten Sie dabei nicht, was es wäre, das selbst diese Scherze auf die Schwelle der Unsterblichkeit versetzt hat?« fragte sie.

»Nein«, sagte er, »ich hatte damals noch nicht gelernt, vor dem Ewigen zu erschauern; denn ich dachte, es gäbe keine Rede, die nicht mit den Ohren zu hören wäre. Aber vorhin, als ich Sie ganz vergessen hatte, wie wir so zwischen dem kleinen Gartentempel der Anna Amalia und dem Ufer der Ilm dahinschritten – vorhin hab' ich einer Aufführung der ›Fischerin‹ beigewohnt – ich danke Ihnen viele tausend Mal, Fräulein Rinkhaus!«

Da machte sie wieder ihre Siegeraugen und sagte: »Kommen Sie, jetzt müssen wir zu Tisch.« Sie waren auch da allein und so voll freudiger Weihe, daß Doris Rinkhaus den Platz mit ihm wechselte. »Sie müssen in den Gutshof gucken«, sagte sie, »sonst kommen Sie mir abhanden. – So haben Sie heute also doch noch den Namen Goethes leuchten sehen, den der Genius an jenem Abend in die Wolken schrieb und um den Minerva ihre Kränze flocht – ob man damals ahnte, daß er für Deutschland ein Flammenzeichen würde? Es war ein Spiel und hieß ›Minervens Geburt, Leben und Taten‹. – Seckendorff hatte Reime und Musik geschrieben und Karl August stellte den Vulkan dar.« Doris Rinkhaus sprach das alles von der Pforte der Unsterblichkeit herüber, das Herz leuchtete ihr dabei in die Augen. Aber so oft sie merkte, daß sie über ihn hinwegwuchs, pflanzte sie ein Wort fröhlichen Mutwillens daneben … »Hätschelhans!« sagte sie jetzt – »so hat die Herzogin Anna Amalia in einem Brief an seine Mutter Goethen genannt, als sie ihr berichtete, daß das Tiefurter Journal immer noch in Blüte stehe. Vielleicht ist ihr der Gedanke, es zu gründen, an dieser Stelle eingefallen … Jawohl, Hätschelhans – ich bin Ihnen nicht einmal diesen Schnipp mit Daumen und Zeigefinger schuldig, und tue doch gerade, als wär' ich dazu auf die Welt gekommen, Sie weise zu machen. Was gehen Sie mich eigentlich an? … Hätschelhans ist eine feine Bezeichnung für Sie … Erst das Fräulein Sinsheimer, dann das Zinzilein, dann die Doris Rinkhaus, dann … und dann … na, und dann … Die Gurke ist einfach erhaben die müssen Sie probieren!« Dabei schaute sie sich aber schon wieder in ihr Herz: »Vielleicht bin ich Ihnen doch etwas schuldig geworden«, und legte gleich einen neuen Pfeil auf, den wollte sie verschießen, wenn er sich einfallen ließ, zu fragen, was das heißen solle. Aber er fragte nicht, sondern sagte: »Wohin gehen wir morgen?« – »Auf die Entdeckung Weimars!« lachte sie. Und weil sie nun lustig waren, sagte er: »Mit Ihnen wag' ich mich auch nach Ibenheim.«

Abends saß er allein auf der Wildenbruchbank, die am Ende des Walles vom alten Schießstande steht, und sah den Tag über dem Silberblick in sein blutrotes Sterben sinken und erkannte, daß er das nun ganz anders sah als damals, da er mit seiner neuentdeckten Seele aus dem ›Laboratorium‹ in die Gefilde Walhalls flog. Da wuchtete, meermäßig, aber unverstürmt, eine korpulente Dame den Wall daher, den Panama romantisch aufgestülpt … »Die sieht stets aus, als regnete es«, dachte er und lachte so in sich hinein; denn es fiel ihm ein, daß er sich bei ihrem Anblick immer auf dem gleichen Gedanken ertappte. Er kannte sie nicht. Sie redete mit ihm, und ihre Stimme und ihre Worte waren auf einem behaglichen Selbstbewußtsein erbaut ... »Was wissen Sie von Wildenbruch?« fragte sie im Laufe der Unterhaltung. Diese Frage fiel ihn ein bißchen an, aber er hatte eine Erleuchtung und sagte: »Daß er dem deutschen Volke zwanzig Jahre zu früh gestorben ist.«

Diesen langen Sommertag hindurch hatte das Leben an ihm herumgefragt – zuerst: Was wissen Sie von den Menschen? Was wissen Sie von Goethe, Herder, Wieland, was von Weimar und was von Wildenbruch? Er ging noch einmal unter den Fenstern des Gartenhauses vorüber, zu sehen, ob Do noch in der Weinlaube säße. Da rief sie von oben: »Was treiben Sie denn da, Jo?« – »Ich ästimiere mein Gehirn für die Wüste Sahara«, sagte er. – »Da suchen Sie gleich mal nach einer Oase!« – »Die einzige, die da ist, hab' ich schon gefunden«, sagte er aus unverhohlener Bitternis, »sie ist voll von Versteinerungen, Kräutern, Moosen und Schmetterlingen, wie sie in Ibenheim im Thüringer Walde wachsen. Aber lassen Sie mir doch eine Kerze und ein Stück Wildenbruch an einem Faden herunter – ich will mich bilden!«

Nicht lange danach pendelte ein Pack durch die sammetweiche Dunkelheit, und Do's Augen leuchteten ihr Vergnügen darauf hernieder. »Es sind die Gedichte, und es ist die ›Rabensteinerin‹«, sagte sie. »Sie sollen nicht gleich in die Königsdramen springen, und die Romane dürfen Sie sich ganz schenken.« Weil der Faden nicht lang genug war und der Pack vor der Mitte des Fensters in neckische Schwingungen geriet, mußte Jockele ein paarmal danach springen. Da scherzte Doris Rinkhaus: »Sehen Sie, jetzt malen Sie nicht und haben doch eine Illustration geliefert: ›Jakobus Sinsheimer und die deutsche Dichtung‹.«

Sie hatten über dem Mittagsmahle von Tiefurt beschlossen, sich der Kürze halber Do und Jo zu nennen. Das Fenster ging wieder zu. Fräulein Rinkhaus ließ sich nie auf abendliche Gartengespräche mit ihm ein, und auf geflüstertes Fensterln nun mal gar nicht. Seit sie allein war, rückte sie mit Eintritt der Dämmerung für Jakobus in befremdende Fernen.

Aber nun setzte er sich doch in Dos Weinlaube, träufelte Stearin auf die Tischplatte, stellt die Kerze hinein und las sich über der ›Rabensteinerin‹ ein fliegendes Herz. Manchmal stolperte er und rückte mit dem Schnitt des Buches ganz dicht unter das Licht ... »Es liegen Feldsteine in dieser Sprache«, dachte er und wunderte sich über diese holprige

Absichtlichkeit und konnte sie sich nicht erklären. Als er das Buch zugeklappt hatte, griff er nach den Gedichten – es war nur noch ein winziger Stumpf Stearin da – und fand das ›Hexenlied‹ und ließ die heißen leuchtenden Verse über sich kommen wie ein Gewitter, das auf dürstende Sommerwiesen fällt. Und wie ein Gebet. Er fühlte das Blut schäumen in seinen Adern und hielt den Band in den Händen, daß er in den Heften knarrte, und seine Sinne gerieten darüber in eine heilige Not. Er atmete über die Seiten wie heiße Nacht und las laut in die dunkelblaue Einsamkeit und wußte es nicht. Da fiel der Docht in den flüssigen Talg, und er ließ sich von der Benzinflamme seiner Feuermaschine leuchten.

Doris Rinkhaus, die schon im Bett gewesen war, öffnete droben ganz leise das Fenster und hörte, daß er mit sich allein sprach. Dann versickerte auch das kleine Licht, da lief er in das Gras unter den Bäumen und wunderte sich, daß nun doch gar kein Sturm in den Kronen flog. Die Sterne hingen darin, und aus dem Herrenhause zog weich und sehnsüchtig das Spiel einer Geige. Er wußte von Do: es war eine Frauenhand, die diese Fülle klarer Schönheit aus den Saiten strich, und die silberne Exzellenz saß am Flügel und begleitete. Verspätete Leuchtkäfer zogen zwischen den klingenden Bändern der Geige ihre goldene Bahn.

Als alles in dunkelblaue Finsternis versickert war, dachte er: »Ich weiß auch von Klavier und Geige nicht mehr, als daß sie da sind. Sahara! Sie sagen: die Zigeuner geigen sich aus dem Mutterleib hinein in ihr Leben, und ihr Herz ist ein Saitenspiel, das zu klingen beginnt, wenn man es in Wind oder Sonne stellt … Warum hab ich nicht solch ein Herz? … Oha«, lachte er ingrimmig – »wenn das Mädchen Mali in der Sandkuhle zu singen anhub, da war es, als probiere sie einen Kieselstein auf einem Reibeisen, und das nannte sie dann Musik. Darüber ist alles, was in mir klingen konnte, zuschanden gesungen worden.«

Auf einmal stand im Fenster des Gartenhauses ein Licht und war, als ob es ihn riefe.

Da ging er hin. Aber der blaue Vorhang war fest geschlossen, es war der Schein einer Laterne, der sich durch die Hecke und das weite Dunkel des Gartens gefunden hatte und sich nun im Fenster brach.

Es war aber ein wilder Wille in ihm, Doris Rinkhaus in dieser Stunde bei sich zu haben – wenn sie jetzt da wäre, würde er ihr alle Türen seines Herzens aufreißen, und es müßten brausende Ströme von Gold über sie schießen … Morgen früh? Ach, morgen früh ist das schöne wilde Feuer darnieder!

Da lief er an den Schuppen, nahm die Leiter herab, und lehnte sie an die Mauer unter Dos Fenster und stieg empor. Das Feuerzeug raffte sich noch auf zu einem halbverlorenen Flämmlein – er schrieb auf ein Stück Papier:

»Do – wenn Sie wüßten, wie ich brenne, Sie könnten nicht schlafen! Ich bin voll Licht wie blühende Kastanien im Frühling – nein: ich bin voller Sterne wie die Sommernacht, der der Mond aus den Händen gefallen ist.«

Dann steckte er den Zettel mit zwei Nadeln an den Rahmen, damit sie ihn lesen mußte, wenn sie morgens den Vorhang aufzog. Er kletterte die Leiter wieder hinab und wunderte sich, daß er nicht sprang.

Früh war er aber doch noch voll nachzitternder Erinnerungen und kam sich nicht entfernt vor wie eine Brandstätte.

Er hatte vor dem Gange mit Doris Rinkhaus noch ein paar Besorgungen in der Stadt machen wollen, und weil es ein Markttag war, war die Luft in der Nähe der Sternbrücke auch schon voll von Umgegend, und das andere Leben plätscherte bis über die Ilm. Als er die Straße Am Horn herabkam, sah er an der Quelle, die in sanftem Wall den Spiegel des flachen Beckens zerbricht, den Musikstudierenden Erich Meyer. Er hatte ihn gleich in den ersten Wochen seines Weimarer Aufenthaltes kennen gelernt; er war der ärmste aller Akademiker, ein vorgeschrittenes Semester und von durchschnittlichem Talente. Von diesen dreien sind Armut und mäßiges Alter hinwegzusingen oder zu vergeigen, aber das Teufelsgeschenk einer Durchschnittsbegabung kann es fertigbringen, den Betroffenen um Leben, Ehr' und Seligkeit zu betrügen. Zu allem besaß Erich Meyer noch ein Herz von Gold in kaum je dagewesener Echtheit. So war seine Begabung auch nach der rein menschlichen Seite hin fast lebensgefährlich.

Als Jakobus Sinsheimer ihn da unten in sinnender Betrachtung entdeckt hatte, sprang er gleich den Hang hinab und setzte über die Leutra und erfuhr, daß Erich Meyer in dieser Zeit aus irgendeinem Weltwinkel ein bescheidenes Stipendium erhalten hatte – dreihundert Mark, die ihm von einer mitleidigen Fürsprache unter dreifachem Hinweis auf seine Entsagungs- und Gemütskraft ausgewirkt worden waren. Nun stand Erich Meyer mit dem goldenen Herzen zwischen Sphinx und

Brunnen, und Jockele sagte zu ihm: »Sie sehen aus, als setzten Sie flackerndes Sonnenlicht im Spiele mit den Wassern in Töne um!«

»Fällt mir ja gar nicht ein«, lachte der blonde Erich, »sondern ich freute mich gerade darüber, daß ich über jene dreihundert Mark mit einer Genialität verfügt habe, die mir die Frage nahelegt, ob ich nicht doch noch umsattele und mich dem Bankfache widme.«

»Es wäre zu erwägen«, sagte Jockele mit komischem Ernst.

Darüber spähten sie nach dem Wege aus, den sie nehmen wollten, und kamen ins Wippen. Der lange Meyer wandelte mit vorgeschobenen Knien, weil die Rockschöße Platz haben mußten, hinter ihm herzuläuten. Und während diese Partie seines Menschen sich für den Pendelschlag von vorn nach hinten entschieden hatte, schwangen die langen, stracken, blonden Haare über dem Rockkragen von links und rechts. Meyer hatte einmal eine unmöblierte Stube bei Hartwig innegehabt und besaß außer einem Bett und dem, was er auf dem Leibe trug, kaum etwas. Eine leere Kiste, von der er behauptete, er brauche sie zu Umzügen, benutzte er als Tisch, und einen Stuhl hatte er nicht. Sie gingen an der Ilm entlang und über die Kegelbrücke zur Stadt. In dem Brückenhäuschen, um das immerwährendes Rauschen des Wassers und der Bäume ist, hatte er eine Stube ermietet, und die fünf hellhaarigen Mädel des Brückenmannes waren seine treuen Gesellen durch die Mühsal seiner Tage, von der er aber keine richtige Ahnung hatte. Die älteste bereitete er für die Musikschule vor, natürlich umsonst, und war nun in eine Gesprächigkeit verfallen, die seinem Wesen ganz fremd war. Er sagte, er hätte in diesen Tagen alle seine Rechnungen beglichen, auch die des Schneiders, und das Mittagessen hatte er sogar auf sechs Wochen im voraus bezahlt. Das war die Hauptursache seines hochgehenden Glücks. »Und jetzt hab' ich noch zehn Mark und gehe, einen Stuhl zu erstehen! So wird meine Einrichtung allmählich komplett, und es wird ganz unbeschreiblich wohnlich werden. Kommen Sie, helfen Sie mir beim Einkauf!«

Als sie aus der Vorwerksgasse auf den Herderplatz schritten, kreuzte eine Frau mit versorgtem Gesicht ihren Weg. Es war Therese Hartwig. Niedergegangenes Weinen hatte Gräben um ihren Mund gewaschen, und was in diesem Gesicht vor Jahren in Blüte gestanden, war von den Gewittern des Lebens zerschlagen. Es war alles hausmachen an ihr. Sie fing gleich an, ihr Klagelied zu singen; denn sie hatte sich Erich Meyer schon in besseren Tagen anvertraut, und sein Herz geriet darüber in mitleidvolles Schwingen. Als sie durch die Rittergasse auf den stillen Zeughof gekommen waren, läutete es so feierlich, daß er in die rechte Westentasche griff und darin etwas losmachte. »Es fällt mir eben ein«, sagte er – »Fridolin Hartwig hat mir vor langer Zeit zehn Mark geliehen. Ich konnte ihm das Geld nicht zurückgeben. So nehmen Sie es als seine Hinterlassenschaft.« Als sie wieder allein waren, sagte Meyer: »Alle diese Leute haben kein Geschick zum Glücklichsein. Erst ist sie die Frau eines anderen gewesen und hat Kinder gehabt. Dann ist sie jenem mit Fridolin Hartwig davongelaufen – und nun hat ihr der Mann auch diese Kinder genommen und hat sie sitzen lassen.«

Jockele aber sagte: »Ich denke, Sie haben weiter gar nichts besessen als diese zehn Mark?«

»Natürlich nicht.«

»Und am Ende sind sie jenem Hartwig gar nichts schuldig geworden?«

»Ach Unsinn! Niemals einen Pfennig! Aber die Frau ist damals doch immer so freundlich zu mir gewesen, und solch eine tiefe Not kann ich nicht mitansehen.«

»Den Plan mit dem Finanzminister geben Sie mal auf«, sagte Jockele, »ich glaube, Sie passen nicht recht für einen solchen Posten. Was soll denn nun mit Ihnen werden?«

»Ach, der liebe Gott und meine fünf Brückenmädel lassen mich nicht verderben.«

Vor dem Theater gingen sie auseinander, und als Jakobus einige Tuben Farben erstanden, eilte er nach Hause. Doris Rinkhaus sah ihn den hohen Wall des Schießstands daherkommen –

»Sie haben die Augen schon wieder voll Erlebnisse!« sagte sie.

»Mir begegnet auf allen Wegen ein Wunder! Dieser Erich Meyer ist ein Genie des Herzens … Hören Sie!« Und als sie gehört hatte, sagte sie: »Genie des Herzens! Er liegt unter den Rädern des Lebens und macht aus seinem Dasein ein Fastnachtsspiel! Aber ein Mann muß Stahl im Herzen haben.«

Dann gingen sie um die Stadt herum und wanderten nach dem Ettersberg. Erich Meyers gigantische Gemütskraft in ihrem Verhältnis zum Dasein wurde erörtert und schlug heftige Reden aus ihnen.

Jockele hatte das heilige Feuer der vorigen Nacht darüber fast vergessen. Auf einmal waren sie im Walde, und das sachte Rauschen der hohen Fichten lag um sie wie schwarzer Samt.

»Was hatte das Hexenlied in der Nacht für eine Verwirrung in Ihnen angerichtet?« fragte Do.

Es schoß eine heiße, heiße Welle Blutes in seine Stirn, aber er jauchzte sich darüber hinweg und breitete die Arme weit aus:

»Ich bin zu einem neuen Lande gefahren – warum waren Sie nicht bei mir?«

Sie hatte sich vorgenommen, dies neue Land auszukundschaften, und zog alle Segel hoch –

»Nun, und wenn ich dagewesen wäre?«

»Dann – – ich glaube, es wäre für Sie sehr gefährlich geworden!«

»Donnerwetter!« lachte sie, »das heißt, Sie hätten mir eine Vorlesung über Wildenbruch gehalten?«

»Nein, nein – ich hatte eine Sehnsucht … Es war alles wild geworden in mir, ich dachte, ich müßte die Zähne in blühende Frühlingsgaben schlagen!«

»Das klingt allerdings genau wie der Zettel«, sagte sie ein bißchen verächtlich und merkte, daß sie den Ton getroffen hatte, nach dem sie suchen gegangen war.

»Sagen Sie mir die Worte – sagen Sie sie mir!« bat er und stand schon wieder in hohem Feuer.

»Ich weiß sie nicht mehr, und den Zettel hab’ ich in den Ofen gesteckt. So kleine Entgleisungen muß eine Freundschaft vergessen können.«

Das klang sehr wohltemperiert.

»Ach«, jubilierte er, »nennen Sie es tausendmal eine Entgleisung – es war doch fein, und ich war voll purpurnem Lichte wie der Abendhimmel!«

»So etwas ist wahrscheinlich immer am feinsten allein«, sagte sie unwissend.

Aber er fragte fürwitzig: »Ist es Ihnen auch schon so ergangen?«

Da wäre sie am liebsten davongeflogen wie ein kleiner roter Luftballon. Sie strich sich mit beiden Händen über das Gesicht und sagte, die Sonne hätte sie verbrannt … »Sie hören wohl nicht gut?« schalt sie, weil sie sich so in Not sah. »Ich sagte, wahrscheinlich!«

Da zwang er sie, in die dunklen Brunnen seiner Augen zu schauen und sie merkte: es standen Sterne darin, die vorher nicht dagewesen waren. Und sie versuchte ihre Siegeraugen; es war mühevoll und kam nicht weit über den Vorsatz hinaus. Aber sie war froh, daß ihm das

Leben aufging, und daß sie nun auf einer Wacht sein mußte, die sie die Zeit her lächelnd für unnötig gehalten hatte. Frauen spielen gern mit Feuer und fangen an zu blasen, wenn sie eine Glut vermuten. Und als Doris Rinkhaus fühlte, daß ihre Bedrängnis fort war, blies sie ein bißchen.

Sie schritten nun auf dem Ettersberge an dem schönen Waldsaum nach dem Bismarck-Denkmale dahin. Rings lag die Erde in breiten, bunten Erntefarben, die im Tale zwischen den Häusern mit den funkelnden Fenstern versickerten.

Auf einmal stand ein gelbes Kleid im Walde hinter einer Staffelei, und obendarauf war ein breiter Sonnenhut mit einem Kranz aus wilden Rosen. Wilde Rosen waren auch über das Kleid gestreut.

»Jakobus Sinsheimer«, sagte Do und ging im Hinschauen unter, »das ist Gwendolin Vogelgesang, eine Böhmin, und sehr jung! Kennen Sie die?«

»Nein«, sagte er, »aber sie scheint so lang zu sein wie ihr Name.«

»Die Männer finden sie hübsch, und sie kann etwas.«

»Einstweilen sieht man noch gar nicht, was unter dem Wildrosenhute steckt!«

»Kommen Sie, die führ' ich Ihnen vor!«

Sie hatte da ein Waldinneres mit breitem Pinsel etwas pastos auf die Leinwand gestrichen und ihm eine ganz wundervolle Durchleuchtung gegeben. Während sie mit Doris Rinkhaus redete, sah sich Jakobus an dem Bild in ein Sonnenglück hinein, das er gleich in lautem Lob über sie ausschüttete. Da hörte er, daß sie solches Malen förmlich mit auf die Welt gebracht hätte, daß sie aber am liebsten mit der kalten Nadel arbeitete und derlei Leinwanden nur zum Verkaufe bemalte. Sie hatte in Frankfurt und München Kunsthändler, die ihr diese Sachen bescheiden bezahlten, aber sie verkaufte und brachte sich mit dem Ertrage gut durchs Leben.

Sie stellten das Malzeug im Dorfe ein, streiften bis Abends im Walde herum und fanden nicht, daß der Spruch: ›*Two is company, three is none*‹ in allen Fällen wahr wäre. Einmal lagerten sie sich auf einem Anger, der ganz voll hoher Spätsommerblumen war, darüber schwammen die Schmetterlinge in breiten Flügen, und Jockele dachte, er möchte mit diesem langen, leuchtenden Mädchen auch in der Folge zusammensein. Darum sagte er:

»Gwendolin, wir wollen den Anger malen – beide das gleiche Bild.«

»Warum?« fragte sie.

»Ich will sehen, wie viel weniger ich kann als Sie«, sagte er sehr ernsthaft, und Doris Rinkhaus saß dabei und bekam weite und kalte Augen.

Am anderen Tag, als Jockele daheim auszog, lief ihm das blaue Morgenkleid über den Weg zur Schlüpfe im Zaun – Do ertappte sich auf dem mädchenhaften Gedanken, er hätte sie doch wenigstens auffordern können, mitzugehen. Aber es war morgendlich um ihn, und er sagte: »Ich werde mir heute eine Niederlage holen.« Da nahm sie ein herbes Wort in den Mund, ließ es aber nicht fliegen und sagte ohne Bitterkeit und ohne Teilnahme: »Es ist wahrscheinlich. Mag es nun so oder so kommen – das Spiel wird nicht ohne Gewinn für Sie sein.«

Er hatte die Gedichte Wildenbruchs in der Tasche, und über dem weiten Wanderwege wurde ihm das Malzeug lästig. Da dachte er: »Ich hätte Do sagen können, daß ich heute vielleicht in Ettersburg schlafe ...« Mit diesem Gedanken lief er seine Straße, und es blühten um ihn noch andere blutrote heiße Blumen: Gwendolin hatte all die Tage her schon in Ettersburg gewohnt; er wollte ihr das Hexenlied vorlesen, wenn die Schatten auf den Anger traten wie die äugenden Rehe. Das mußte schön sein, so im Lichte der Blumen, die ihre schmeichelnden Seelen in den müden Tag strömten.

Ob Gwendolin auch wie Do nach Hause drängen würde, wenn die sachten Netze der Nacht fielen? Und ob ihre Augen auch Sterne würden, die immer als die ersten in der Nacht stünden wie die Augen Dos? Und ob ihre Stimme dann weicher würde und so sehnsüchtig, wie Dos Stimme einmal gewesen war, nur ein einziges Mal? Und ob sie wieder das Kleid mit den winden Rosen trüge? Auf einmal summte er das Heideröslein grausam unmusikalisch vor sich hin und kam auf den Anger und war enttäuscht, weil sie noch nicht da war.

Natürlich war sie noch nicht da; denn die Hälfte der Blumenwiese lag noch im Schatten. Ein paar Samenfahnen der ersten Weidenröschen schwebten als weiße, stille Flugzeuge vorüber.

Er stellte seine Staffelei aber nicht auf; denn er wollte Gwendolin ihren Platz zuerst wählen lassen. Da setzte er sich an den Waldgrund und las in den Gedichten. Er geriet wieder an das Hexenlied, und sein Herz blühte daran auf wie in der anderen Nacht.

Gwendolin kam mit den Schmetterlingen; sie hatte das Wildrosenkleid an und trug den Sonnenhut von gestern, und sah gerade so brünett und heiß aus wie gestern – so an der Sonnenseite gewachsen. Aber sie redete genau so morgenkühl wie Do und fragte, ob er sich etwas zu essen mitgebracht hätte.

»Nein. Ich dachte, wir äßen gemeinsam im Dorfe.«

»Wahrscheinlich kommen wir vor drei Uhr nicht dazu – es ist um Mittag so köstlich und leuchtend hier, daß einem das Ultramarin von der Palette läuft. Aber jetzt los!« sagte sie. Da ging es ans Malen. Es hing eine Waldstille ringsum, daß man die Pinsel streichen hörte, und der Himmel war über die Wipfel gestülpt wie eine Glocke aus blauem Glas, durch die die Welt von draußen hereinschauen mochte, wenn sie Lust hatte.

Da vergaßen sie, daß sie zwei junge Menschen waren, die sich beim ersten Sehen gefallen hatten, und schwiegen sich in eine tiefe Farbenfreude hinein und sagten sich bei drei Stunden kein Wort und hatten kaum einmal einen Blick. Anfangs dachte Jakobus: »Ich spiele da ein gefährliches Spiel mit mir selber. Es ist sehr ungeschickt gewesen, daß ich mich einem Vergleiche ausgesetzt habe, dem ich doch nicht standhalten kann.« Dann vergaß er auch das und vergaß, daß er in klingenden Farben alles so breit und voll hinstreichen wollte, wie er es gestern bei ihr gesehen hatte. Er malte, wie es ihm die Stunde gab, aus der strahlenden Beschwingtheit seiner Seele heraus, die dunkelrot vom Scheine des Feuers aus dem Hexenlied überglüht war. Sie hatten sich alle Neugier verbeten, hörten die Mittagsglocke aus dem Dorfe läuten, sahen, wie die Luft flimmrig wurde, als tropfe flüssiges Silber hindurch, und schwiegen.

Einmal legte Gwendolin die Palette in den Kasten und warf den Deckel zu und trat mit einem Pack raschelnder Papiere in den Schatten des Waldes. Als ihr Jakobus nachging, sagte sie: »Wenn sie nicht essen *müssen*, so arbeiten Sie. Ich lasse für Sie genug übrig. Natürlich habe ich gewußt, daß Sie auf alles vergessen, was der Mensch außer Pinsel und Farben nötig hat!« Dieses ›auf alles vergessen‹ klang österreichisch lustig in ihn hinein; es war viel Sonne in ihrer Stimme. Und er sagte: »Ich freue mich auf die Stunde, in der wir fertig sind; dann will ich Sie immer reden hören.«

»Ich bin fertig«, lachte sie. Da sprang er auf und lief zu ihrer Staffelei … »Es ist ein grausames Bild«, sagte er; »es ist herrisch, und es kann dagegen kein anderes aufkommen. Aber es ist doch königlich.«

»Nun ja, es ist königlich. Sie mögen es immer so nennen. Wenn Sie mich einmal nicht leiden mögen, sagen Sie: es ist Theater! Dieses Wort hat mir die Freude an den Farben verdorben. Aber was kann ich dafür, daß sie mir so in die Augen stürzen, wohin ich sehe?«

»Es kommt auf das Herz an«, sagte er. »Sie streichen das in einer wilden Lichtlust daraus hervor, und jedes Ding stellt sich dagegen, wie sich die Wolken stellen gegen die Feuerfanfaren, die der Himmel über das Sterben des Tages bläst. Mir ist bange gewesen vor Ihnen, aber ich schäme mich nun nicht – wenn Sie Wasser sehen, malen Sie Perlen, und wenn Sie Licht sehen, malen Sie Jauchzen. Ein Feld voll Blumen wird auf dem Wege durch Ihr Herz zu einem taumelnden Märchen oder zu einem himmlischen Farbenrausche. Aber ich male die Erde ...«

So redete er sich in Flammen.

Gwendolin sagte: »Meine Bilder sind Lügen für jeden, der die Wirklichkeit nimmt und damit ein zentimetermäßiges Messen an ihnen beginnt. Aber für mich ist es Wahrhaftigkeit; denn es ist künstlerisches Erleben.«

Dann traten sie zur Staffelei Jockeles. Es stand ein Idyll darauf, das versickerte – letzte Blütenfreude des Sommers – in dunkelgrüne kühle Waldestiefe.

»Ich kann das nicht«, sagte sie – »Sie suchen die Seele einer Handvoll Welt, und ich blase eine hinein, die mir gerade paßt.«

Da nahmen sie ihr Malzeug auf und trugen es ins Dorf, saßen in dem Baumgarten des Gasthofs und aßen Pflaumenkuchen.

»Wann gehen Sie?« fragte sie.

»Heute nicht«, sagte er und bestellte ein Zimmer für die Nacht.

»Das ist fein. Da machen wir eine Waldstreife. Also los!«

Den Band Gedichte nahm er mit. Im Ettersburger Schloßgarten fiel das Blühen über sie. »Ich kann mir denken, daß Ihre Lichtfreude hier wohnen muß, Gwendolin!« sagte er voll Innigkeit. Über die blaue Weltenwiese jauchzt die Sonne im goldenen Sechsergespann, aber im Garten von Ettersburg geht sie spazieren; draußen ist sie das große Licht, hier ist sie sanftes Leuchten; draußen ist sie Sieg, hier ist sie Liebe; und die Menschen werden leise auf diesen Wegen. Die Tage liegen darauf wie Falter mit breiten Schwingen – der Schloßgarten von Ettersburg ist ein ewiges Ostern der Herzen ... Darüber gerieten Gwendolin und Jakobus immer tiefer in sich hinein.

Es war, als wären sie allein auf der Welt.

Sie gingen nun unter den hohen Buchen, die sich so sachte mit Himmel zudecken lassen. Aber unter den Wurzeln heraus atmete die Erde den berauschenden Herbstodem, der voll Traum heißer Auferstehungsfeste ist, und sie bekamen Augen wie der Hochwald, voll heimlicher Dämmerungen. Augen wie junge Menschen, die herumirren in den Rätseln ihres Frühlings. Augen wie junge Menschen, die über und über in Blüte stehen und die Seligkeit ihrer Seelen dahinströmen wie die Blumen und ihre klingende Helligkeit ineinandergießen wie die Quellen, wenn die Erde birst unter dem Jauchzen des Himmels.

An einem Hange, an dem die Sonne gelegen hatte, umarmte sie die heiße Dämmerung. Da sanken sie hinein, und das Moos war voll vom Dufte später Veilchen.

Gwendolin saß neben ihm.

»So war es schon einmal«, sagte er – »damals mit Maria Reh! Da war ich ein kleiner Junge und hatte Sehnsucht nach ihren Händen.«

Da setzte sie den Hut ab und legte ihn über den Band Gedichte.

»Wie war das mit Maria Reh?« fragte sie und stemmte ihre Ellenbogen auf seine Brust.

»Rosenrot!« sagte er. Und ihre Augen waren einander nahe und kamen sich immer näher –

»Und jetzt?« fragte sie.

»Dunkelblau mit Sternen!« sagte er. »Aber was ist das für ein verrücktes Reden! Komm doch!«

»Komm doch!« lockte sie.

Da faßte er in ihr lose geschlungenes Haar und ergriff ihren roten, roten Mund mit den Zähnen – der Vorhang im Tempel zerriß, und sie fanden sich mit geschlossenen Augen in das Allerheiligste des Lebens.

Dann fing sie an, den pressenden Armen zu trotzen, und wand sich über ihm und bekam ihre Lippen los aus der schmerzenden heißen Verheißung seines Mundes. »Du bist zu wild!« sagte sie.

»Ich habe zu lange gedürstet! Warum bist Du so heiß und schön geworden – nun mußt Du das leiden.«

Da litt sie es. Sie küßten sich drei Meilen tief hinein in die kobaltblaue Spätsommernacht, und als einmal die Dorfuhr über die Sternenstraße rief, war den Glocken anzumerken, daß sie noch ganz allein wach wären. Im Walde lag eine schwere Finsternis. Da tasteten sie sich hindurch, und als sie vor dem kleinen Hause standen, in dem Gwendolin wohnte, wartete die Frau des Arbeiters drinnen bei dem Licht. Gwendolin fing an, sich das Haar noch einmal zu stecken, aber weil sie in der mitternächtigen Dunkelheit unter Küssen und Zwetschenbäumen doch nicht damit zurechtkam, sagte sie: »Es ist mir ganz egal! Doch morgen mußt Du warten, bis ich komme und Dich hole.«

Der Hausknecht ließ ihn ein, und er fiel gleich in einen abgrundtiefen Schlaf. Aber früh ärgerte er sich, daß er nicht mehr an Gwendolin gedacht hatte, und die Nüchternheit des fremden Zimmers verstimmte ihn. Gwendolin kam, als er drunten im Garten beim Morgenkaffee saß; ein Fink war auf seinen Tisch geflogen und pickte die Krumen auf.

Am vierten Tage malten sie wieder, und am vierten Tage kam Doris Rinkhaus. Sie hatte vormittags den Wald nach ihnen durchsucht, sagte das aber nicht, sondern spazierte zur Essenszeit wie von ungefähr durch den Garten des Gasthofs und setzte sich zu ihnen. Sie merkte den großen Wandel an Jakobus, aber sie war unbefangen und klug und klar wie der Tag. Deshalb ging er am Spätnachmittag mit ihr heim, aber das Malzeug ließ er bei Gwendolin. Sie machten einen weiten Umweg über das Rödchen und gelangten auf abgeernteten Feldern zu der großen Eiche, die im Webicht, nahe dem Goethe-Schiller-Archiv, steht. Es war schon Abend geworden. Doris hatte es auf dem langen Gange vermieden, an sein Verhältnis zu Gwendolin zu rühren. Sie hatten von der Sendung der Tante Veronika zu reden gehabt, die inzwischen für Jockele eingetroffen war – »Die freundliche alte Dame überschüttet Sie in der Tat mit einer ganz unverdienten Güte –« sagte sie ... und da war der Stein durch das sorglich gehütete Fenster geflogen!

Er faßte ihre Worte gleich fest an: »Wenn Sie damit auf Gwendolin zielen, so finde ich das unbeschreiblich komisch: erst haben Sie mich auf sie losgelassen, und jetzt drohen Sie mir gouvernantenhaft mit dem Finger und spielen würdig die Mama gegen mich aus! Do, Do, fühlen Sie wirklich nicht, daß Sie da nach einer Rolle gegriffen haben, die Ihnen ganz und gar nicht auf den Leib geschrieben ist?«

Jawohl, sie fühlte das und pries ihre Klugheit, die sie damit hatte warten lassen, bis die Nacht um sie hing. Das Buschwerk zu beiden Seiten des Weges von der großen Eiche herauf half bei der gütigen Finsternis.

Darüber fand sie den gewohnten Ton wieder – »So ist das gar nicht gemeint gewesen. Ich hätte wohl besser gesagt: Sie sind sehr keck geworden in diesen vier Tagen.« Sie suchte nach einer Schlüpfe, durch die sie in ihn hinein kommen konnte; der lange Weg, den sie berechnend gewählt, hatte ihn zu keinem Verrat an sich selbst geführt. Wollte er Gwendolin schonen? War er wieder in eine rosenrote Anbetung versunken wie damals vor Maria Reh, die noch heute lustig davon berichtete? ... Sie fing also an zu klopfen. – »Ich meine, Sie gehen so aufgeblüht daher! So jungmänniglich, tapfer und weltumarmend!«

Nun schlug er alle Türen weit auf und trat heraus und sagte: »Es war fein! Gwendolin ist ein süßes, heißes Mädel.« Er wollte mit vollem Atem das Lied vom ersten Liebesrausche blasen, aber die Worte lagen neben dem Erleben wie welke Blüten. Da sagte er: »Ich will Gwendolin heiraten!« und hatte damit einen Heiterkeitserfolg. Es war schrecklich – bei dem dramatischen Höhepunkte, bei der Stelle, die er mit wahrer Heldengröße herausgeschleudert hatte, bekam Doris Rinkhaus das ungeheure Lachen! Und der Vorhang mußte heruntergehen. Sie lachte sich auch durch die Pforte im Zaun und sagte: »Sie sind heute abend zu ulkig! Sie dürfen deshalb ausnahmsweise noch eine Stunde zu mir herüberkommen. Ich muß Ihnen eine Kerze geben; denn es sieht in Ihrer Wohnung aus wie in einem Lagerhause.«

Sie bereitete in der Küche das Nachtmahl; Jockele entzog ihr seine Mitarbeit und dachte in der dunklen Stube darüber nach, wie sich das Spiel für ihn gewinnen ließe.

Als sie gegessen hatten und der Samowar summte, setzte sie sich wieder in den vorigen Gang. »Haben Sie schon Bestimmungen über die Hochzeit getroffen?«

Da schwieg er sie gekränkt an; sie aber nahm noch mehr überhand. »Mein lieber Junge Jo, wenn Sie nicht so grausam lächerlich aus diesen ersten verliebten Stunden hervorgegangen wären, würde ich sagen: Mein werter Herr Jakobus Sinsheimer – es senkt sich zwar schon der sachte Schatten eines Bartes auf Ihren verräterischen roten Mund, aber mit dem Gewaffen holder siebzehn Sommer läßt sich ein leidlich befestigtes Mädchen nicht fürs Leben erobern! Sind Sie denn wirklich so einfältig, zu meinen, eine Kette angereihter Küsse hielte über ein paar Meilen Zeit? Und glauben Sie, Sie wären der erste, der Gwendolin Vogelgesang hübsch findet? Und das ›süße heiße Mädel‹ hätten Sie entdeckt? Meinetwegen küssen Sie sie ab, soviel sie es verdient – aber geraten Sie darüber nicht in Unordnung und reden Sie nicht ein tragisches Pathos übers Land.«

Er kreuzte die Arme vor der Brust, und auf seiner Stirne stand kalter Schweiß. »Was geht Sie denn das alles an, daß Sie so in Harnisch geraten?«

»Es täte mir leid, wenn Sie vor sich selbst lächerlich würden«, sagte sie. »Sehen Sie, wie Sie neulich aus dem wildgewordenen Herzen mit feurigen Buchstaben etwas von ihrem Frühlingssturm auf ein Stück Papier schrieben und es mir vors Fenster hingen, das war jung und gesund. Und jung und gesund ist es auch, wenn Sie mal über die lange Gwendolin kommen – aber daß Sie jede Seifenblase für eine Weltkugel halten und den Eroberer spielen, das ist Ihr hartnäckiges Mißgeschick.« Sie steckte eine Kerze an und gab sie ihm in die Hand: »So, und nun leuchten Sie sich mal nach Hause.«

Da sagte er: »Wenn ich Sie nicht bis zu dieser Stunde für einen Ausbund von Klugheit gehalten und nicht allerlei Ursache zur Dankbarkeit gegen Sie hätte, würden wir uns morgen kaum noch kennen, Fräulein Rinkhaus!«

»Sie, das ist ein famoser Einfall«, lachte sie – »betrachten wir diese Stunde als Mobilmachung zu einem achtwöchigen Kriege! Am ersten November wird Friede geschlossen.«

»Und wenn ich dann noch Krieg will?«

»Mir auch recht!« lachte Do.

»Ich gebe mein erlösendes Einverständnis. Gute Nacht.«

Sie drehte den Schlüssel schon feindlich im Schloß herum.

»Do hat ihre giftiggelbe Eifersucht vor mir verbergen wollen, und damit ich es nicht merkte, hat sie Esel zu mir gesagt«, dachte er. Aber nun, da er durch das Stück dunkelblaue Spätsommernacht stieg und die Linke vor das kärgliche Fünkchen Licht hielt, kam er sich wirklich sehr komisch vor – diese Rolle mit der Hand vor dem bißchen Flamme hatte er den ganzen Abend gespielt. Und gestern – vorgestern sicherlich! – hatte er geglaubt, es wäre so etwas wie der große Brand in ihm, den der Sommer des Abends vor den Toren der Welt für Himmel und Erde aufführt.

Er leuchtete sich in einen mäßigen Schmerz hinein, der sich über dem Haufen mit Latten verschlagener Möbelstücke zu einer tiefen Verstimmung auswuchs. Die Liebe, mit welcher Tante Veronika und Mali diese Dinge ausgewählt und verpackt hatten, wollte sich heimlich an sein Herz schmeicheln, aber sie war ihm peinlich: die treuen alten Mädchen hatten das im Frühlingshause mit der Sonne ihres Vertrauens für ihn umschienen – vielleicht in der gleichen Stunde, in der er sich draußen am Waldrande gewälzt hatte wie ein jähriger Hirsch ...

Er fuhr in ein Land tiefen Nebels hinein und verbiesterte sich ...

»Was ist das wieder mal für eine Sache, die Du da aufgemacht hast, Jakobus Sinsheimer! Es ist der niederträchtigste Vertrauensbruch, der einem Menschen je Scham auf die Stirn getrieben hat. Du kommst Deiner Tage zu nichts – gib's auf, Jakobus Sinsheimer, Du bist ein Zigeuner. Wie ein Zigeuner hast Du den Wald zum Nachtquartier gemacht ...«

Er nahm wieder einmal Seifenblasen für Weltkugeln! Da schlug er mit der flachen Hand auf das Zünglein Licht und warf sich aufs Bett und wühlte sich in eine wilde Selbstverachtung hinein. Auf einmal hüpfte Gwendolin aus dem zähen Nebel und war vergnügt wie der Frühling. Das Wildrosenkleid war längst ausgeplättet, ihr Mund blühte wie roter Mohn, und die ganze Nacht wurde zu tausend feuerroten Blumen. Er lag mitten darin und schlief ein.

Am Morgen, als er sich in den Kleidern auf dem Bette fand, fiel ihn der Jammer an. Aber er raffte sich zusammen, zog andere Wäsche und Kleider an und begann auszupacken.

Tante Veronika und Mali, manchmal auch das Zinzilein, waren dabei immer um ihn, und er werkte sich in eine vergessende Freude.

Als er allen Unrat hinausgetragen hatte in den Schuppen, schloß er die Schubfächer des Schrankes auf und fand darin Vorhänge für drei Fenster, und in dem Kleiderschrank die drei Leisten dazu – es war auch ein Kästchen mit Stecknadeln darangebunden; als er das erkannte, schauerte ihm die ferne sorgende Liebe durchs Herz, daß ihm ganz bange wurde.

Er wäre nun am liebsten zu Do geflogen und hätte mit allen Glocken Frieden geläutet – nein, diesmal sollte sie gewiß nicht triumphieren! Wenn sie ihm jetzt ihre Siegeraugen gemacht hätte, jetzt hätte er sie gerne ertragen; aber am Ende sagte sie: »Lassen Sie sich das nur von Gwendolin machen.«

Da überlegte er sich, wie Mali dabei zu Werke gegangen war, damals, als er ihr die Stecknadeln gereicht hatte.

Er drehte eine der Leisten ein paarmal in den Händen und gewahrte die Bänder, die da angenagelt waren. Dann pfiff er seine Entdeckerfreude sachte vor sich hin und kam auch mit den Vorhängen zustande.

So ordnete sich jedes Ding an seinen Platz. Es war alles durch viele Jahre in einer schönen Sonne gewesen – das ganze kleine Haus schien sich nun daran heimlich voll Gold bis zum Rande. Tante Veronika hatte ihm auch eine Erhöhung des Monatsgehalts von zehn Mark gewährt, dafür sollte er eine Frau bezahlen, die ihm die Wohnung säuberte. Über allem hatte er sich wieder zu sich selber gefunden, und weil er den Überschuß an Seligkeit merkte, packte er ihn in einen Brief und schickte ihn nach Ibenheim.

Da war der erste Tag nach der Mobilmachung herum, und als sein Verglimmen durch die neuen Vorhänge sickerte, gab er sich der Wohligkeit des Daheimseins hin. Es war, als legte die sorgte alte Tante Veronika ihre reinen Hände an seine Wangen und sagte wie einst: »Mein braver, lieber Junge.« Er saß zum ersten Mal bei der abendlichen Lampe in dem kleinen Haus; die warf die goldenen Fächer ihres Lichts über die bunte Tischdecke, und aus dem Bücherschranke blinzelten ihn die Aufschriften der Bücherrücken so traulich an wie in der anderen Zeit. Veronika hatte ihm alles geschickt, was sie an gedruckter Weisheit besaß – die zweihundert Bände umfaßten die Welt; und es lag in der Übergabe dieses Schatzes eine rührende Erklärung der Liebe …

Wie ihm Fridolin Hartwig in den Weg gelaufen war, und wie dessen großsprecherische Schwächlichkeit strandete an einer Insel der Weltflucht, hatte er dies als ein Erlebnis erkannt; die Nacht im Jägerhaus am Hörselberg stand in seiner Jugend als eine bunte Lichtkugel, nach der er gern einmal zurückschaute, denn sie leuchtete noch immer; das Glück von Ettersburg war ein kristallener Becher, von dem er meinte, er wäre reich genug, sein ganzes Leben mit Glanz zu erfüllen … So standen viele Tage in der vergangenen Zeit, von denen er sagte: ich werde sie immer sehen. Aber dies Heute, in dem ein Stück seiner waldherrlichen Knabenzeit sich wieder zu ihm gefunden hatte – dies Heute erkannte er nicht. Es war für ihn eine liebe freundliche Begegnung von jener lächelnden Innigkeit, die ihn über dem Kommen Tante Veronikas berührte, als der gelbe Krückstock neben dem blauen Morgenkleide den breiten Gartenweg daherspaziert war. Und doch war dieser Tag eine Weiche, über die das Leben Jakobus Sinsheimers auf das Geleise lief, das er sich selbst in Spiel und Ernst seiner Frühlingsjahre gelegt hatte. Und er wußte es nicht; denn die Sinne der Jugend sind vorwitzig: sie sehen den Schaum als Trank, sie fühlen den Rausch als Glück, sie schmecken die Erde als Himmel, sie halten Dasein für Ewigkeit.

Am nächsten Morgen spazierte er sehr früh nach Ettersburg, äußerlich angetan wie ein junger Kavalier. Er wollte an diesem Tage nicht malen, aber er wollte sich auch gegen zigeunermäßiges Waldstreifen verwahren. Zudem war es am Anfange des Monats, und hundert Mark im Portemonnaie geben einem jungen Menschen Haltung.

Am Häuschen Gwendolins erfuhr er, sie habe Besuch, und die Herrschaften seien wahrscheinlich im Baumgarten des Gasthofs beim Frühstück.

Da fragte er sich ein wenig an der Frau zurecht, aber er wandelte noch auf Wegen aus Himmelblau seinen heißen Wünschen nach.

Als er das Wildrosenkleid und den blühenden Sonnenhut sah, ward er beschwingter Sommerwind und flog ihr entgegen. Der Herr, der mit Gwendolin an dem übersonnten Tische saß, nestelte ihr aus einem schäkernden Besitzrecht heraus an dem goldenen Halskettlein. Und als der lustige Sommerwind dazwischenflog, blies ihn eine morgenkühle Gleichgültigkeit an. Gwendolin tat sehr überrascht, den Herrn Sinsheimer zu sehen, und stellte ihn vor als einen Malschüler, mit dem sie gelegentlich eine Stunde da oben am Waldrande zusammen eine Farbenskizze gemacht habe.

»Und Sie wollen Ihre Staffelei holen?« fragte sie.

»Eigentlich nicht«, antwortete er und setzte sich steil in eine Art von Fassung.

Da kam der Kellner und meldete, der Wagen sei da.

»Wir fahren nach Belvedere«, sagte Gwendolin. »Wenn Sie Ihr Malzeug heute mitnehmen wollen – meine Mietsfrau kennt Sie ja und wird Ihnen willig alles einhändigen. Adieu, Herr Sinsheimer.«

Sie legte die Spitzen ihrer Finger in seine Hand, und nach einer förmlichen Verbeugung ihres Begleiters hüpften die beiden durch den Sonnenschatten der Zwetschenbäume in klingender Unbekümmertheit dahin.

Der Kellner klemmte seine Serviette unter den Arm, und während der Kavalier Jockele sich erhob und zu einem entfernten Tische schritt, starrten sie einander an – Jockele als Hypnotiseur, der Kellner als zweifelndes Medium zwischen Lächeln und sachtem Verkommen des Bewußtseins. Am Gefrierpunkte der Sinne bäumte er sich auf.

»Ich dachte immer, Fräulein Vogelgesang wäre Ihre Braut ...«

»Das dachte ich auch«, sagte Jakobus; »aber nun bringen Sie mir mal schnell drei Zigaretten und eine Tasse Kaffee.«

»Sehr wohl, drei Zigaretten und 'ne Selters.«

»Kaffee!« brüllte Jockele. – »Halt, kommen Sie mal her. Sie sind ein unverschämter Mensch! Da – zwanzig Pfennig für die Beleidigung! Adieu!«

Er zog das Etui aus der Tasche, brannte sich eine Zigarette an und wirbelte sich hinter seinem zwischen den Fingern drehenden Spazierstock aus dem Gesichtskreise.

Die Sonne roch nach dem Staube, der unter dem enteilenden Wagen hervorbrach; der goldene Septemberwind machte sich ein billiges Vergnügen daraus, mit dem Geräusche rollender Räder und klapperndem Hufschlag die Dorfstraße entlangzuschlendern und Jockele zu fragen, ob er das hübsch finde; und der Himmel stand über dieser Erde, durchsichtig vor leuchtender Ahnungslosigkeit, und ein paar Engel guckten zum Fenster heraus und flatterten mit den Flügeln.

Jockele verfiel in ein stürmisches Dahinschreiten. Er dachte, er müsse mit erhobenen Armen und einem ungeheuren fanfarenden Schreien das Licht zerreißen. Aber es schoben sich da und dort Frauenköpfe mit neugierigen Augen durch niedere Fenster; es standen schwätzende Weiber hinter den Zäunen und sahen ihm nach; und wie die Gattertür vor der Auffahrt zum Schloßgarten hinter ihm zuschlug und Falterstille, mit großen stummen Augen auf den Schwingen, um ihn schwebte, schlug sich der Drang zu dem ungeheuren himmelzerreißenden Schrei nieder in Bitternis und Schweigen.

Er hatte den Rausch der vier Tage in windigen Kniehosen und in einer Gürteljoppe bestanden und hatte ausgesehen wie Samstag. Nun schmiegte sich freudiger Sommerstoff um ihn. Er hatte eine blaue Krawatte umgetan, die an Daseinslust mit der Seide des Himmels wetteiferte, und seine Augen liefen an der gepflegten Bügelfalte hinab, die in den Aufschlag der Hose versickerte; dazu hatte er chamoisfarbene Gamaschen über die gelben Schule gestreift – – die sehr frühe Stunde fiel ihm ein, in der er den langen Menschen Jakobus mit beseligter Hingabe für Gwendolin Vogelgesang bereitet hatte …

Er suchte nach dem Winkel in seinem Herzen, in dem eine annähernd höllische Teufelei aufgehen könnte, und fand ihn nicht.

Oder war das Benehmen Gwendolins von der Verzweiflung des Augenblicks geboren? War es Verwirrung gewesen, die der Überfall angerichtet hatte? Oder war es die mädchenhafte Scheu, sich zu verraten?

Vielleicht, wenn er ihr morgen entgegenlief, breitete sie die Arme weit aus wie ein Sommertag, wenn er die Sonne kommen sieht!

Über diesem Gedanken stieß er alle Türen und Fenster seines Herzens weit auf – aber der liebe glockenklare Morgenwind lief nicht hinein.

Da hatte er nun diese Lippen hingenommen wie der Frühling eine erwachende Blume! Und als Do ihren wissenden Finger erhob, der da fragte: »Sie denken wohl ...?« hatte er seine Empörung gegen diesen Finger geblasen.

Nun waren die Küsse der vier Tage, die ihm auf dem morgendlichen Waldgange erdbeerfrisch noch auf dem Munde gelegen hatten, am Wegrande gewachsen!

Er wischte sie mit dem Taschentuche fort und dachte: ein Mädchenmund voll so staubiger Süßigkeiten müßte von Rechts wegen gekennzeichnet sein – und nörgelte eine Stunde lang an der Weltordnung herum.

Es tauchten da und dort morgenlichte Kleider auf, und es blühten da und dort auf umschatteten Wegen junge Stimmen. Da setzte er sich auf eine Bank und saß bis an den Mittag und warf seine Blicke auf jeden Frauenmund – ob er sich an ihm vorüberlachte in der Freude am Licht, ob er voll sehnsüchtigem oder besinnlichem oder dankbarem Traum am Glück sei, oder ob er blühe wie ein Mohnfeld, lichterloh und in seelenzehrendem Brand ...

Es war ein qualvolles Studium, und der Teufel half ihm die Küsse zählen, die verschwenderisch auf diese roten Blumen hingedrückt worden, und rieb sich die Hände.

So ließ er an dem Grab, an dem er stand, ›die Schmerzen in Betrachtung übergehn‹ ... Er wußte nicht, daß er damit heimlich in die Gärten Goethes getreten war, der also dichtend überwand, was Bitternis auf seine Sonnenwege schattete. Aber nur ein paar Schritte weiter am Wege durch den Schloßgarten wartete ein Erlebnis auf ihn.

Der Traum des Mittags war aufgestanden und wandelte mit erhobenen Händen, unter denen es sonnenstill wird. Die goldenen Netze der Luft fielen über das Atmen der Blumen; helle Menschensinne begegnen in dieser Stunde den Seelen der Bäume ...

Als die Dame, mit der Jakobus an diesem Tag in ein Gespräch kam, solche Worte aus einer seherischen Erschütterung ihres Herzens zu ihm redete, wunderte er sich; denn es war eine fremde Art. Die Frauen, die seither um ihn gewesen waren, begriffen die Welt in heiterer Sinnlichkeit – vor allem Gwendolin die Sonnenseitige. Und Doris Rinkhaus war oktoberklar, oder sie war voll Märzenlicht … Er lächelte sich in ein heimliches Vergleichen hinein und merkte, daß Do ihm ihre Siegeraugen machte. Aber sie lachte nicht das Lachen, in dem die Engel Feste feierten und grüne Gläser mit sachte spritzendem Moselwein aneinanderklangen, sondern sie sagte: »Na, Herr Jakobus Sinsheimer?« Damit verbriefte sie ihm ihr Recht, wenn er ihr einmal unter die Füße gekommen war. Aber er dachte, jener unter die Füße zu kommen wäre besser, als der Gwendolin unter die Lippen – zwar …

Dies Zwar war eine Schwelle. Seine Gedanken stolperten darüber und stolperten zu einem gelben Buch, das auf der Bank unter der Hängebuche lag. Es lag auf der Nase und Jockele setzte sich daneben und las so von oben herunter: ›Reclams Klassikerausgaben. Gedichte von Wolfgang von Goethe.‹

Er ließ die Seiten durch seine Finger laufen – der ganze zwanzig Bogen umfassende Band, von der ›Zueignung‹ bis zu den Noten am Schluß, war Zeile für Zeile grüblerisch durchgearbeitet. Unbeirrbare Sehnsucht, alles zu wissen, war hier am Werke gewesen. Schon hinter der ersten Überschrift »Zueignung« stand geschrieben: ›August 1784 auf einer Reise nach Braunschweig, ursprüngl. f. d. Geheimnisse‹. Die zweite Strophe des Gedichts beginnt: »Und wie ich stieg, zog von dem Fluß der Wiesen ein Nebel sich in Streifen sacht hervor«, daneben in Blei und emsig schülerhaft: ›Goethe interessierte sich sehr für Wolken.‹ Vor allem waren die Beziehungen zu Faust zweiter Teil mit beharrlichem Bemühen gesucht und vermerkt – gleich zu Anfang der dritten Strophe der Zueignung: »Auf einmal schien die Sonne durchzudringen, im Nebel ließ sich eine Klarheit sehn …«, war notiert: ›Faust II, 1: Im Dämmerschein liegt schon die Welt erschlossen.‹

War das ein Philologe, der so nach Dichterschätzen grub?

Wieder hörte er die graue Frage: »Was wissen Sie von Goethe, Herr Jo?« hinter der damals im Tiefurter Park seine Jugend in so beängstigender Finsternis gestanden hatte. Es war ihm, als wäre von unsichtbaren Händen ein Tor angelweit aufgeschlagen worden – und nun sollte er nicht eintreten dürfen in dies Licht, das über ihn fiel? Ein unersetzbarer Schatz!

Er schaute um sich … rings waren die schirmenden Äste der Buche … vielleicht hatte einer den Band zum Finden dahingelegt … ›Zigeuner!‹ sagte er laut und bitter.

Aber fortgehen konnte er nicht. Er ergriff es abermals, las sich das Herz heiß und dachte: »Ich will es dem Kastellan bringen und will mein Besitzrecht geltend machen für den Fall, daß sich der Verlierer nicht meldet. Oder – ich will mir die gleiche Ausgabe kaufen und will jeden Tag herausgehen und diese Anmerkungen abschreiben ...« Er dachte sich ganz wirbelig, und dann schritt er den Gartenweg entlang.

Da begegnete ihm eine Dame –

»Verzeihung«, sagte sie, »Sie haben meinen Band Goethe auf der Bank unter jener Buche gefunden ...«

»Jawohl«, sagte er verbindlich und hielt den Hut dabei in der Hand, »ich wollte ihn dem Kastellan übergeben; denn ich sah, daß der Eigentümer den Verlust sehr schmerzlich empfinden würde.«

»Ich danke Ihnen tausendmal«, sagte das ältliche Fräulein mit jenem norddeutschen Ausdrucke, den er selbst von Tante Veronika angenommen hatte. Da faßte er Mut –

»Darf ich mir als Finderlohn die Erlaubnis ausbitten, alle Anmerkungen in einen eigenen Band zu übertragen?«

»Gerne, wenn wir einen Weg dazu finden«, antwortete sie. »Ich komme von weit her – ich bin eine Sucherin nach herrlichen Schätzen, mein Herr – eine Schatzgräberin in des Wortes ursprünglichster Bedeutung: ich werde den Faust finden, von dem Goethe in seinen Tagebüchern redet als von dem ›Hauptgeschäft‹. Diese letzte Fassung ist der Welt noch vorenthalten; er selbst redet von einem Schelmenstück, das er damit beabsichtigte – bis ins Jahr 1775 zurück läßt sich das Vorhaben verfolgen, dies Werk den Augen der Menschen zu entziehen – und er ist hingegangen in den Garten Am Horn zu Weimar und hat während der letzten Jahre seines Lebens die Vorbereitungen getroffen. In jenem Garten, in den er seinen ewigen Tempel baute, hat er am 16. August 1831 die Handschrift vergraben.«

Das alles kam aus einem lodenen Fräulein und unter einem Jägerhütchen hervor und stürmte auf ihn ein mit kühn vorgehaltenem Fahnenschafte.

»Ah«, sagte er, »und wenn ich recht verstanden habe, so wollen Sie diese endgültige Fassung des ›Faust‹ im Garten des kleinen Hauses entdecken?«

»Ich *werde* sie entdecken!«

»Dann – dann müßten Sie aber wohl den ganzen Garten umwühlen?«

»Oh, ich werde die Stellen zu bezeichnen wissen!«

»Das ist ja ein Fund, der die Welt erschüttern wird!« stammelte Jakobus. »Ich fange an, die Hand einer gütigen Vorsehung zu erkennen«, sagte er, schon mit allen Sinnen hineingebettet in den schwärmerischen Ton des Fräuleins Erika Flucht – »mein Weg führt mich täglich an jenem Garten Goethes vorüber ... Haben Sie ihn vorhin nicht den ewigen Tempel genannt? Auch ich wohne in einem Gartenhäuschen am Horn.«

»So seien Sie mir gegrüßt!« rief sie, reichte ihm die Hand und versprach, ihm noch an diesem Abend die Bezeichnung ›der ewige Tempel‹ zu erläutern. Dann erhob sie ihre Stimme und sprach, mit einer großen Geste nach Weimar:

»Gab die liebende Natur,
Gab der Geist Euch Flügel,
Folget meiner leichten Spur –
Auf, zum Rosenhügel!«

Jakobus Sinsheimer ahnte eine Aufforderung zu sofortigem Aufbruche, und weil seine Augen dies Ahnen spiegelten, fragte sie: »Sie wissen wohl nicht, daß der Hang, an dem Goethes Gartenhaus liegt, der Rosenberg heißt?«

»Nein«, gestand er, »mir kommt es überhaupt vor, als wüßte ich gar nichts.«

»Sehen Sie – und die Stelle, die ich Ihnen soeben vorsprach – ist sie nicht ein Ruf des Meisters: ›Ihr, denen der Geist Flügel schenkte, folgt mir ... unter dem von Geisterstimmen umraunten Rasen des Rosenhügels findet Ihr des Rätsels Lösung!‹ Aber seine Dichtungen sind *voll* von solchen Rufen und Lockungen nach dem Geheimnisse, das er schelmisch dort der Mutter Erde vertraute. Kommen Sie, sehen Sie mit Ihren Augen die Zauberkreise, die Goethes heitere Größe um das königliche Vermächtnis schlug!«

Es kam aus dieser seherischen Seele über ihn – noch zitterte der Rausch durch seine aufgewühlten Sinne, den die Frühlingsgaben Gwendolins hindurchgejauchzt hatten, nun ruderte er schon wieder mit schwunghafter Leichtherzigkeit hinein ins Himmelblau ohne Grenzen und fühlte: die fruchtatmende Erde geriet ins Wogen.

Als sie an dem Hause Gwendolins vorübergingen, rief er der Frau hinein, er werde das Malzeug in den nächsten Tagen holen lassen.

Dann fanden sie sich im Zwetschengarten des Gasthofs über einem verspäteten Mahle zueinander: das Glück, aus gerütteltem Überflusse Weisheit zu spenden, führte Erika Flucht – die Frage Dos: Was wissen Sie von Goethe? drängte ihn zu ihr ... Aber er selbst war viel zu sehr bedrängt vom Erleben. Er hörte mit Atemlosigkeit des Herzens zu und kam sich vor wie das Kind, das den himmelblauen Frühlingswind fangen wollte; da rettete der sich vor den tappenden Händen in einen blühenden Kirschbaum und wirbelte einen Haufen Silberzindel herab – und der lange Mensch Jakobus stand mitten darin und ließ es schneien. Auch der gewärmte Kalbsbraten forderte ein Stück liebevolle Teilnahme.

Einmal hob er das Glas zum Trunke, aber es mußte auf halbem Wege warten; denn zwischen Lipp' und Kelchesrand warf Erika Fluchts stürmende Begeisterung den Peneios, den Olymp, Persephoneien und Orpheus und die ganze klassische Walpurgisnacht hindurch.

Das geschah an dem gleichen Tische, um den die Scherben der vor vier Stunden jäh zerbrochenen Liebe lagen.

Sollte er ihr gestehen, daß wenigstem Peneios und Persephoneia unentdeckte Welten für ihn waren? ...

Nachdem der Kellner abgetragen hatte, legte Jockele die Arme um die Kante des Tisches, als wären auf der Platte tausend surrende Firlchen losgelassen – Knöpfe, die auf dem durchgesteckten Holze tanzen – und gebärdete sich, als dürfe von dem närrischen Schwarme keines hinabschnorren in den Sand. Aber das war ein eitles Beginnen. Darum sann er auf Rettung und sagte: »Verehrtes Fräulein, bitte, nehmen Sie eine Zigarette.«

Er hatte gerechnet: sie ist von ganz anderer Art als Gwendolin Vogelgesang, die oft sogar beim Malen rauchte, und gedachte nun Feuer mit Feuer zu dämpfen; auch Maria Reh hatte sich vom Rauchen so hinnehmen lassen als von einem mühseligen Geschäft – und mild lächelnd senkte sich die Ruhe über sie.

Als der rote Bronnen der Weisheit gestopft war, lenkte er das Gespräch nicht ungeschickt auf ein Nebengeleis – »Durch die Kronen der Bäume wehen Duftwogen aus der blütenbunten Stille des Schloßgartens«, sagte er, der Würde der Stunde entsprechend. Aber Erika Flucht warf sich gleich in diese Wogen hinein und sprach, als läse sie ihm vor: »In Ettersburg vollendete Stiller ›Maria Stuart‹, und hier wurde Goethes ›Iphigenie‹ zum erstenmal in geschlossenem Raum aufgeführt. Goethe spielte den Orest, und – wenn ich nicht irre – Karl August den Pylades.«

»So, so«, sagte Jockele aus seiner tiefen Zerschmetterung heraus und rang mit sich, ob er ihr erklären sollte, daß er für die nächste Stunde nicht mehr aufnahmefähig sei – wegen des Erlebnisses vom Vormittag, oder weil das Feld seines Geistes, auf dem sie mit beglücktem Fleiße baute, noch zu wenig vorbereitet wäre?

Er entschied sich für das letztere und erzählte ihr den Roman seines Lebens. Darüber traten sie die Wanderung nach Weimar an, und der Bericht war auf eine Meile verteilt.

Als es dämmerig wurde, traten sie unter dem Gewölbe der Sternbrücke heraus in den weimarischen Park. Ein später Nebel spann aus dem abendruhigen Spiegel der Ilm, ganz dünn und zauberisch und von leisem Glanz: er hatte an den Kahn des Mondes gestreift, der auf dem Wasser lag.

Sie gingen an der Sphinx vorüber, und Erika Flucht sprach unter dem Silberschleier hervor, der sich auf ihre Seele gelegt hatte, sprach ein paar Verse Goethes – »auch aus diesen Versen von der Sphinx ruft das Geheimnis von dem nahe verborgenen Schatze«, erläuterte sie.

Der Abend im Park war voll heimlicher Verheißungen. Und Jockele war gefaßt.

Auf dem Weg über den Stern nach Goethes Gartenhause fragte er: »Sie redeten von dem ewigen Tempel – wo ist er?«

»Später, später!« sagte sie. »Jetzt von der klassischen Walpurgisnacht – dies ist die Landschaft! Rechts die Ilm, die Goethe den Peneios nennt; links der Rosenberg oder das Horn, der ihm zum Olymp geworden. Und daß dies Reich in den ›Sand‹ versickert, ist ebenfalls dem Ilmtal entnommen; denn der Platz, in den dies Tal vor Oberweimar hinübermündet, hieß ›der Sand‹ und war ein Exerzierplatz. Sehen Sie – so führt der Dichter selbst alle jene, denen der Geist Flügel gab, zu dem Schatze seines letzten, des wahren Faust! Jetzt verstehen Sie die Landschaft und Sie verstehen die Mahnung:

> In des Olympus hohlem Fuß
> Lauscht sie (Persephoneia) geheim verbotenem Gruß;
> Hier hab' ich einst den Orpheus eingeschwärzt;
> Benutz' es besser, frisch! beherzt!

Kann ein Dichter, der der Nachwelt ein Rätsel aufgeben wollte, unverschleierter andeuten, daß er die Handschrift, von der er als von dem

›Hauptgeschäfte‹ redet, in den Fuß dieses Hanges vergrub? Kann er klarer den Weg dazu weisen?«

Jakobus empfand ihre Worte wie liebevolle Umarmungen. Aber der Gedanke an den Reif, den der Herbstmorgen heut über die allzufreudige Hingabe seines Herzens gesprüht hatte, ließ seine Sinne steil und sein Herz lauschend werden, und er fragte aus leisem Zweifel heraus:

»Hat man diese letzte Niederschrift des Faust von Goethes Hand in der Tat nie gesehen?«

»Nie! Und doch ist sie beinahe in jeder Anmerkung seines Tagebuchs aus der Zeit kurz vor seinem Tode erwähnt.« Erika Flucht zitierte aus einem sicheren Gedächtnis alle Stellen dieses Tagebuchs mit den Daten. Sie hatte jede Zeile Goethes geprüft auf das Rätsel, dem sie in ahnender Erleuchtung nachzog.

Da waren sie an die untere Pforte des Gartens gelangt.

Erika Flucht öffnete sie und sagte: »Man hat mir den Schlüssel übergeben, damit ich des Traumes Deutung nachspüre, so oft mich der Geist ergreift. Sieben Stufen führen empor - eine geheiligte Zahl!« Das silberne Dämmerlicht sickerte um die hohen Säulen der Bäume. -

»Blick auf, hier steht bedeutend nah
Im Mondenschein der ewige Tempel da!

Wir schreiten in diesem Augenblicke hinein! Und niemand erriet, was mir die Seele dieses Ortes offenbarte! Zuerst fand ich unter Moos dies Mosaik, und eingelegt in das Gestein das Zeichen des Pentagrammas. Goethe setzte dies Ausrufezeichen an die Schwelle des Tempels - aber die Menschen bedachten es nicht und schritten darüber ...«

»Und warum nennen Sie diesen Teil des Gartens immer ›Tempel‹, Fräulein Flucht?«

»Meine Entdeckung, Herr Sinsheimer! Die Gartenanlage trägt die Grundform eines altchristlichen Heiligtums - dieser Weg nach Osten stellt das Hauptschiff dar, jener das Querschiff -, dort in der Verlängerung des Mittelschiffs sehen Sie den muschelförmigen Abschluß, Chor und Apsis, den Goethe durch die im Bogen gepflanzten Linden andeutete, und an der gleichen Stelle wie in der Basilika, der Hochaltar: das Allerheiligste mit dem Tisch aus Stein, um den Sie den welligen Saum des Altartuchs gemeißelt finden, und darüber das Altarbild, die Tafel mit den Versen:

Hier in Stille gedachte der liebende seiner Geliebten;
Heiter sprach er zu mir: werde mir Zeuge, Du Stein!«

»Und der Faust?« fragte er erschüttert.

»Dieser wunderbare Naturtempel kann nichts anderes sein als die Folie zu dem tiefen, ernsten Vermächtnis – ›blick auf, er steht bedeutend nah!‹ ruft der Dichter der Menschheit ins Herz – aber sie versteht seine Mahnung nicht … Hier, mein Herr, hat Goethe die Urschrift zu seinem Faust vergraben.«

Erika hatte alles zusammengetragen an Daten und Veränderungen, die in dem unteren Garten während der letzten Lebensjahre Goethes vorgenommen worden waren. Sie ließ in den folgenden Tagen an Stellen des umrauschten Hanges graben, von denen sie vermutete, daß sie des Rätsels Lösung brächten – vergebens!

In Jakobus klang jedes ihrer Worte nach, als sie abgereist war.

Den Band Goethe ließ sie ihm zur Abschrift der Anmerkungen und sagte, wenn sie wiederkäme, würde sie der Enthüllung des Vermächtnisses, das ›in den Fuß des Olympus eingeschwärzt‹ sei, ein gut Stück näher sein. –

Seine Tage – die letzten im lichten Scheinen des Jahres, die es im Scheiden abbrennt als ein königliches Feuerwerk, zogen dahin in tapferer Feindschaft gegen Doris Rinkhaus. Das hatte Gwendolin Vogelgesang getan! Do und Jo gingen aneinander grußlos vorüber, wenn es einmal kam, daß sie nicht ausweichen konnten.

Da hing oft mitternächtige Finsternis um ihn, und er rief sich den Geist Dos wie einer Abgeschiedenen und sagte zu ihm: »Wie denken Sie über die vergrabene Handschrift zum Faust?« Es war komisch – er nannte das Bild mit den hellen Augen und der klaren Sichtigkeit des Märztages immer ›Sie‹. Und Do lehnte sich mit vor der Brust gekreuzten Armen rückwärts gegen das Fensterbrett, wie es ihre Gewohnheit war, wenn sie einen Angriff plante oder sich eine Stellung zu erfolgreicher Verteidigung eroberte –

»Hm«, sagte sie, »es wäre eine Roheit, diese wunderliche Idee vor der Welt ins Lächerliche zu ziehen. Da die Handschrift in der Tat fehlt und die Tagebuchaufzeichnungen Goethes den Schluß auf eine zurzeit verlorene Fassung des Dramas zulassen, so muß man wohl auch jeden Versuch, ihrer habhaft zu werden, achten. Aber ich halte die Kette der Schlüsse jenes Fräuleins doch für eine sehr phantastische Anreihung und glaube nicht, daß sie im Besitz der Wunderlampe ist, die zu dem Schatze leuchtet.«

Aber Jockele, der Dos Geist nun auf dies heimliche Zwiegespräch gefordert hatte, beschied sich damit nicht –

»Und warum sind Sie dieser Ansicht?«

»Ich sagte Ihnen ja schon, daß mir die Beweisführung zu phantastisch erscheint – vor allem aber: es gehört doch eine merkwürdige Auffassung von der Psyche eines ernsten und bedeutenden Mannes dazu, ihr ein derartiges Versteckspiel anzudichten, das ohne Zweifel kindsköpfisch aussieht.«

»Sie kennen die Beweisführung nicht in allen Stücken, Do!«

»Aber das Fundament ist für mich Luft! Es gehört der unbegreifliche Mut einer Frau dazu, darauf ein Gebäude zu errichten.«

Draußen ging ein langer spinnwebfeiner Septemberregen nieder.

Da wühlte sich Jakobus in dem sanft durchwärmten Gartenhäuschen tiefer in Goethe und die Gedankengänge Erika Fluchts hinein – bis zu selbstvergessener Forscherfreude. Der zweite Teil des Faust wurde auch für ihn ein mächtiger Bund von Schlüsseln. Er probierte jeden an den vielen Türen, die der Dichter vor dem ›großen Schelmenstück‹ seines Lebens aufgerichtet hatte. Zu dem dunklen Gange, der den Schatz bewahrte und zu Persephoneien führte, sah er Wegzeichen –: ›Von der Erde muß das Heil uns kommen!‹ stand da geschrieben, und er fand die Verse, die Goethe mit Bezug auf den Hügel seines Gartens gedichtet haben mußte, wenn in der griechischen Landschaft des Peneios das Ilmtal dargestellt war:

Sind Briten hier? Sie reisen sonst so viel,
Schlachtfeldern nachzuspüren, Wasserfällen,
Gestürzten Mauern, klassisch dumpfen Stellen –
Das wäre hier für sie ein würdig Ziel!

Bei der Papiergeldszene, von der ihm Erika Flucht mit geheimnisreicher Inbrunst ihre Deutung gegeben, verweilte er lange. Ihre Fragen klangen ihm in den Ohren – Glocken, die am längsten läuten: »Was soll diese Szene, wenn sie nicht ein Hinweis auf die vergrabene Handschrift wäre?«

Er las:

Vom Estrich zwar ist es nicht aufzuraffen;
Doch Weisheit weiß das Tiefste herzuschaffen.
In Berges Adern, Mauergründen
Ist Gold gemünzt und ungemünzt zu finden;
Und fragt Ihr mich, wer es zutage schafft?
Begabten Manns Natur- und Geisteskraft.

Und daneben stellte Goethe die anderen Worte des Mephistopheles:

Zwar ist es leicht, doch ist das Leichte schwer.
Es liegt schon da, doch um es zu erlangen,
Das ist die Kunst; wer weiß es anzufangen?
Bedenkt doch nur: in jenen Schreckensläuften,
Wo Menschenfluten Land und Volk ersäuften,
Wie der und der, so sehr es ihn erschreckte,
Sein Liebstes da- und dortwohin versteckte …

Aber durch jedes Fenster, das er aufschlug, um Licht durch die zähe Dämmerung fluten zu lassen, steckte Doris Rinkhaus den Kopf mit den unbarmherzig hellen Augen und sagte: »Ich höre doppelt, was er spricht – und dennoch überzeugt's mich nicht!«

Jockele hieß die Gelegenheit willkommen, mit dem ›Lichte von drüben‹ sich über den Fall auseinanderzusetzen – es war kurzweiliger, als immerfort Erika Flucht im Geiste reden zu hören, die die ganze Papiergeldgeschichte auswendig wußte. –

»Es steht hier ja mit nahezu unheimlicher Deutlichkeit, wie die Entdeckung des Schatzes vor sich gehen wird«, sagte er und pochte mit den Fingern auf die bedruckten Seiten, als gälte es, den Geist Dos, den stets verneinenden, für diesen Himmel zu gewinnen –

Doch kann ich nicht genug verkünden,
Was überall besitzlos harrend liegt.
Der Bauer, der die Furche pflügt,
Hebt einen Goldtopf mit der Scholle,
Salpeter hofft er von der Leimenwand
Und findet golden-goldne Rolle,
Erschreckt, erfreut, in kümmerlicher Hand …
Nimm Hack' und Spaten, grabe selber,

Die Bauernarbeit macht Dich groß,
Und eine Herde goldner Kälber,
Sie reißen sich vom Boden los.

Er las in unablässigem Wandelgange so laut, daß Do hätte aufhorchen
müssen, wenn sie im Garten gewesen wäre. Aber der Nebel kroch
draußen über das Gras, zog seine Netze von Stamm zu Stamm und
fing darin schlafmüde Blätter.

So oft Jo sich Doris Rinkhaus in den Lehnstuhl am wärmelnden Ofen
dachte, hatte sie immer die gleichen mitleidlosen Augen.

Dann kam ein Tag, da schritt er ohne Buch durch die trauliche niedere Stube und wußte die Szene auswendig wie Erika Flucht. Aber die
Freudigkeit der Gefolgschaft hatte er verloren.

An diesem Tage schrieb er an die ferne Erika Flucht: »Manchmal
fällt himmelfrohes Leuchten in mich und ich grüße Sie in Ihr beseligtes
Suchen. Aber zuletzt steht doch stets der Zweifel – ich kann Ihnen
nicht mehr helfen, verehrte Freundin; denn ich finde keinen Vers, der
sich nicht viel müheloser anders deuten ließe als im Sinne Ihres wert-
vollen und interessanten Bemühens. Und doch: ich habe meinen Schatz
gefunden, indem ich hinter dem Lichte wanderte, das Sie vor mir her-
trugen – sehen Sie zu, daß auch Ihnen Ihre Sehnsucht Erfüllung werde!«

Zwei Jahre später erhielt er ein Buch, das sie über diese Dinge geschrieben hatte. Es trug den Titel: »Das Vermächtnis« und er erkannte
daraus, daß sie ihres Traumes Deutung nicht näher gekommen war.

Ihr Name wurde später noch oft von Do und ihm genannt, aber sie
lächelten doch zuletzt über ihn hin – ›im Finstern sind Mysterien zu
Haus‹.

Leibhaftig gesehen hatte er Do nicht in diesen Tagen, die so schläfrig
im Nebel herumliefen. Aber nun ging er des Mittags immer den breiten
Gartenweg, und nicht mehr durch die Schlüpfe, und richtete seine
Blicke bei jeder Heimkehr aus der Stadt gegen ihre Fenster.

Es lag immer die gleiche undurchdringliche Ruhe dort.

Da befiel ihn die Sorge, es könnte Do etwas zugestoßen sein. Er
suchte vor der Tür in dem aufgeweichten Wege nach der Spur ihrer
Füße und fand sie nicht. Er ging an einem Abend viermal hinaus und
sah, ob Licht hinter den Fenstern ihres Zimmers wäre – das Haus war
gestorben. Er riß an dem Klingelstrange, daß die Glocke drinnen jäh
aus ihrem Schlafe schreckte und Sturm läutete – »Wenn sie jetzt

kommt«, dachte er, »so sag' ich: ›ich wollte sie nur noch mehr ärgern, als dies schon geschehen ist‹ – und dann frier' ich zu bis auf den Grund.«

Aber sie kam nicht. Da lief er gegen seine Gewohnheit in die Stadt, um eine ihrer Bekannten zu treffen. Vor jedem Menschen hatte er die Frage auf den Lippen: »Kennen Sie Doris Rinkhaus? Wo ist sie hingekommen?«

Als er beim Kaisercafé um die Ecke in die Schillerstraße einbog, war der Bummel der Weimaraner schon im Einschlafen. Die Rathausuhr schlug acht. Die Laternen spannten gelbe Brücken auf die glitschigen Steige, und was da in Regenzeug mit hochgeschlagenen Rockkragen dahinstapfte, waren »die nach Ladenschluß«. Nur aus dem Fauserschen Blumengeschäft bei dem Gänsemännchen brach noch ein verspäteter Strom Licht in den Nebel – Gwendolin stand drinnen in Blüten und steckte sich gerade drei rote Nelken in den Gürtel!

Er hatte all die Zeit her nicht das leiseste Verlangen gespürt, sie über ihr Verhalten in Ettersburg zur Rede zu stellen. Nun, da nur die blanke Scheibe zwischen ihm und ihr war, prallte er zurück – aber: »Träf' ich Dich nicht heute, träf' ich Dich ein andermal«, dachte er, sprang die Stufe empor und stieß hart gegen die Glastür; sie war geschlossen.

Da öffnete ihm Gwendolin –

»Wissen Sie, wo Doris Rinkhaus hingekommen ist?« fragte er.

»Aber ja«, sagte sie, »sie ist in Ibenheim! Und Sie wissen das nicht?«

»Nein. Was soll denn das heißen? – Nun ja, wir haben doch noch vier Wochen Krieg miteinander.«

»Geschieht Ihnen recht. Halt, halt! Warten Sie, ich gehe mit Ihnen!«

Das war Gwendolin – sie hatte ihn schon wieder in beiden Händen.

»Ich gehe nach Hause«, sagte er.

»Ich gehe mit«, sagte sie. »Warum haben Sie sich in diesen vier Wochen eigentlich nicht sehen lassen?«

»Vor Ihnen?«

»Natürlich vor mir! Aber diese Sache machen wir daheim ab. Los!« kommandierte sie.

Sie gingen über den Markt und gingen über die Sternbrücke. Als sie in den dunklen Fußweg nach dem Horn einbogen, sprengte ihr ein Lachen den Mund – diesen Mund, der über seine rauchenden Sinne geblüht war wie die rote Seide des Feldmohns, wenn sie sich voll Sonne getrunken hat! Und Doris Rinkhaus in Ibenheim! Krieg auf Kündigung!

Dazu Erika Flucht, die den Olympus durchwühlte, in den Goethe sein Vermächtnis eingeschwärzt hat ... Und das alles auf einem kleinen Zirkel Zeit und Erde! ... Jakobus Sinsheimer stand in der Mitte dieser verrückt gewordenen Drehscheibe, wirbelte sich um seine eigene Achse und bekam das wüste Sehen.

»Du«, sagte sie, »willst Du den ganzen Abend so zugenagelt sein? Rede!«

»Frage nur weiter«, sagte er – »vielleicht rat' ich mich dann aus meinem Staunen heraus.«

Sie lachte, daß ihm das Herz klang.

»Verrückte Geschichte!« sagte er. »Und nun kommt das auch noch, sagt ›Du‹ zu mir und stattet mir einen mitternächtigen Besuch ab. Nimm Dich in acht vor mir!«

»Fällt mir ja gar nicht ein!«

Teufel, wie das lachen konnte! ... Jakobus Sinsheimer fing an, nachsichtig gegen sich selbst zu werden und dachte an vollkommene Verzeihung – »das heißt«, erläuterte er laut, als ob sie seine Gedanken gehört hätte – »ich selbst will mir verzeihen. Du bist hoffentlich vernünftig genug und verzichtest für Dich!«

Es knisterte und tropfte im Laubdache der Kastanien, und auf dem breiten Gartenwege lag mitternächtige Finsternis.

»Es ist schaurig einsam hier«, sagte Gwendolin und legte ihren Arm um den seinen; da fühlte sie, daß der von Holz war und ohne Bedürfnis, sich anzuschmiegen.

In der Türe des Hauses ließ er sie stehen und brannte die Lampe an, und Licht und Wärme nahmen ihr das Regencape ab –

»Ah«, sagte sie voll Rührung, »wie lieb hier alles ist! Und dahinein hast Du mich nicht ein einziges Mal gerufen?«

»Nein«, sagte er – »der Name Gwendolin Vogelgesang ringelt sich aus dem Mund als eine Schlange und zischt, ehe er noch ganz hervorgekrochen ist! ... Ich weiß das leider erst seit diesem Augenblick.«

Sie setzte auch den braunen Hut ab, um den ein schmales Band aus schwarzem Glanztuch geschnallt war, und rückte sich den Lehnstuhl an den Tisch.

»Du, mach' eine Tasse Tee!« lockte sie.

Da holte er den Spirituskocher von dem Fensterbrett in der Kammer. Sie hörte, wie er draußen Wasser in einen Blechtopf goß, dann stellte er den ganzen Betrieb auf die Diele vor den Ofen und zündete an.

»Pfui, wie männermäßig und stimmungslos! Ich werde Dir morgen einen Samowar schicken, der kommt auf den Tisch, und Du läßt Dir des Abends etwas von ihm vorsingen, wenn ich nicht da bin.«

»Das klingt ja gerade, als wolltest Du wiederkommen?«

»Du lieber dummer Junge – selbstverständlich will ich wiederkommen!«

Da legte er das Kinn auf die gelbgemusterte Tischdecke und sagte: »Gwendolin Vogelgesang! Gwendolin Vogelgesang! So – jetzt kriechen zwei Schlangen auf dem Tische herum ... Ich wollte, Du entsetztest Dich davor – vor Dir und Deinem Namen und vor Deiner bittersüßen Seele und vor Deinen Tollkirschenaugen.«

»Ich habe gar nicht gewußt, welch eine komplizierte Einrichtung ich bin«, sagte sie.

»Hm. Ich habe mir die Lippen abgewischt neulich in Ettersburg, weil ich auf dem Wege zu Dir Deine Küsse darauf gefühlt hatte.«

»Den Samowar kriegst Du aber doch; denn ... Sie sind einfach süß in Ihrer Dummheit, Herr Sinsheimer!«

Aber sie lachte nun nicht mehr, und es wurde ihr schwer, ihn anzusehen; sein Mund, der so wild und süßschmerzlich küssen konnte, verzog sich in gallebitterem Widerwillen. Sie hatte in ihrer sonnenseitigen Art über den Graben hinwegsetzen wollen, den sie gerissen – nun war er breiter, als sie ahnen konnte, und Jockele stand drüben und reichte ihr keine helfende Hand.

Die kleine Uhr mit den Alabastersäulchen und dem gewölbten Glas über dem Zifferblatt rief mit heller Stimme neun – es war die gleiche Glocke, die schon in Tante Veronikas Jungmädchenträume geklungen hatte ... Die mußten aus kleinen Rosen gewoben gewesen sein, aber die Gwendolins waren aus violettem Nachtschatten, der in jeder Dämmerung ein schwüles Leuchten anhebt und Perlen aus Granatrot und Gift trägt.

Jakobus nahm eine Tasse aus dem Schrank, füllte die kleine Meißener Kanne mit Tee und goß für Gwendolin ein. Da ging sie an den Schrank, nahm für ihn eine Tasse heraus und bediente ihn in der gleichen Weise.

»Heute gefällst Du mir«, lächelte sie so über ihn hin, »Du bist nicht nur dumm, Du bist auch tapfer.« Während sie die Teekanne abstellte, streifte sie ihm mit der Hand über das Haar – »Du«, sagte sie, »warum rauchst Du nicht auf – ich habe Dich nun schon dreimal dumm genannt!«

»Weil Du recht hast. Wär' ich sonst auf Dich hineingefallen?«

Auf dem Tische stand ein Strauß von Herbstgräsern. Den hatte die Aufwärterin zusammengetragen, und Gwendolin hatte ihre Nelken dazugefügt. Aus diesem Strauße zog er einen Halm Zittergras und tupfte ihr damit an die Lippen: »Walderdbeeren, die im Straßengraben wachsen«, sagte er.

Da wurde das hohe sonnige Mädchen leise, es gingen vier Lichter aus an dem siebenarmigen Leuchter ihrer Zuversicht. »Jockele«, sagte sie, »denkst Du, ich hätte Dir diesen Mund gegeben, wenn Du nicht voll Sehnsucht nach ihm gewesen wärst?« Sie zog mit dem Löffel das Muster der Decke nach und glitt sich sachte aus den Händen.

Er sprang auf und ging mit harten Schritten durch das Zimmer – »Du hättest mich nicht so stumpfherzig verleugnen sollen – dann wärest Du nicht so tief untergegangen für mich, Gwendolin«, sagte er; »denn Du bist nicht so arm, daß Du Dich selbst einem Bräutigam gegenüber nicht verteidigen könntest.«

Er ließ seine Augen nicht von ihr, denn sie war für ihn Komödie geworden. Aber sie schaute nicht auf. Dann sagte sie mit gesprungener Stimme: »Ich habe gedacht, es könnte Dir daran gelegen sein ...«

»Daß Du mich vor einem Kellner zu einem Narren machst?«

Da erschrak sie und stand auf und legte ihre Arme um ihn. Er wehrte sie ab –

»Jetzt hast Du mir mitten aufs Herz getreten«, knirschte sie und setzte sich voll Bitternis in den Stuhl. »Ich habe Dich für jünger gehalten, als Du bist.«

Da lachte er gell auf – »Wär' ich älter, so hätt' ich Dich zur Dirne gemacht!« schrie er. »Aus! – Und nun sage mir: was weißt Du von Doris Rinkhaus? Ich werde von ihr das Leben erlernen müssen. Macht es Dich nicht nachdenklich, daß ich mich nicht an ihren Mund wagen würde? An diese hellen, kühlen, sauberen Lippen! Doris Rinkhaus hat einmal gesagt: Wer den Glauben an die Menschen nicht verlieren will, muß den Verkehr mit ihnen nach Möglichkeit einschränken. Warum denke ich nun daran, da ich Dich vor mir habe? Was weißt Du von ihr?«

»Daß sie nach Ibenheim gereist ist und in dem Hause wohnen wollte, in dem einst Maria Reh gewohnt hat. Sie wollte wohl auch wissen, wo Du daheim wärst, und wollte mit Tante Veronika zusammensein, die sie sehr schätzt.«

Das war so ohne Verhehlungen hingesagt, daß er ganz ruhig daran wurde. – Doris Rinkhaus hatte es sonst nicht leicht mit den Menschen, sie war hellsichtiger als alle ihres Alters, sie war fertig und selbstbewußt, und was ihr noch zu erleben blieb, nahm sie hin in der klaren Bewußtheit, mit der sie sich zu leben gewöhnt hatte. Sie machte sich ihre Tage selber.

Menschen solcher Art wachsen wenige und stehen fremd inmitten der zehntausend Schablonen, die um sie herumlaufen, und sie haben viele Feinde.

Gwendolin sagte: »Doris Rinkhaus ist eine kaltherzige Egoistin.«

»Nein«, sagte Jakobus, »sie ist blank und klar wie der volle Mond, der in der Hochnacht hängt.«

»Er wärmt nicht.«

»Das Bild war auch nicht klug gewählt«, sagte er – »manchmal kann ich mir denken, daß sie über ein dürres Feld schreitet, und es fängt um ihre Schuhe an zu blühen. Aber es ist richtig: sie redet oft mit Menschen und ist doch weit weg von ihnen. Alle Mädchen müßten so sein wie sie, so königlich und klar. Sie ist ein Quell voll Erfrischung. Ihr andern habt nur Kleider und Sinne, aber sie hat eine Krone. Oh, wenn Ihr wüßtet, wie Ihr Euch erniedrigt mit Eurer dürftigen Rechnung auf das andere Geschlecht!«

Gedanken, die Do auf ernsten Wanderungen in ihn geworfen hatte, wollten sich in Helligkeit ringen, aber sie fanden den Weg nicht; denn Gwendolins Augen stellten sich vor ihn hin und fragten: »Was verstehst Du von diesen Dingen?« Und ihre schwüle Art, ihn anzusehen, machte ihn wieder unsicher an sich selbst.

»Du wirst nach Hause gehen müssen«, sagte er – und sie: »Es ist schade, daß Du nicht zehn Jahre älter bist. Ich glaube, ich könnte Dich dann richtig lieb haben.«

Sie machte sich fertig, und er führte sie die Kastanienallee entlang und ging noch ein paar Schritte mit ihr draußen vor der Hecke.

»Du bist nun doch anders als andere, und ich hätte gegen Dich nicht so freigebig sein dürfen«, sagte sie. »Aber Du darfst mich deswegen nicht steinigen und meinen, ich allein trüge die Schuld. Vor solch einem feuerroten Aufblühen will ich mich aber in Zukunft hüten.«

Vom Tor aus sah er ihr noch einmal nach – die Nebel schlugen über ihrem Schatten zusammen.

Er trat hochaufgerichtet in sein Haus und dachte, sie wäre nach seiner Aufforderung ohne Säumen gegangen, weil er von Do zu ihr geredet hatte, und wie die so schön und hoheitsvoll sei; gegangen aber auch deshalb, weil sie seine ehrliche Bitternis gefühlt hatte.

Dann holte er die Gedichte Goethes mit den Anmerkungen der Erika Flucht vom Regale. Da fiel ihm ein, daß es viele Mädchen leicht hätten, neben den suchenden Sinnen der jungen Männer dahinzuleben – die heidegraue Norddeutsche mit dem Faustfimmel hatte keiner schön gefunden!

Es waren Gedanken, die er nie zuvor gehabt hatte; darüber ward sein Herz noch versöhnlicher gestimmt, und er fragte sich, ob er Gwendolin nicht unrecht getan hätte. »Nein – nur quitt sind wir geworden«, sagte er. Und am anderen Tage konnte er sich über den Samowar in helle Glückseligkeit freuen.

Sie hatte den Kessel ganz mit Blumen überdeckt, aber sie hatte kein Wort dazu geschrieben.

Da suchte er sie während der folgenden Tage in der Stadt zu treffen. Wie er sie sah, traten sie sich ernst und freundschaftlich gegenüber, und ehe sie auseinandergingen, sagte er:

»Ich glaube, wir sind gar nicht von so unterschiedlicher Art der Herzen. Ich weiß jetzt: die meisten jungen Männer und jungen Mädchen verändeln sich aneinander – aber so zwei wie wir müssen darüber hinwegkommen. – Wann besuchst Du mich?«

»Morgen abend – wenn Du willst«, sagte sie.

Er hatte sich und sie besiegt.

Den Menschen in Weimar ist das Glücklichsein leichter gemacht als denen anderswo – nicht, als ob sich die Steuerlokalkommission weniger anmaßend gebärdete – o nein, sie hat genau so das Bewußtsein, daß sie zuletzt immer die Gefoppte sein könnte, und ist deshalb zur Vergeltung geneigt; genau so wie anderswo hat sie das Recht zum Pessimismus. Und nicht, als ob die Weimarer Bürger und Dichter, die den Hauptteil der Bevölkerung bilden, trockenen Fußes über die Straßen gehen dürften, wenn es schon seit zwei Wochen aufgehört hat zu regnen – o nein, o siebenmal nein! Für diese Fälle hat sich ein ebenso eigenartiges als lustiges Verfahren herausgebildet. Regnet es, und es beabsichtigt trotzdem jemand aus einer der grünen stillen Vorstadtstraßen einen Ausgang, so wendet er sich zuvor an den Gemeindevorstand mit einer Eingabe und fordert die Beschotterung des Weges. Darauf erläßt der Stadtbaumeister ein Rundschreiben an alle Anlieger der Straße, ob sie für die Kosten der Instandsetzung aufzukommen gedächten. Wenn diese zurückgeschrieben haben, daß sie zu wenig Humor besäßen, um ein so vergnügtes Ansinnen auch nur zu erwägen, dann ist seit mehreren Wochen so trockenes Wetter, daß die Entnahme von Wasser aus der städtischen Leitung bei Strafe verboten wird, der beabsichtigte Gang in die Stadt kann ohne Lebensgefahr vorgenommen werden, und über die Eingabe, die bis auf weiteres inaktuell ist, wird zur Tagesordnung übergegangen.

Trotz alledem – das Glücklichsein ist den Menschen in Weimar leichter als denen draußen; denn jeder treibt sich an dem andern rasch und fremd vorüber und fraget nicht nach seinem Schmerz. Es gibt keine aufdringlichen Nachbarn, und wer Neigung dazu verspürt, läßt sich leicht zu grußloser Begegnung bekehren. Man sieht sich in Weimar, aber man kennt sich nicht; und das ist ein Stück des Geheimnisses der Glückseligkeit. Man wohnt vergnügt wie in Ibenheim am Walde; denn Weimar ist die Stadt mit der unsterblichen Seele, und nicht nur, wenn der Mond Busch und Tal still mit Nebelglanz füllt, hält diese Seele ihre geheimnisreichen Umgänge und schauert um Herzen und Wege das Scheinen der Ewigkeit.

»Das Vermögen, in Einsamkeit glücklich zu sein, steht in geradem Verhältnisse zum inneren Reichtum eines Menschen«, hatte Doris Rinkhaus einmal zu Jockele gesagt. Das war zu einer Zeit gewesen, in der er noch nicht wußte, daß er zu denen gehörte, die Schmerz und Lust in Betrachtung übergehen lassen. Aber er hatte gefühlt: es war die Wegstelle, an der Tante Veronika und Do einander trafen.

Und nun war er längst zu der Erkenntnis gelangt, daß das Glück von Weimar sich ihm um so inniger ans Herz legte, je heimlicher er sich in die Stille dieser beseelten Gärten hineinlebte. Er war daheim wie in den himmelumdrängten Waldsäumen hinter dem Frühlingshause. Die Namen der Großen von Weimar blühten für ihn von allen Fenstersteinen, und er sah klingende Ewigkeit ranken um alle Giebel.

Er schaltete die Steinbrüche der Städte nicht einfach in das Dasein als Verirrungen verkümmerter Herzen und Geister, die das Bedürfnis haben, sich das Firmament der Sterne zu vermauern – wie er einmal

von einem Dichter hatte sagen hören – aber er dachte: wie kann man
seine Augen so der Sonne entwöhnen und seine Seele so dem jubilie-
renden Hochgesang der Erde! Wie kann man Gott absetzen und den
Göttern der Gassen und Gossen dienen, solange noch Wälder ihre Arme
lichtselig gen Himmel dehnen?

Über diese Erde ritt der Oktober in silbernem Rüstzeug mit goldenen
Sporen. Er trug eine blaue Aster am Helm, und die Sonnenrosen
lehnten sich über die Zäune und mußten seinen Weg bescheinen.

Doris Rinkhaus war wiedergekommen aus den bunten Wäldern der
Berge und sah aus wie die Braut des silbernen Reiters: kriegsfroh und
sieghaft – sah aus, als liefe sie unter dem Schellenbaume der Militärmu-
sik. Sie machte keine abwesenden Augen mehr, wenn sie aneinander
vorübergingen – sie wartete auf die rote Fahne, die Jockele aufzog, sobald sie in Sicht kam, und freute sich, wenn er als Feuersäule an ihr
vorbeiloderte.

Er hatte nicht an Tante Veronika geschrieben, während Do in Ibenheim war. Und diese Tante war auch darin eine Ausnahme, daß sie
von ihrem Jungen nicht einen Wochenbericht mit Speisenkarte und
Wetteranzeige verlangte.

Am letzten Oktober abends war der Sturm in die spärlich belaubten
Wipfel gestiegen und blies den Frieden über den Garten. Gwendolin
war da, und während sie beim Tee saßen, brachte Maria Reh – noch
im Reisekleide – die Einladung zum nächsten Morgenkaffee herüber
aus dem Gartenhaus. Es war sehr lustig; denn Maria Reh hatte von den
Dingen, die sich über Sommer zugetragen hatten, keine Ahnung. Und
es wäre noch lustiger gewesen, wenn sie nicht den jungen Malschüler
hätte begrüßen wollen, der für sie noch immer mitten in der Erinnerung
des Waldspazierganges zum Berge der Frau Venus lebte – nun war aus
ihm ein junger Mann geworden, der seine Erlebnisse hatte, und der
auf dem Wege zu einer Weltanschauung war.

Aus dem anderen Morgen wurde ein Vormittag und aus dem Kaffee
ein Mittagsmahl. Die Aufwärterin Jockeles wurde in die Küche gestellt;
denn die Damen konnten nicht abkommen. Es hatte sich ein halbes
Leben während dieses Krieges im Frieden durch ihn hindurch gelebt,
und er stand schon wieder hoch darüber auf einer heiteren Höhe, von
der er sich die Welt unter ihm mit Humor betrachtete.

Do hatte, als die Kriegserklärung erfolgte, noch die erste Nacht von
Ettersburg auf seinen Lippen leuchten sehen – auf dem gleichen Munde,

der sich zu dem begeisterungsvollen Ausspruche von der bevorstehenden Eheschließung mit Gwendolin hinreißen ließ.

Aber Doris Rinkhaus hatte keinen Verrat an ihm begangen, weder gegen die bunten Wälder von Ibenheim noch gegen Maria Reh; und auch er spielte nicht den Verräter; denn Gwendolin hatte sich Do an jenem Sonntag in Ettersburg nicht verborgen. Deshalb durfte er alle seine Erlebnisse berichten und schonte sich nicht.

Dieser erste November leitete Jakobus Sinsheimers wildes Jahr ein.

Zuerst verlor er Gwendolin. Sie kam noch ein paarmal, dann stürzte er sich in ein ausgelassenes Malen. An einem verschneiten Tage betraf ihn Maria Reh dabei, wie er Stöße bemalter Leinewand in den Schuppen hinter dem Hause trug – um die Holzdieme im Zwetschengarten hatten sich Sturm und Winter gejagt, und die Schuppentüre lag hinter einer Schneelast. Da wühlte er sich Bahn und warf alle Landschaften der anderen Zeit zu Staub und Moder. Dann verfiel er in einen unwirschen Fleiß und verlernte darüber zu lachen und zu reden. Er sah die Freundinnen aus dem Gartenhause tagelang nicht, wußte nicht, was sie trieben, und es kümmerte ihn nicht, ob sie daheim oder verreist waren. Er verbrachte Wochen in der Akademie, er verbrachte lange Tage in der Büchereinsamkeit seines Hauses. Es gingen alte und junge männliche Modelle darin ein und aus, und es kam auch ein ganz junges blondes Mädchen der Armut mit einem Madonnengesichte. Die hatte ihm die Aufwärterin zugeführt.

Danach entließ er die Frau und hatte die jungen sechzehn Jahre der Husch um sich; die behauptete, sie wäre auf diesen Namen getauft.

Er gebot über ihre junge unterwürfige Jugend wie er wollte. An ihrer sanften Schönheit sannen sich seine Augen in Träume wie vor dem Bilde des Mondes; und die Kümmernis ihrer Jugend erbarmte ihn. Sie lebte sich in ihn und das kleine Haus hinein als in ein fremdes schönes Glück und litt an der Ahnung, der Märchenglanz werde vergehen, wenn der Schatten von Menschen darüberfiele.

Da geriet sie in eine eifersüchtige Wachsamkeit und haßte Doris Rinkhaus, daß sie zitterte, wenn ihr Name von ihm genannt wurde, und daß sie in Tränen ausbrach, wenn Jakobus drüben im Gartenhause war.

Einmal hatte er mit Do verabredet, Husch sollte für die Damen und ihn in der Küche drüben die Mahlzeiten bereiten, aber sie war nicht dazu zu bringen – »Fordere, daß ich in den Winternächten an der Erde vor Deinem Bette schlafe oder draußen beim Holz«, flehte sie, »aber beschütze Dich und mich vor jener!«

Da machte sie aus dem kleinen Schuppen eine armselige Küche und wirtschaftete darin und aß dort, wenn er nicht daheim war. Des Abends ging sie über den Wall nach Hause, sie bewohnte mit ihrer Mutter eine Mansarde in der Musäusstraße, und war früh vor Tag wieder da und wartete, daß er über sie befahl. Sie waltete in dem Häuschen mit blumenhafter Stille und Hingabe an die Sonne, die darin für sie schien, und dachte: »Wenn diese Sonne untergeht, muß ich sterben.«

Einmal hatte sie ein Märchen von einer Fee gelesen, die in eine Blume verzaubert war. Aus dieser Blume durfte sie um die Mitternacht herausschreiten. Da schlief der Mann, der die Blume in einen Scherben gepflanzt hatte, nebenan in dem Kämmerchen, die Fee aber fegte die Stube und wischte den Staub und trug Wasser herzu und war so leise wie der Sonnenschein, der über die Diele schreitet. Dann zündete sie Feuer unter dem Herde und setzte das Essen daran, daß es sich bis zum Morgen koche; denn sie mußte wieder zur Blume werden, ehe der erste Sonnenstrahl kam – sonst war es um sie geschehen.

Dies Märchen erzählte Husch eines Tages dem Jakobus und ward traurig und sagte:

»Dieser erste Sonnenstrahl – ich muß dabei an etwas ganz anderes denken … davor fürchte ich mich!«

Er fragte sie, was es wäre, aber sie schüttelte mit dem Kopfe und schwieg. Dann sagte sie:

»Ich werde es Dir nie verraten. Aber wissen wirst Du es doch, wenn dieser Sonnenstrahl gekommen ist; denn dann ist es um mich geschehen.«

In der ersten Zeit war ihr sehr bange, sie könnte nicht alle Dinge in der Stube wieder an den richtigen Platz und in die Stellung bringen, die sie zuvor gehabt hatten, weil ihre Hände und Augen nicht dazu geschickt wären. –

Ihre Mutter hatte sie am Rande eines wilden und schönen Mädchentages aufgelesen und wohnte noch immer in dem gleichen Dachstübchen, in dem ihrem Schoße die weiße Rose entblüht war. Das Fenster lag nach Norden, und man konnte die Sonne von dort aus nur sehen, wenn sie in fremden Gärten und in den Stuben der anderen Leute lag.

Das Schauen nach fremder Sonne hatte einen Zug tiefer Schmerzen in das junge Gesicht getragen. Eines Tages saß sie am Fenster – es war ein frostheller Januartag, und der Ostwind klirrte durch das Geäst. Sie dachte an die Zeit, in der das liebe Licht dieses kleinen Hauses nicht mehr um sie wäre, und blickte empor zu den kahlen Zweigen, die vom Winde geschlagen wurden.

Da wandte sich Jakobus ihr zu und sah ihr schmerzvolles Gesicht. Aber sie merkte es nicht. Es schien ihm, als wandele sie in einem tiefen, öden Felsentale, das auf allen Seiten verschlossen war, und sie ging dahin und sah die Abendsonne ihren Königspurpur um die hohen Zinnen legen.

Du hieß er sie ihre Kleider ausziehen und ihr langes, blondes Haar lösen, wie sie das schon oft vor ihm getan.

Er hatte sie dann gezeichnet als ein schönes, schlankes Kind, das in erdenfernen Gärten schritt – einmal auch als die Fee in dem Märchen, die sich aus der Blume befreite – da wob sie sich aus sanften Linien, die zuvor Blütenodem gewesen waren, zu einer holdseligen Frauengestalt. Oder sie wandelte über Stufen des Himmels den Engeln entgegen, die dort auf den lieben Gott warteten.

Aber an diesem Tage wurde sie ihm zum ersten Male zu dem schmerzensvollen Erdenmädchen.

Er hatte eine Eingebung gehabt, sie so in ein großes Bild zu stellen, das er ›Gruppe aus dem Tartarus‹ nennen wollte. Wenn die hohen Bäume wieder Frühling über sich warfen und nur verirrtes Licht durch die Wogen der Wipfel brach, sollte es draußen vollendet werden.

Zuerst hatten sich seine Sinne an dem scheuen Frühling dieses Mädchenleibes in einen blutroten Taumel gesungen, und er hatte ihr die Augen verbinden müssen.

Nun gab sie sich ihm längst ohne Scheu, es war, als durchleuchtete die Seligkeit ihrer Seele den jungen Leib, so oft er sie rief. An diesem Tage sagte er ihr, daß sie mit dem vorigen Gedanken sehnsüchtigen Schmerzes dastehen müßte und mit erhobenen Armen, die den beglückenden Traum der Sonne nur ein einziges Mal fühlen möchten ...

Sie war ohne Grenzen in ihrer Demut, und sie war ohne Grenzen in ihrer Kraft, wenn er ihr gesagt hatte: »Du sollst ...«

Er wußte nicht, woher dieser zarten Schlankheit solche Kraft kam. Sie wurzelte in den Stein, der unter ihren Füßen war, wenn er es ihr gebot; und sie litt Qualen einer Zeit, vor der sie bangte als vor dem namenlosen Jammer, an dem sie sich in das Grab siechen mußte – sie litt es; denn er hatte es gefordert. Und sie dehnte die Arme – nicht nach der Sonne, sie dehnte sie nach dem Saume der Berge, über die sie ihn schreiten sah, und mit jedem Schritte zog er weiter von ihr fort ...

Da rief sie seinen Namen aus den Tiefen ihres Schmerzes herauf und brach in die Knie und verbarg ihr Gesicht in den Händen.

Und weil sie schluchzte und nicht fühlte, daß er seine Hand auf ihr Haar legte, und nicht hörte, daß er da war und mit ihr redete, nahm er sie auf die Arme und trug sie auf sein Bett. –

Jakobus Sinsheimer war keine Einsiedlernatur, aber Abstammung und Erziehung hatten es ihm zur beglückenden Gewohnheit werden lassen, sich nicht in die Märkte und Gassen hineinzudrängen, auf denen die Menschen ihre Jahrmarktsherzen und sich selbst als Kleiderstöcke ausstellen. Wer der Ansicht ist, daß ausschließlich solche Menschen vorhanden wären, der ist gar sehr im Irrtum; denn es ist zu schätzen, daß es an nahezu fünf Prozent aller neuzeitlichen Kulturstätten annähernd ein Prozent immer noch ganz vernünftige Leute geben mag.

In Weimar sind deren mehr, was schon daraus zu ersehen ist, daß dort sehr viele Dichter leben.

Nein, Einsiedlerneigungen hatte Jakobus Sinsheimer keineswegs, aber er legte um das Bild jeden Tages einen Rahmen von Sonne und Grün. Und wenn beides nicht zu haben war, weil die Sonne in den Gärten der Engel und das Grün in den Bettlein der Elfen zu tun hatten, so nahm er mit freiem Weltenlicht und mit Himmel vorlieb.

Es setzte ihn auch schon lange nicht mehr allzuviel in Erstaunen. Nur darüber – dachte er – würde er sich bis in die goldene Ewigkeit hinein wundern, daß die Menschen mit dem Himmel fast gar nichts mehr anzufangen wüßten.

So gewöhnte er sich, davon immer ein Stück in den Händen zu halten. Und das war gut; denn damit findet sich der Mensch durch Nacht und Licht und findet sich auf die Sonnenraine, die auch mitten durch die lautesten Märkte des Lebens führen, und auf denen immerfort ein bißchen Glück blüht.

Übrigens erfüllte ihn das neue robuste Schaffen dieses Vorstadtwinters mit einer ungekannten Freude.

Er wußte, daß der Wandel, der seine Vorliebe für landschaftliche Motive verdrängt hatte, ihm aus dem Eifer gediehen war, mit dem er sich den Dichtern gewidmet – auf einmal waren seine Gedanken bei Doris Rinkhaus. Von allen Menschen, die ihm nahegetreten waren, hatte er an Do den geringsten Anteil gehabt. Aber sie redete doch immer dazwischen. Sie erklärte ihm den Krieg und guckte ihm über die Achsel in jedes Buch; sie verreiste und blieb doch bei ihm. Sie stand in ihm als eine brennende Kerze, und er nannte sie, wenn er sich über sie ärgert, die ewige Lampe.

Aber in dieser Zeit begann er sich gegen sie zu wehren – es war das wilde Jahr!

In diesem Jahre halten junge Männer ihre Väter gemeinhin für altmodische Tröpfe und ihre Mütter für abgestandene Frauen, die aus ihrem späten Leben in das Land der Jugend und neuen Zeit herüberreden möchten und sich darin nicht zurechtfinden. In diesem Jahre reckt sich eine Kraft, die für den, der sie spürt, aussieht wie der Riese Goliath, und für den, der daneben steht, wie ein Embryo, an dem schon alles da ist, aber das Maul ist aus seiner Natur heraus am größten. In diesem Jahre hält der junge Mann von Begabung die Mädchen und die Ellbogen für die vornehmsten Einrichtungen und hat niederreißende Gelüste. Wenn man ihn gewähren ließe, würde er auf den Thron Gottes steigen und der Welt zeigen, was Allwissenheit ist. Und so weiter.

Das kommt daher, daß sich über der reckenden Kraft alle Gesichtswinkel verschieben – auf einmal sieht die Welt aus wie vor den Toren im November: vor den Toren sind die Schrebergärten mit den tausend Lauben, die Begeisterung und Ungeschick gezimmert haben; beides wird im abgeblühten Jahr offenbarer.

Und über diese Welt stürmt die Kraft des wilden Jahres dahin, gerät in Sand und Nebel und wird besinnlich und gibt dem lieben Gott eine Gnadenfrist … Das Sinnbild des wilden Jahres sind die Hörner. –

Daran dachte Jockele aber nicht, als er im Lehnstuhl am Ofen saß. Er hatte die Tür zu dem Kämmerchen nur angelehnt und horchte manchmal hinaus, was es mit Husch wäre.

»Ich habe ein mächtiges Unheil in ihr angerichtet«, dachte er.

Do und Maria Reh sollten nichts davon erfahren. Er kannte die Reden der beiden zur Genüge: Maria Reh sagte, so etwas wäre ›überhaupt‹ nichts, und ließ sich auf Erklärungen ihres himmel- und erdenumfassenden ›Überhaupt‹ nicht ein. Und Doris Rinkhaus war in solchen Fällen von einer Kälte, die ihm unter die Nägel kam.

Er legte das Ohr an den Türspalt und hörte an ihrem regelmäßiggehenden Atem, daß sie eingeschlafen war.

Dann hatte er mancherlei Einfälle; der einer in nahe Zeit gerückten Eheschließung war diesmal nicht dabei, aber auch nicht die Absicht einer sanften Entwöhnung. Vielleicht würde es besser mit ihr, wenn der Frühling in diesem kühlen Baumwinkel über sie kam! Dann sollte sie draußen um ihn sein, wenn er die ›Gruppe aus dem Tartarus‹ schuf …

Natürlich lief er gleich hinaus, zu sehen, wie diese große Sache am besten zu machen wäre. Gegen den Zaun kam die Leinwand, der er beiläufig zehn Geviertmeter Fläche gab – und er mußte das von der Leiter aus malen. Der Gedanke hatte etwas Berauschendes … so hoch da droben mit dem Pinsel: Prometheus, der der Erde das Feuer bringt!

Da blinkte eine Flocke Weiß aus dem grauen Grase hervor – wahrhaftig, in den vergangenen drei Tagen, in denen ein Weststurm den Schnee zusammengekehrt hatte, war schon das Wecken in die Erde geklungen, und ein Schneeglöckchen hatte sich aus der Scholle gedrängt, und hing doch noch tiefe Winternacht ringsum. So war dies Fünklein Licht aus dem Frühling herübergeweht, und Jakobus, der gleich alle Engel im Himmel die silbernen Glocken suchen sah, kriegte das Laufen, stülpte den Hut auf und eilte in die Stadt. Er brauchte noch drei Modelle: einen Mann auf der Höhe des Lebens und einen, der ganz voll war von dem Klange der Erlösung, die sich aus dem dumpfen Schalle der Hufe trinken läßt, wenn der Tod über die letzte Brücke reitet. Und ein Weib.

Da ging er zu Huschs Mutter und fand sie in dem Vorderstübchen. Sie stickte und hatte die Füße auf einem Backstein, den sie so oft gegen den anderen auf dem eisernen Öflein auswechselte, als er kalt wurde. Der Ostwind spielte draußen auf den Dachziegeln ein gefrorenes Lied.

Jakobus erzählte ihr, wie es mit Husch gegangen wäre, und daß sie nun in seinem Bette läge und schliefe.

Da sagte die Frau: »Oh, schicken Sie sie nicht fort! Sie ist schon viel freudiger geworden, seit sie um Sie sein darf. Es ist schlimm mit einem so wunderlichen Mädchen in solcher Zeit – die Husch hat eine grausame Lust, leiden zu können. Aber es muß aus dem Glück zu einem anderen Menschen geschehen, dann wird sie gesünder und weiß es nicht. Sie ist über einer ewigen Selbstopferung, und Leiden ist ihr Freude. Aber wenn sie hier unter dem Dache kümmern muß, fällt sie mir aus und stirbt.«

Da dachte Jockele an das Kind der Bauersleute, das dem aussätzigen Ritter Heinrich sein Herzblut opfern will. Er hatte in dem Gedichte des Hartmann von der Aue am Morgen gelesen, wie der Arzt von Salern zu ihr sagt:

> Ich muß Dich ausziehn nackt und bloß;
> Ist das nicht Not genug, so groß,
> Daß Du mit Recht vor Scham vergehst,
> Wenn Du so nackend vor mir stehst?
> An Beinen bind' ich Dich und Armen;
> Fühlst Du mit Deinem Leib Erbarmen,
> Bedenke, Mädchen, diese Schmerzen!
> Ich schneide Dich bis tief zum Herzen
> Und brech' es, wenn Du lebst, aus Dir ...

Nun schenkte ihm die Stunde eine Reihe von Bildern, die gleich in seinem Geiste standen als leuchtende Erfüllung.

Er gab sich dem Reichtum des Augenblicks in gesegnetem Vergessen hin. Das sah die Frau, und weil sie es sich nicht anders deuten konnte, sagte sie: »Sie sind nun doch gekommen, um mir zu sagen, daß ich Husch nicht mehr schicken soll!«

»Oh, ich brauche sie – ich brauche sie vielleicht den ganzen Sommer über!« rief er und sah, wie froh die bleiche Stickerin an seinen Worten wurde.

Dann schickte er sie zu Husch und sagte ihr, wo der Schlüssel wäre, und ging in einem wilden Glücke davon.

Auf dem Wege den Kasernenberg hinab über die Sternbrücke in die Wagnergasse, wo er das Modell zum Armen Heinrich wußte, dachte er an Husch und wie er ihr Leben richten sollte. Man wartete auf ihn, und er war in dieser Stunde zu Sein oder Nichtsein für zwei Frauen geworden, die auf den Dächern lebten und sich nicht herabfanden auf die Erde. Er war ein Mann und eine beglückende Hoffnung! Da brauste Frühlingssturm in ihm.

Als er in der Dämmerung nach Hause kam, war Husch aufgestanden.

Er fragte sie, warum sie nicht mit ihrer Mutter nach Hause gegangen wäre.

Sie lachte, aber sie sagte ihm nicht, daß sie noch alles hätte um ihn bereiten wollen, was ihre Pflicht wäre. Sie ließ sich auch nicht heimschicken und wurde ganz ängstlich, weil sie fühlte, daß er sie schonen wollte. Da litt er es, aber er sagte: »Du machst mir damit große Sorge, daß Du mir mehr geben willst, als in Deiner Kraft ist. Wenn ich mich und Dich über dem Malen vergesse wie heute, so mußt Du es mir sagen.«

»Ich bin ganz allein daran schuld gewesen«, sprach sie – »ich habe Dich so weit fortgehen sehen …«

Im Gartenhause nebenan bildete diese Sache den Gegenstand einer Auseinandersetzung zwischen Maria Reh und Do. Maria hatte mit Huschs Mutter gesprochen und von ihr erfahren, warum sie da war und nun forderte Maria, sie müßten diesem Zusammenleben der beiden ein Ende machen.

Sie stellte sich dabei auf den Standpunkt einer Fürsorge, der Doris Rinkhaus aufs höchste befremdete.

»Es ist eine Modellgeschichte«, sagte Do, »und was geht sie uns an?«

»Es ist eine Herzensgeschichte, die für beide ein Unglück werden kann«, sagte Maria – »und überhaupt, wie läßt sich so etwas billigen?«

»Billigen oder nicht – darauf kommt es gar nicht an! An irgend einem Mädchen muß ein Junge zum Manne werden! Möchtest Du Dich vielleicht dazu hergeben? Das läßt sich dann nicht immer über den Spießerleisten schlagen, und ich finde es sehr sonderbar, daß gerade Du Dir dabei eine Rettungsmedaille verdienen willst.«

»Weißt Du denn, wie sich Tante Veronika dazu stellen würde?« fragte Maria Reh.

»Das ist nicht Deine Sache! Aber so viel weiß ich, sie hat Vertrauen zu Jo. Und ich habe es auch. Ich denke: sie würde nicht die Dritte im Bunde sein wollen; aber wenn ihr das Frühlingshaus als der richtige Platz für ihn erschienen wäre, so hätte sie ihn ja wohl daheim behalten. Es ist am besten, wir sehen und hören nichts von allem. Jedenfalls taugt Dein Schürzenschutz nichts für ihn, und wenn ich Jo wäre, so würde ich jeden sehr unsanft hinauskomplimentieren, der mir in meine Tage reden wollte. Basta! Du darfst nicht vergessen, daß die meisten jungen Männer auf dem gesicherten Geleise einer Familientradition hineinfahren ins Leben – Jo aber ist auf eine Schwelle gesetzt und steht noch heute darauf. Ich kann nicht sehen, daß er töricht ist oder mit blinden Augen dahintappt.«

Draußen schloß um diese Zeit Husch die Schlüpfe im Gartenzaun hinter sich zu.

Jockele saß noch eine Stunde bei der Lampe und blätterte in Goethes Gedichten mit den Anmerkungen. Aber die Bilder dieses Tages drängten sich zu laut um ihn. Er dachte: er wollte Husch dreißig Mark Monatsgeld geben und sechzig Mark für den Haushalt – darüber verfiel er in ein mühsames Rechnen und erkannte, so ging das nicht. Aber Tante Veronika wollte er nicht helfen lassen. Er hatte den Plan mit Husch ohne sie erwogen, so sollte er auch ohne sie ausgeführt werden! Er mußte in den Bildern zum Armen Heinrich etwas Ordentliches schaffen, etwas, das sich zu Gelde machen ließ! Zum ersten Male erhellte ihn der Gedanke, und Gwendolin tauchte wieder auf, die geschäftskundige.

Da ging er ins Kaisercafé und saß mit einigen Kunstschülern an einem Tische, die voller Pläne für einen großen Faschingszug waren, der im nächsten Monate abgebrannt werden sollte. »Prinz Karneval vermählt sich mit der Muse Weimars« hieß die Idee, auf der sich die Sache aufbaute; und Jockele mußte dabei helfen.

Da wurden die Zahlen, die er vor einer halben Stunde im winterlichen Baumgarten am Horn aufgeschrieben, riesenwüchsig – die Dreier und Zweier wurden zu Schlangen und die Einser und Vierer zu Keulen und rückten gegen ihn an zu einem wüsten Kampfe.

Aber seit jenem langen Frühlingsmonate, in dem er zwanzig Tage niederschmetternde Gastfreundschaft bei Do genoss, war er ein gut Stück in die Lebenskunst gewachsen. Nun saß er in einem Kreise junger Leute, bei denen das Exempel in der Regel *nach* dem Vergnügen ausgerechnet wurde – da brachte auch er den Armen Heinrich, die Gruppe aus dem Tartarus, die männliche Fürsorge für Husch und den Prinzen Karneval zusammen, und gelobte, den Faschingszug als Spitzenreiter mitzumachen.

Am anderen Tage griff er sich Gwendolin vor der Kunstschule und verwickelte die Überraschte in ein besinnliches Gespräch.

Wie ihn Gwendolin so reden hörte, sagte sie: »Immer hast Du Dir einen neuen Turm aufgesetzt, wenn man Dich mal acht Tage nicht gesehen hat«, und sie legte einen Respekt in ihre Worte, den er von ihr nicht gewöhnt war.

Als er ihr von Husch erzähle und wie es mit ihr geworden wäre, sagte sie: »Du faßt alle kleinen Dinge gleich mit beiden Händen und mit dem Herzen an und stellst Dich zu jedem, als müßtest Du Dich mit ihm verheiraten. Wenn Du das Dein ganzes Leben hindurch so machen willst, kommst Du aus der Grundsuppe gar nicht heraus.«

»Es liegt das wohl so in meiner Art«, sagte Jockele.

»Ja, aber ich halte diese Art für schwerblütig und gefährlich.«

Auf dem Heimwege blieb die Rede Gwendolins um ihn, aber er vergrübelte sich daran nicht in Hoffnungsödigkeit, wie ihm das vordem geschehen war, sondern dachte: »Wenn ich mit dieser Art nicht mehr weiterkomme, muß ich ihr aufkündigen. Gwendolin hat mit ihrer anderen frühzeitig auf eigenen Füßen gestanden, aber sie bleibt auch immer dieselbe. Bei einem Mann ist das eine ganz andere Sache.«

Er hatte sich das genialische Treiben seiner Bekannten zu genau besehen und wußte, daß er nicht mit ihnen gehen konnte. Aber er wußte nicht, was er Do in diesem Jahre schuldig geworden war, die ihn mit ihrer sichtigen Klugheit auf klare Wege geleitet hatte. Nun hielt ihn das eigene und ein gut Teil eigenwillige Wesen fest, und er pendelte nicht zwischen Moden und Manieren, die sich als Schimmel oder als wildes Rankenwerk über eine jugendliche Kraft legen und sie ersticken. –

Husch hatte das Häufen so mit ihrem heimlichen Glücke durchleuchtet, daß er gleich alles bereitete, um an dem Armen Heinrich zu beginnen. Er erzählte ihr die Fabel der Dichtung, und sie lebte sich in das seelenverwandte Mädchen mit der grenzenlosen Innigkeit hinein, deren sie fähig war. Das sentimentalste und rühmlichste Preislied der Jungfrauenliebe, das die Erde kennt, gewann da zum anderen Male Gestalt.

Sie sah in dem Kleide der alten Zeit und dem zierlichen Kopfputze sehr lieblich aus, und er versank in das süße Weh ihrer Augen. Sie saß auf einem Fußschemel und hob das Gesicht voller Hingabe zu dem empor, der nicht da war, und verfiel ganz in den Traum ihres seligen Schmerzes.

Jakobus hatte ihr gesagt: »Du mußt jetzt denken, daß er Dir Ringe für Deine Hände und goldene Bänder für Dein Haar geschenkt hat, und nun sitzt er Dir gegenüber und erzählt, daß er nicht von seinem qualvollen Leiden erlöst werden könnte, weil nur das in Liebe geopferte Herzblut eines schuldlosen Mädchens dies Wunder vollbrächte ...« Da trat der große Schmerz vor sie hin und legte ihr die Hände auf die Lider. Und sie schlief einen wachen Schlaf und ward zu atmendem Marmor.

Als er mit der Zeichnung zufrieden war, nahm er Farben und eine Tafel, machte mit Kohle eine rasche Skizze und begann zu malen.

Sie erwachte nicht und saß bis in den Nachmittag. Das Licht wurde müde, aber Husch ahnte es nicht. Da hob er sie auf und streifte ihr das fremde Kleid ab und legte sie zu einem langen Schlafe auf sein Bett.

Diese Erscheinung hatte für ihn nun schon wesentlich an Tragik verloren. Wenn es auch ein Rausch des Schmerzes war, so war es doch ein Rausch, und der mußte verschlafen werden. Mochte der Trank für Husch süß oder bitter sein, ganz rein war er jedenfalls nicht. Aber die Sache fing an, ihm peinlich zu werden, und er fühlte wieder die Scheu vor der Klatschsucht der Menschen; denn seine Jugend hatte über aller Klatschsucht noch nicht Zeit gehabt zu der Erkenntnis, daß der Sieg über sich selbst auch den Sieg über jedes unerlaubte Maul bedeutet.

Deshalb ließ er das Modell für den Armen Heinrich zu einer Zeit kommen, in der er Husch zu einer Besorgung in die Stadt geschickt hatte, oder in der sie in ihrem ekstatischen Schlummer lag.

Das zweite Bild stellte die Szene dar, in der das Mädchen ihren Eltern offenbart, sie wolle für Herrn Heinrich sterben; das dritte die Unterredung mit dem Arzte von Salerno, der sie nicht wankend machen kann in ihrem Entschlusse. Das wurde das beste von allen; denn der verzückte Opfermut durchschauerte ihre Seele als ein unirdisches Licht, und sie versank in das qualvolle Glück des Martyriums. –

Zuletzt stellte er sie dar, wie sie vor Heinrich kniete, als der die Heilung durch die Gnade Gottes empfangen. Aber dazu gebrach ihr die Kraft des Einfühlens, es fehlte ihr der Glaube an die hohe Sonne. Was sie beseligen konnte, lag in Bitternis und Dämmerung.

An diesem Stück saß er vier Tage, und all sein Wille reichte nicht aus, sie zu bekehren, und weder sein Stift noch sein Pinsel fand, was blühender Traum in ihm gewesen war.

Husch lag schlafen. Da ergriff er in der Freude am Gelingen die Zeichnungen und Tafeln und lief mit Erobererschritten zu Do und Maria. Sie waren beide überrascht bis zur Betroffenheit. Maria Reh lobte nach Frauenart im Überfluß, Do war froh und kritisch und sagte: »Es ist alles famos, Jo! Aber nun kommen Sie mal her und lassen Sie sich angucken.« Sie rückte ihn ins Licht. – »Na ja! Warum machen Sie sich so gewaltsam krank, Sie waldgesunder Zigeuner?«

Maria Reh trat dazwischen und sagte: »Sie sieht in den Künstler hinein, was er seinem Stoff entnahm! Sie gedachte es böse mit Ihnen zu machen und lobt Sie!«

Da bliesen sie zu einem lustigen Kriege, und Maria Reh jubelte:

»Verehrungswürdiger Jo, ich möchte wieder Ihren Kopf zwischen diese Hände nehmen und in den schwarzen Ringeln Ihrer Haare wühlen – aber es geht nicht mehr. Donnerwetter, wie erwachsen sind Sie!«

Von der andren Seite ritt Do zur Attacke: »Lassen Sie sich nicht von ihr in einen gefährlichen Übermut hineinloben! Ich klatsche Ihnen von Herzen Beifall, aber Ihre gesunden Sinne sind nicht frei dabei gewesen – haben Sie die Luft Ihres Hauses mit Heliotrop geschwängert, wie Sie das malten?«

»Nein.«

»Haben Sie dabei eine Toga aus Zindel getragen und sich Sandalen aus Rauschgold unter die Füße gebunden?«

»Unsinn! Meine Kniehosen hab' ich angehabt und die Bergsteigstiefel!«

»Natürlich«, sagte Do, »aber ich schwöre Ihnen: in vier Wochen sind Sie hysterisch, wenn Sie diese Husch als Modell behalten.«

»Nein, in vier Wochen reit' ich im Faschingszug«, sagte Jockele. Aber er strich sich über Stirn und Augen, als läge da das leise Gewebe einer Müdigkeit. Er reckte sich empor, daß seine Gelenke knackten, und er hätte in diesem Augenblick den Schleier des fremden Wesens vielleicht auch zerstoßen, wenn Maria Reh in Schweigen geblieben wäre. Aber sie erfaßte die Gelegenheit und führte neben Dos blankes Reiten drei spießig gesattelte ›Überhaupt‹. Die sahen aus wie Esel und malten die Wirkung des schneidigen Angriffs zuschanden.

Darüber ward Jakobus Sinsheimer rebellisch und forderte Sachlichkeit; denn nach der Erlaubnis, sich dieses oder jenes Modell wählen zu dürfen, hatte er nicht gefragt.

Do machte der Maria ihr Siegergesicht, und Jockele nahm sein Werk unter den Arm und empfahl sich höflich und aufrecht. Abends lernte er reiten.

Gwendolin, die er am nächsten Tage besuchte, fragte nicht nach Krankheit oder Gesundheit – sie fragte: »Kann das einem Menschen gefallen und kann man es zu Gelde machen?« Sie lief vor und zurück und lief hin und her, verfiel in ein leises Pfeifen und sagte: »Machen wir!« Sie lobte mit keinem Worte, aber sie war entschlossen. Da schickte sie Jakobus Sinsheimers ›Armen Heinrich‹ nach München zu ihrem Kunsthändler. Und er ging nach Hause und stieg in den Tartarus.

–

Als im Februar die Sonne schon auf der frischblauen Himmelswiese spazierte und die kleinen Engel um sie herum in Scharen Purzelbäume schossen, wurde die Leinwand zu der ›Gruppe‹ am Zaun im Baumwinkel aufgestellt. Es wurde auch eine Vorrichtung getroffen, daß sie des Nachts an der rückwärtigen Hauswand lehnen konnte, ohne den Unbilden des ungeschickten Vorjahres ausgesetzt zu sein, das noch nicht mit der Sonne umzugehen weiß.

Und das Schicksal nahm seinen Gang.

Alle Studien zu der Gruppe aus dem Tartarus waren gemacht. Es sollten fünf Figuren in dem Bilde stehen: Husch und ihre Mutter, ein nackter Jüngling, ein Mann und ein Greis. Husch lehnte dem Alten zu Füßen; ein schwarzer Schleier fiel vom Scheitel über sie, der ließ ihr nach unten gerichtetes Gesicht sehen und den verleuchtenden Frühling ihrer Glieder ahnen. Die anderen starrten oder schrien oder hoben ihre sehnenden Arme nach dem Lichte des Himmels, das über tote Felsen herniederbrach.

Um diese Zeit redete Jockele zu Do und Maria von der Gruppe nur noch als von seinem ›Monumentalgemälde‹ oder von dem ›Galeriestück‹, oder in sonstigen Vollwörtern, die sich mit gewaltigen Armen um die Vorstellung warfen, welche er damit verband.

Als er zum erstenmal im wehenden Malerkittel auf der Leiter stand und die Figuren mit Kohle umriß, verbat er sich von den beiden Freundinnen alles kritische Dreinreden – er sicherte ihnen dazu drei Sommertage.

Da lugte von draußen schon das Leben in Gestalt eines maienhaften kleinen Mädchens durch die Zinzeln des Zaunes, stocherte mit einem blühenden Mandelzweig hindurch und lachte darüber hinweg, daß es wie gemünztes Gold in das lichtahnende Gras fiel ... Aber Jockele hörte es nicht.

Dann kam der Fastnachtsdienstag, und er war Spitzenreiter vorm Faschingszug.

Es war eine feine Sache. Er trug blanke hohe Stiefel und enganliegende weiße Lederhosen, einen feuerroten Reitrock, Perücke und Dreimaster. Und die schwarze Stute unter ihm spiegelte den hellen Tag und war voll Verständnis für ihre Sendung, aber ohne Humor.

Faschingszüge sehen einander ähnlich, selbst dann, wenn junge Leute ihren Witz auf die verblüffte Menge loslassen, die ihren künftigen Ruhm verbrieft in der Rocktasche tragen. Aber ein weimarisches Narrenfest hat seine geistigen Besonderheiten; denn nicht nur was irdisch und schier allzu sterblich ist, sondern auch die ewige Seele der Stadt schmunzelte ihr wärmendes Lächeln darüber, wie Froriep in violettem Professorentalar mit einer Miene, die der Würde der Sache entsprach, das Problem des Schillerschädels aufrollte. Natürlich redete er nicht, damit er den Spaß nicht verderbe. Und Goethe, Schiller, Liszt, Cranach traten aus den Pforten der historischen Häuser, begrüßten mit Humor und Behagen das närrische Treiben ihrer Stadt und reihten sich fahrend in den Zug ein. Der Genius fehlte bei keinem; er postierte sich hinter jeden auf den Wagen.

Gleich beim ersten Halten, dort, wo die Belvedereallee in die Marienstraße mündet und um das Liszthaus der weiche, grüne Traum weht, der zu klingen anhebt für den, der mit der Seele hinhorcht – gleich beim ersten Halten guckte das Schicksal für Jockele dort aus dem Fenster.

Liszt schritt durch das eiserne Pförtchen seines Gartens – das lange Totsein hatte ihm nicht geschadet, und just so, wie er durch das Gedächtnis der Nachwelt wandelt, stand er leibhaftig in ihr und grüßte die Menge mit der Feierlichkeit eines frühen Sonntagsmorgens, der voll ist von den waldfernen Fanfaren eines Kaisermarsches.

Aber solche Dinge sind vorbereitet, und wer nicht zu der staunenden Masse gehört, darf einmal daran vorüberschauen.

In überlegenem Stolze faßt Jugend solcherlei Gelegenheit beim Schopfe; denn wer hat eine Ahnung, wie putzig und liebenswert die Welt aussieht, wenn sie betrachtet wird in rotem Reitrock und Stulpenstiefeln und von einer tänzelnden Rappstute herab, die hin und wieder durch die Nüstern bläst und ins Zaumzeug knirscht, als wäre sie eins der blanken Sonnenpferde?

Der rote Spitzenreiter hielt just vor dem Fenster, aus dem des Herrn Franz Liszt »dreißigjährige« Schaffnerin Pauline herausschaute und ihr Glück über das Volk lächelte, das draußen ihrem großen Herrn wieder einmal Palmen streute. Da ließ sie sich in dankbarer Rührung gleich selbst ein bißchen huldigen, und es schien, als sähe sie in Augen, die ihr ein helles Hurra von den Steigen emporriefen; denn dieser Franz Liszt von heute war bei aller Ähnlichkeit und Würde, die ihm ein trefflicher Darsteller lieh, doch nur ein Spiel – sie aber war noch die echte, die ihm mit ihren Händen die Nadel in die Krawatte gesteckt und die Krücken der Spazierstöcke mit dem seidenen Tuche gewischt hatte (wiewohl er keinen je in Gebrauch nahm), während er im Vorplatz den Glanzhut auf dem Ärmel bürstete für den Ausgang ...

Wo hat aus einem Blumentopf voll Erde die Sonne so strahlende Menschenblüten hervorgelockt wie in Weimar?

Wo bescheint die Seele des Himmels die Welt, wie in diesen warmen Winkeln zwischen den bemoosten Dächern und kleinen Fenstern?

Und wo sonst ist Ewigkeit in so fühlbarem Fluge, daß sie sich um die Stirnen schmiegt wie atmender Duft des Hochwalds? – – – – – –

Aber des Herrn Franz Liszt treues Schlüsselfräulein war es nicht, für das Jockele die Raketen seiner Blicke abbrannte. Das Feuerwerk galt dem jungen Mädchen, das der Frühling daneben ins Fenster gestellt hatte. Er hatte sich da etwas ausgesucht, das im zeitigen Jahre schon über und über in Blüte stand, und wollte zeigen, daß er auch schon um die Mitte des Hornung, wenn er gerade die Stare losgelassen, etwas Rechtschaffenes zuwege brächte.

Dieses Dokument seiner königlichen Herrlichkeit hatte die Haare voll Sonnenschein auf den Ohren zu goldenen Schnecken gedreht. Das ganze Röckchen und die rosa Crêpe-de-chine-Bluse steckte voll Frühling. Das silberne Glöckchen, das sie an einem Kettlein auf dem Halsausschnitt trug, läutete mit inbrünstiger Heftigkeit.

Ohren, Augen und Herzen der tausend Menschen ringsum hatten alle Hände voll zu tun, um von dem eben begonnenen Ereignisse kein Korn bunten Glücks fallen zu lassen. Da wurde aus den Köpfen und Leibern und Schellen und Farben und Fahnen und Trompeten ein brandendes Meer, das wogte um den Frühling neben Paulinen und um Jockele auf der Rappstute als wohlige Einsamkeit. Und die zwei Paar blauen Augen fingen an, sich über das Meer hinweg zu unterhalten und verstanden jedes Wort. Die unter dem Dreimaster standen hoch und hell im Tage und taten, als müßten sie zwei Löcher in die rosa Bluse brennen. Sie sagten:

»Was bist Du für eine märchensüße, kleine Frühlingsprinzessin! Warum hab' ich Dich zuvor nie in Weimar gesehen?«

Da sagten die Augen hinter den blühenden Mandeln: »Oh, ich kenn' Dich! Du bist der Maler aus dem Baumwinkel am Horn. Was bist Du für ein ranker, feiner Junge! Ich habe Dich schon durch die Zaunzinzeln gesehen und habe Dich ausgelacht, wie Du auf der Jakobsleiter standest. Aber Du nahmst Dich so wichtig, als müßtest Du den lieben Gott malen, und sahst mich nicht.«

Weil sie Miene machte, ihm den Mandelbuschen herüberzuwerfen, ließ er die Stute ein wenig seitlich treten, und er fing den Strauß ...

Drüben aus einem Fenster der Kunstschule guckte Gwendolin und sah das und sagte zu ihrer Nachbarin: »Jakobus Sinsheimer ist dabei, sich wieder zu verheiraten.«

Hinter ihm hatte Liszt indes sein Volk begrüßt, und es begann, vorwärtszudrängen. Da legte Jockele die Hand an den Hut – natürlich für den Frühling, und der Frühling wedelte mit Herz und Händen. Und Jockele stieß den rechten Zeigefinger gegen die Brust und dann dreimal deutend halb nach unten gegen das Fenster, und malte mit den Augen ein mächtiges Fragezeichen in die Luft.

Der Frühling mit den goldenen Schnecken verstand das und geriet in ein beifälliges Nacken: »Ich warte, bis Du kommst, und wär’ es bis übermorgen!« Und vorn der Jockele dachte, er wäre Kapellmeister geworden, und schlug mit dem Mandelblütenbusche der Narrenmusik einen flotteren Takt in das Blaszeug; denn sein Herz wollte mit der Musik Schritt halten.

So wurde die Sache, die eben noch feierlich gewesen war, lustig. Von oben herab zischten die Papierschlangen, wirbelten die zitternden Konfetti, und Weimars Ewigkeit schwang sich ein bißchen darüber hinaus aus dem Staube und flog an den hohen stillen Fenstern dahin.

Aber schließlich hat ja auch ein Fastnachtszug sein Ziel. Es war kurzweilig, die Welt in so feuerroter äußerer und innerer Aufmachung zu durchschreiten, aber manchmal stahl Jockele sich doch eine Minute aus den vielen, vielen, die da an bunten Papierstreifen herumhingen, und drückte sie in seiner sattelhohen Einsamkeit voll Inbrunst ans Herz, damit sie ganz ihm gehöre.

Darüber fiel ihm ein, welchen Namen die Kleine im Liszthause wohl hätte?

Er nannte alle Mädchennamen, aber es wollte keiner passen. Er verfaßte in träumendem Reiten durch dies Chaos der Lust eine ganze Spalte Familiennachrichten und stellte darin Vermutungen auf: himmelblaue über Vater, Mutter und Geschwister; gelbe über die Frage, ob so etwas Morgenblütiges und voll von Ostertau noch ohne Bräutigam wäre; sehr grüne über ihre allgemeinen Fähigkeiten zu lieben und über ihre besonderen, ihm die Treue zu halten ...

Diese peinigten ihn ein wenig, und als er die Läden über die Augen schlug, um klarer sehen zu können, stand sie noch immer im Fenster des dunkelgelben Eckhauses am Park, aber sie hatte nun auch den anderen Buschen Mandelblüten verschenkt und hatte in jeder Hand einen langen Stengel Diclytra, die sie in Weimar fliegende Herzen nennen, und die vielen, vielen Herzen baumelten über den Köpfen der jungen Männer, die unter dem Fenster vorübergingen, und jeder konnte eines haben, wenn er gut danach hüpfen konnte.

Seit Gwendolin war er dem Gedanken nicht mehr nachgegangen, daß ein Frauenherz eine Einrichtung mit beliebig auswechselbarer Liebe und Treue sei, und der Sitz in dem behaglich knirschenden Sattel wurde ihm unbequem.

Manchmal war es ihm, das Hurrarufen wäre tief, tief unter ihm, und die Leute stünden alle auf dem Kopfe und schrien ihre Begeisterung über das Straßenpflaster. Zuletzt aber setzte sich das ganze Ringsum in ein wohliges Schaukeln, und er trieb segelsachte darüberhin in eine pfirsichrote Crêpe-de-chine-Beleuchtung.

Als ihm eine schöne Hand am Schillerhause einen Becher Sekt in den Sattel reichte, und Schiller unter die Menge trat und eine erstaunte Rede hielt, die mit den denkwürdig-pathetischen Worten begann: »Was rennt das Volk, was wälzt sich hier vom Kaisercafé bis zu mir?« tat Jockele, als grüße er mit dem Schaumwein die lächelnde Spenderin. Aber er beging damit einen schändlichen Verrat und trank auf den Frühling im Liszthause. Und darüber kam ihm die Erlösung: der Name Frühling, der sich ihm gar nicht so recht an die Lippen legen wollte, ward auf einmal zu Minchen Herzlieb, und »Hurra Minchen Herzlieb« tirilierte sein Herz, und er brach in göttlicher Gebelaune einen Zweig aus den rosa Blüten Minchen Herzliebs und reichte ihn mit dem silbernen Becher hinab.

Friedrich von Schiller hatte mittlerweile eine Salve knatternder Jamben auf das Volk abgefeuert – Jockele wollte wetten, es wäre ein Akrostichon auf Minchen Herzlieb gewesen. Die Sache nahm ihren Lauf: seitdem das Mädel einen Namen hatte, kuschte es sich ihm ins Herz wie ein Vöglein in sein Nest. Und das Herz war aus Mandelblüten.

Während er so dahinritt und immer dachte, es müßte nun alle sein, sang er leis und laut in die Musik. Das Lied setzte sich nur aus den zwei Worten Minchen und Herzlieb zusammen, und es war doch alles darin, was ein junger Mann zu einem gewissen Wohlbefinden braucht, über das sich die himmlischen Englein wundern müßten, wenn sie so etwas schmecken könnten.

Wie er den Zug doch endlich vor den Armbrustsaal in der Schützengasse geleitet hatte und den Knecht sah, der dort auf die Rappstute wartete, glitt er aus dem Sattel, warf dem Jungen die Zügel zu und versickerte in die jubelnde Unendlichkeit. Als er drüben wieder herauskam, warf er sich in ein Auto, und am Fenster des Liszthauses stand Minchen Herzlieb als süße Treuhalterin, hatte die langen Stengel mit den vielen, vielen Herzen gar nicht in den Händen, sondern biß sich ein wenig leuchtende Verlegenheit in die Lippe und dachte: »Teufel, da hab' ich wieder mal was angerichtet!«

Sein Herz schlug wie ein Triangulum, weil er sie noch an der gleichen Stelle fand, und er läutete sich gleich mit allen Glocken in sie hinein –

»Erstens habe ich Dich auf dem drei Stunden langen Ritte siebentausendmal ›Du‹ genannt«, jubilierte er, »und zweitens ist Fasching, das ist das große Verbrüderungsfest der Menschheit – guten Tag, Minchen Herzlieb!«

Da schlug sie beide Hände vor das Gesicht, und das Tirilieren kam auch über sie –

»Ich heiße ja gar nicht Minchen Herzlieb, ich heiße ja Sibylle Bach!«

»Auch ganz schön«, sagte er – »Sibylle Bach ... das geht in den Mund wie Knickebein, aber Minchen Herzlieb läuft ins Herz wie der blühende Frühling! Guten Tag, Minchen Herzlieb! Und nun mach' die Tür auf und laß mich hinein!«

Frau Pauline stand zu einem Ausgange gerüstet. Sie hatte es aus ihrem ahnungsvollen Frauenherzen heraus so eingerichtet und stattete damit einem Manne, der schon längst seine ehrsame Mansarde im Himmel bezogen hatte, eine liebe Dankesschuld ab.

Dieser Mann war der Großvater Minchen Herzliebs und hatte sechzig Jahre zuvor eine blutjunge Geschichte mit Paulinen erlebt; das wirkte nun über Zeit und Leben hinaus und verschaffte Minchen das Recht, zu festlichen Gelegenheiten aus dem Fenster des Liszthauses jungen Männern die Köpfe zu verdrehen. Aber es muß zu Minchens Ehre gesagt werden, daß sie auch zu anderen Zeiten und Gelegenheiten dieser kurzweiligen Beschäftigung nachging.

So oft sie in Paulinens blankes Stübchen trat, in dem die weißen Fensterbehänge mit den roten Geranien Feste feierten, verfiel die alte Dame zuerst in ein hingebungsvolles Schweigen. Minchen Herzlieb verhielt sich dann abwartend, bis Tante Pauline mit den Fingern auf der Kante des Nähtisches zu trommeln begann. Dieser sanfte Wirbel, auf dem ein Dämpfer von sechzig Jahren saß, lief immer den gleichen Worten voraus – »Ja ja, Dein Großvater hat mich einmal heiraten wollen, Sibyllchen, aber es ist hernach nichts daraus geworden ...«

Es ist wahr: die guten Taten der Väter werden an den Kindern heimgesucht durch viele Glieder. Jockele widmete dem alten Herrn im Himmel ein paar rührende Worte des Dankes. Daraus erkannte die greise Schließerin, daß der junge Mann, der vorhin so schön zu Roß gesessen, auch ein sehr guter Mensch wäre, und sie machte sich voll gütigen Verständnisses auf den Weg.

Es war ein so liebes Scheinen in dieser Stube wie in den Räumen des Hauses am Buchenwalde zu Ibenheim; aus allen Winkeln atmete die alte Zeit, und draußen auf der Straße spielte ein sachter Wind Fasching und tanzte mit den bunten Konfetti einen altmodischen Walzer.

Minchen Herzlieb fragte Jockele gleich, ob er Tango könnte.

»Nein«, sagte er. Aber es fiel ihm ein, daß ein junger Mann mit vielen Mädchenbekanntschaften universale Kenntnisse besitzen müsse – was wissen Sie von Goethe, von Wieland, von Wildenbruch, von dem ›Hauptgeschäft‹, vom Peneios, von Persephoneia, von Hysterie, von Tango? – Die einzige, die nichts weiter von ihm hatte wissen wollen als das Küssen, war Gwendolin. Er hatte ihr längst verziehen, daß sie so übel mit ihm verfahren war, und manchmal in diesen Winternächten im Baumwinkel waren ihm die Lippen im Feuer der Sehnsucht nach ihren verzehrenden Küssen heiß geworden.

Viel, viel später dachte er einmal: Es wäre gescheit, wenn die jungen Männer auf die ersten Fragen warteten, die ihnen von einem Mädchen vorgelegt würden. Diese ersten Fragen lassen sie ausfliegen, damit sie ihnen Botschaft bringen, wie es in der Welt aussieht, an deren Strand sie segeln. Und wer hinhorcht, der weiß, wonach diese Tauben vor allem Ausschau halten.

Jetzt aber hatte er zu derlei Betrachtungen keine Zeit. Es war ihm schon zur belustigenden Gewißheit geworden, daß Minchen Herzlieb gar nicht ahnte, daß er sie zur Trägerin eines berühmten Namens gemacht hatte. Sie nahm die Herzensgeschichten vergangener Herren nicht entfernt so wichtig wie ihre eigenen. Darum sagte er ihr, daß sie furchtbar nett aussähe, hütete sich vor dichterischen Vergleichen und hielt sich an das Greifbare. Das Sofa mit dem Kirschbaumrahmen, durch den sich zierliche Einlagen schlängelten, sagte zwar ein verwundertes ›Na!‹; denn es war von Tante Pauline her an ruhevollere Behandlung gewöhnt, aber es dauerte nicht lange, so war doch wieder nur der kleine fixe Schlag der Pendule hörbar, und die Geranien am Fenster waren die Fackelträger.

An Gwendolin dachte Jockele nicht, wiewohl sich Minchen Herzlieb viel weicher und ergebungsvoller benahm. Die Liebesstunden mit Gwendolin waren ein Flammentanz, ein Taumel durch alle Brände der Hölle, ein Vergehen in feuerroter Seligkeit, waren ein ungeheures Verschwenden gewesen.

Minchen Herzlieb dagegen blieb bei sich selber und verabscheute die Tiefen. Sie fiel in ihre Sinne wie die Lerche in die jungen Halme, voll Lütütü und hellgrünem Pfingsten. Aber in Gwendolin Vogelgesang entluden sich alle Mächte des Himmels und der Erde. Gwendolin sprang in eine Liebesstunde vom Turme – Minchen Herzlieb dachte daran, ob er hernach wohl mit ihr zum Faschingsball gehen werde. Wenn er diesen famosen Einfall hatte, durfte sie keine Knitter bekommen; denn sie wollte für die ganze Welt immer frisch aufgeblüht erscheinen. Dem Gedanken, nur *einem* zu gefallen, stand sie mit lachendem Unverstande gegenüber, aber es war doch eine schauerliche Süßigkeit, mit der er über sie kam. Und als er die Perücke ganz nebenher in Sicherheit bringen wollte, weil er dachte, Minchen Herzlieb wäre so hoch im Himmel, daß sie davon nichts merkte, brachte sie durch ihr Lachen die Stimmung in ein gefährliches Schwanken.

Dann fielen ein paar Fäden Dämmerung durch die Fenster, und draußen in der blauen Küche bekam Frau Pauline Apel einen diskreten Husten und läutete mit zwei Tellern Feierabend.

Da machten sie sich fertig und gingen in die Armbrust zum Faschingsball, und seit diesem Balle hieß sie in der ganzen Stadt Minchen Herzlieb.

Sie blühte auch da unter aller Buntheit hindurch und schwamm in Weltfeiertagsfröhlichkeit, aber wenn Jockele die vorige Stunde in ihren Augen suchte, stand sie doch noch darin. Gwendolin dagegen konnte zwischen zwei Minuten eine sternenweite Vergessenheit aufrichten – die Augen, die in der einen gesagt hatten: »Du trinkst mir mit Deinen Küssen die Seele aus«, schwuren in der nächsten: »Ich kenne diesen Menschen nicht.«

Wenn er mit Minchen Herzlieb tanzte, fiel alle Erdenschwere von ihm ab samt Armem Heinrich und Tartarus und Huschs Anfällen; denn das Mädchen lag ihm im Arme wie eine hineingewehte Blüte; und so führte er sie in einer Nachmitternachtsstunde nach Hause. Sie gewährte ihm noch eine kleine Nachfeier in der Gartenlaube. Der Wind, der durch die Windmühlenstraße am Silberblick hinauf in die Felder lief, tat die vorjährigen Blätter der Clematis auseinander und wollte ein bißchen gucken, konnte aber nichts sehen.

Da vereinbarten sie einen Katerbummel, der so lang und leichtsinnig sein sollte wie das schöne Wetter. Er dauerte drei Vormittage. Der erste Morgen in den Stadtratstannen und Buchfart war ein wenig müde, und Jockele war zu Betrachtungen geneigt; der zweite war voll Überstrom an Licht und Liebe, und als sie vor der kleinen Brunnengruppe des Herkules und Antäos in Belvedere standen – in jenem Gartenteile, in dem der alte Kaiser Wilhelm als Prinz von Preußen die Eiche gepflanzt – nahm er sie auf den Arm und trug sie in klingender Siegerfreude den Parkweg entlang bis hinab an den Fichtensaum im Tale.

Dort lag die Sonne in zehntausend Anemonen und Veilchen und hatte sich den Frühling hinbestellt. Da spielten sie zu Vieren Küssen.

Nach einiger Zeit erklangen junge Stimmen auf dem Grashange gegenüber, und wie die vier himmelfreudigen Spieler die Zweige der Jungfichte auseinanderbogen, sahen sie die kleine Prinzessin Sophie und den noch kleineren Erbgroßherzog Wilhelm Ernst. Die Kleine kauerte vor einer Röhre, die unter dem Parkwege hindurchführte, und hatte das Tirilieren wie Minchen Herzlieb; denn Flipp, der stichelhaarige Dackel, war von seinem Forschertriebe in die Röhre getrieben worden und suchte da nach Wundern. Und das Kleine wollte ihn am Schwanze herausziehen. Wilhelm Ernst der Jüngere aber hatte sich von einer Parkfrau den Rechen geben lassen, der älter war als er selber, und versuchte sich damit am Ernste des Lebens.

Da lief die Sonne hin und faßte das Vorfrühlingsidyll mit den Fürstenkindern und Flipp dem Dackel in einen goldenen Rahmen. –

Am dritten Tage waren sie in der Fasanerie im Webicht. Es waren da schon viele Lichter ausgelöscht in der Welt, und was sich an verfrühten Blumengesichtern aus dem vorjährigen Laube hob, hatte die Augen zu, und der Wald trauerte um den leuchtenden Irrtum der letzten zwei Tage.

Es war wieder Februar geworden.

In der niederen Stube der Fasanerie waren sie allein, um sie ein bißchen verblichene Weidmannsfreude des abseitigen Jägerhauses an den Wänden – auf einmal war Jockele im Forsthaus an der Hörsel, und das Zinzilein stand in der Stube und schaukelte ein kleines Mädchen auf dem Arme …

Gott, das Zinzilein! Wo war es gewesen all die Zeit her!

Es hatte genau solche goldenen Haare und solche Maifestaugen wie Minchen Herzlieb. Aber es war kaum der Schule entlaufen, da hatte es schon ausgesehen wie ein durchsonntes stilles Waldwasser, aus dem die weißen Sterne des Hahnenfußes aufgehen und die silbernen Kronen der Teichrosen. Es blühte an ihm alles so von innen heraus; wo es seine Augen hatte, ward's hell, und wo seine liebe Stimme erklang, ward's warm … Nun war ein schlankes, junges Mütterchen aus ihr geworden!

Die Sehnsucht faßte Jockele an – heißer, träumerischer Hochsommermittag, in dem alle Düfte Farben bekommen und Säulen von Gold in den thüringischen Buchenwäldern stehen. Und seine Seele schwamm darin mit breiten Schwingen …

»Du bist heute langweilig«, sagte Minchen Herzlieb und riß ihm einen seiner schönen bunten Flügel aus … »Ich gefalle Dir nicht in Blau, gelt?«

»Himmel, es gibt doch auch noch wichtigere Dinge auf der Welt als Frauenkleider!«

»Wichtigere Dinge? Wie meinst Du das?« fragte sie und wurde steil.

Da sprang draußen eine Stimme auf die Haustürschwelle, die packte die Frage Minchens und schnickte sie unter den Tisch.

Dann ging die Tür auf –

»Da haben wir ihn! Kommen Sie, Husch! … Sie, Jakobus Sinsheimer, ich hab' Ihren ›Armen Heinrich‹ verkauft! Und Sie sitzen mit einer Ihrer zahllosen Bräute beim Frühschoppen, den Sie aus einer Ewigkeit in die andere verlängern! Reden Sie nicht, ich weiß alles! Diese Dame heißt Minchen Herzlieb, und Sie haben sich mit ihr im Sattel vor dem Liszthause verheiratet.«

Einen Schwung hatte Gwendolin, einen Schwung voller Erlösung und seelenerstürmenden Jubels – Jockele dachte gar nicht mehr an den abgerissenen Flügel, er breitete seine Arme weit aus und riß das lange Mädel an sein Herz. In sie wurden weder Knitter, noch ging daran etwas in Stücke –

»Gwendolin, Krone der Weiber, Königin des Himmels und der Erde! Gwendolin, Du ungeheures Licht, Du Zauberin!« Und dann geriet er über ihre Lippen, und die beiden ranken jungen Menschen schossen durcheinander wie zwei Waldbäume und verflochten sich mit Wurzeln und Ästen.

Seine dröhnenden Worte hatten in der Küche eingeschlagen. Die Wirtin sprang hinein und wollte retten, was zu retten wäre. Aber schon in der Türe kriegte sie die Verklärung, schrieb unter das Bild in Lebensgröße: »Ein Wiedersehen nach langen Jahren« und versank in Rührung.

Minchen Herzlieb saß auf einem weißglühenden Stuhle und dachte: »Scheidungsgrund!«

Husch war an einen abseitigen Tisch gesunken – es glitt ihr nichts aus den Händen; denn sie hatte sich gehütet, etwas zu halten; darum setzte sie sich nun neben das Leben und wartete, ob für sie etwas am Rande liegen bliebe.

»So – nun laß mich los! Mensch, Du bist ja immer noch – waldwild wie damals – und tollwüchsig – und – – Hilfe!! Es sind bloß dreihundert Mark – Du küßt ja für fünfhundert!«

Da wurde Jockele barmherzig, aber er schwur, daß es erst hätte angehen sollen.

»Geschenkt! Geschenkt!« keuchte sie.

Da ließ er sie los, und Minchen Herzlieb quittierte ihren Ärger und sagte zu Gwendolin: »Ich kenne das!«

»Ach nein? Wirklich?« sagte Gwendolin, aber sie tröpfelte ein bißchen Gift darauf. Da merkte das Kleine, daß es renommiert hätte, und Gwendolin führte Husch an den Tisch, warf ein paar Hände voll Frohmut über sie und ließ sich das Hütchen mit der Spielhahnfeder zurechtschieben, das ihr obenauf saß wie ein hingeschmettertes Juchtrala.

Minchen Herzlieb konnte inzwischen den Gedanken nicht loswerden, die Sache mit dem Armen Heinrich wäre nur eine Finte, und die lange Gwendolin hätte den Hieb geschlagen, um ihr – dem Minchen – eine blutige Abfuhr zu bereiten. Darum fragte sie, wo denn das Geld wäre, und es entstand eine elektrische Schwüle, die der armen Husch auf die Nerven fiel.

Aber Jockele rettete die Situation mit einer Flasche Sekt und einem Frühstück. – Ein Münchener Verleger hatte die Zeichnungen für eine neue Übertragung des Gedichts vom Armen Heinrich erstanden, und der Kunsthändler hatte dafür – natürlich samt den vier Tafeln in Öl – den Betrag geboten; die Verhandlungen waren zwischen ihm und Gwendolin durch den Draht gepflogen worden.

So war alles sternenwunderbar und märchenhaft, und ein gewöhnlicher Mensch konnte darüber den Verstand verlieren. Jockele aber ging nur über die Baumwipfel nach Hause, und Gwendolin scherzte: »Ich wußte, daß ich einen schweren Gang tat, darum hab' ich mir die Husch mitgenommen.«

Sie spazierten über die Felder und Gleise hinter dem Luftbad und setzten Husch an der Schlüpfe im Zaun ab; dann ging Gwendolin, die in der Kurthstraße wohnte, und die allen Bitten Jockeles, den Umweg über den Silberblick zu machen, kein Gehör gab.

So lieferte sie ihn Minchen Herzliebs Zorn aus, und die knatterte auch gleich los, als hätte es kein Verbrüderungsfest auf dem Sofa Paulinens und kein Vorfrühlingsglück im Park zu Belvedere gegeben –

Er wäre wohl mit allen Mädchen auf Du und Du in Weimar? Und ob er sich einbilde, daß sie gerade auf ihn gewartet hätte? Und was das für ein unsauberes Küssen gewesen wäre mit dieser Gwendolin Vogelgesang – pfui tausend! Und warum er ihr verschwiegen hätte, daß die Husch sogar bei ihm im Hause wohne – oh!

Sie ging mit ihm die Windmühlenstraße hin bis in das Wäldchen um Hases Ruhe und hatte sich in eine rauchende, allgemein menschliche Entrüstung hineingeredet. Darüber konnte er noch lange nicht zu Worte kommen. Zuletzt wartete sie mit einem Platzregen von Tränen auf.

Aber Jockele hätte nicht an einer Wegscheide stehen dürfen – wiewohl er sie längst noch nicht klar zu sehen vermochte – und er hätte nicht das schöne fremde Scheinen des blauen Geldes ums Herz tragen müssen! Die Rede ging Minchen Herzlieb aus dem Munde wie Gift und Öl und war voll weiheloser Empörung, aber sie trat keine Türen ein.

Sie schritten hundertmal den kleinen Weg durch das ausgeholzte Wäldchen, grauer Alltag stand ringsherum, und dem Jockele gefror das Herz vor dieser Millionenschablone bis auf den Grund.

»Minchen Herzlieb, Du warst eine Faschingsdummheit!« sagte er.

Darüber verlor sie die schöne Sicherheit, mit der sie ihm den Tisch voll bittere Mandeln getragen hatte, und die Sache bekam eine neue Wendung; denn Minchen befand sich nicht zum ersten Male in solcher Lage, aber vordem hatte so etwas wenigstens drei Wochen gedauert, nun war es gar auf drei Tage zusammengeschrumpft.

Und sie verfiel in eine grausame Selbstquälerei ... »Warum bist Du erst gekommen, wenn Du mich nicht liebgehabt hast?«

»Natürlich hab ich Dich liebgehabt.«

»Gehabt!«

Er zog die Achseln und redete wie aus tausendjähriger Erfahrung: »Es steht schlimm um die meisten Mädchen – entweder können sie das Feuer nicht anblasen, oder sie können es nicht unterhalten.«

»Anblasen ...«, sagte sie schokiert.

»Oh, anblasen kannst Du, aber es fehlt das Öl auf der Lampe. Ihr habt die pudelnärrische Ansicht, ein Mann sei ein Ding wie ein Spiegel, der Ja sagt, so oft ihr hineinguckt. Der Spiegel gehorcht sieben Jahre, der Mann ist des Schauspiels am siebenten Tage müde ...«

Sie bekam das Zittern ins Herz und schwur sich, sie wollte zuhören bis zum Abend. Das ›Öl auf der Lampe‹ quälte sie – – wenn man einen Mund hat so voller Blühen und den besten Willen zum Küssen und siebzehn Blusen und vier Kostüme und drei Kästen bunte Schleifen ... ist das kein Öl? Aber sie sagte das nicht, sondern wartete, was er meinte.

Die Stunden in diesem Wäldchen vor dem Südtore der Stadt gehörten zu denen, die in seinem Leben stehenblieben – nicht, weil er da zwei Tage einer Liebe begrub, die vormärzlich und sonnenfieberisch gewesen war, und die ihn betrogen hatte, sondern weil er in diesen Stunden in die Tiefen des wilden Jahres schritt, in denen ihn das Leben jählings zerriß.

Die stille und klare Feierlichkeit des Hauses am Buchenwalde schien aus Fernen in sein Herz, die er verloren gab. Aber das Licht von den ersten Blumensteigen des Daseins leuchtet bis auf die andere Seite, und kein Leben kommt darüber hinweg.

Nun erfüllte das leidsüchtige Wesen der Husch sein Schaffen ...

Doris Rinkhaus hatte den Finger gehoben – er verstand ihn nicht. Und nun hatte er sein Herz an ein junges Gesicht vertrödelt, weil es lustig lachen konnte! Dies Herz hatte Sehnsucht nach einer kindhaften Fröhlichkeit gehabt, wie sie das Zinzilein ausgestrahlt hatte. Aber nach drei Tagen war der perlende Trunk abgestanden, und Huschs Veilchenstille, die an dem bißchen Schimmer blühte, der in die Winkel fiel – ach nein, die lockte ihn nicht, aber er war ihr dankbar.

So vergrübelte er sich und lief seiner Sehnsucht nach, und Minchen Herzlieb war ihm ganz aus den Gedanken gekommen. Da fing sie ihn sich wieder –

»Ach ja«, sagte er, »ich glaube, die meisten von Euch halten die Männer für Narren.«

»Vielleicht haben wir ein Recht dazu«, sagte sie schnippisch.

»Ihr macht Euch zu Blumen fürs Knopfloch. Es fehlt das eine, das nottut.«

Damit hatte er einen großen Stein vor sich auf den Weg gewälzt und mühte sich eine lange Rede hindurch damit herum. Er sprach von breiter, schöner Menschlichkeit, in die ein Mädchen schon hineinwachsen müßte, während der junge Mann auf dem Bauplatze für seinen künftigen Beruf Kärrnerarbeit verrichtet. Er redete von früherwachender Sinnlichkeit, die in Putzsucht geriete und zu der jämmerlichen Frauenhalbheit führe, die ebenso arrogant wie unfruchtbar wäre. Aber der Stein im Wege wollte nicht weichen, und der Herr Jakobus Sinsheimer, der sich so männlich-kraftvoll gebärdete, schritt doch immer nur mit einer mehr oder weniger höflichen Verbeugung um ihn herum.

Das merkte Minchen Herzlieb natürlich und sagte: »Du hast da eine wirre Sache auf mich losgelassen, mit der Du selbst nichts anzufangen weißt! Wenn Du mich wieder einmal sehen willst, so wirst Du mich ja wohl finden. Jetzt geh ich nach Hause; denn ich habe Hunger.«

Und das war eine ganz vernünftige Lösung. Der Glaube an ihre brauchbare Art war ihr nicht erschüttert worden – warum auch?

Sie ahnte, daß es in einem jungen Künstlerherzen so aussehen könnte. Es war das etwas anderes als bei einem Menschen, der mit dem Reisekoffer hineinfährt ins Leben, den ihm die Alten daheim gepackt haben. Aber die Verwirrung, die Jockele angerichtet hatte, blieb auch für sie undurchsichtig. Es kam ihr vor, als hätte sie sich an den Rand eines Abgrunds gewagt, an dem nicht spazieren zu gehen war nach der Mädchenweise:

Hüpft's Herz hinterm Mieder,
Wird's inwendig heiß.
Und Küsse sind Lieder,
Die man auswendig weiß.

Schon der Wanderweg durch das Webicht und das Wäldchen um Hases Ruhe war eine Strapaze gewesen, wie jene Viertelstunde auf dem Pferde, auf dem sie einmal im Zuckeltrab über einen Acker geritten war. Aber für solche Reisen ins Land der Liebe dankte sie ein- für allemal – dieser

Jockele hatte zuletzt Dinge geredet, die genau so aussahen, als mute er seinem Mädchen zu, daß es ihm im Kampfe gegen das Leben beistehen sollte … Dabei packte er dies Leben an ganz anderen Zipfeln an und tat, als ob es sich nach der zufriedenen und hergebrachten Art nicht anständig leben ließe. Er hatte seine Augen immer in Gegenden, in denen die netten Kleider und die tausend interessanten Dinge, die in der Stadt passieren, gar keiner Rede wert waren.

So dachte sie sich in eine lustig-wehmütige Befreiung hinein und daß sie nachmittags zur Anprobe bestellt wäre.

Für Jockele war sie Vergangenheit geworden. In tiefer Dankbarkeit gegen diesen Tag ging er hin und kaufte einen silbernen Armring. Den brachte er Husch mit.

Es war ein unbändiger Drang zur Klarheit in ihm. Er hatte mit Husch nie ein Wort von Liebe gesprochen, nie ein Wort über Gwendolin und Minchen Herzlieb. Das Gefühl, daß er ihr wunderlich ergebungsvolles Herz schonen müßte, hatte ihn gegen seine Art verschwiegen gemacht. Aber nun waren die Mädchen zu dritt um ihn gewesen, und die Freundschaft hatte die Liebe in der Narrenkappe aus dem Lande gejagt.

An diesem Tag schloß er Husch alle Türen und Fenster seines Herzens auf. Wenn einmal die Unordnung über ihn hereinbrach, daß er aus dem Hause floh – Huschs Hände vermochten Wunder zu tun; und so oft er heimkam, umarmte ihn wieder die liebe Stille und sonnige Sauberkeit. Sie sollte ihm auch über sein ungeratenes Herz hinweghelfen.

Es war ihm nicht katerjämmerlich zumute, aber er fühlte, daß er sich eine moralische Schlappe beigebracht hatte, und litt wieder einmal an sich selbst. Doch ging er aufrecht in der Kraft, die im Haus am Walde von Tante Veronikas Treue in heiliger Bewußtheit in ihn gepflanzt war, und sagte: »Wie kann sich ein so langer und tapferer Mensch so verplempern!«

Er ließ Wind und Feldfrische durch sein Herz laufen, atmete über dem großen Lüftungsfeste auf und sagte: »Es ist nicht zu glauben, wie einem ein so kleines, blankes Mädel das Haus verstauben kann!«

Darüber mußte auch Husch lachen. Sie teilte sich ihr bißchen laute Freude ein und lachte in jedem Monat einmal.

Erst hatte sie gedacht, dem Minchen wäre die alleswissende Gwendolin im Wege gewesen, und es hätte deshalb ein Zerwürfnis gegeben, das sie schon auf dem Heimgang ahnte, und sie war froh, daß sie nicht dabei zu sein brauchte. Nun erkannte sie aber: das war es nicht, und wunderte sich über die Maßen, daß er des frischen Mädchens mit den trällernden Augen so bald überdrüssig geworden war.

Er wunderte sich darüber eigentlich auch und deutete vor Husch immer wieder in grausamer Selbstentblößung auf den ›langen und tapferen Menschen‹, der so eigenwillig in seinem Schaffen und seinen Tagen stand und doch immer so auf das erste beste hinliebte, was ihm den Weg kreuzte.

Gleich Maria Reh, die eine kleine Ewigkeit älter war als er, war keine glückliche Wahl gewesen. Und so weiter. Aber zuletzt erteilte er seinem irrenden Herzen in Husch's Beisein eine lustige Generalabsolution und fand für jeden Irrtum eine Entschuldigung: Maria Reh war schon damals voll schöner Sommerreife gewesen, die nun in Ausdehnungen und Behaglichkeit hineinwuchs; Gwendolin hatte Stunden, in denen sie den lieben Gott besiegen konnte, aber sie litt an kurzem Gedächtnis; vor Erika Flucht war er nur bis zu einer dankerfüllten Verehrung gelangt – sie suchte nach Blumen auf späteren Feldern und liebte bis auf weiteres über das Zeitliche dahin. Aber sie hatte ihn doch ein großes Stück Weges geführt ...

So stellte er jede, die zu dem Kapitel ›Jockele und die Mädchen‹ gehörte, an diesem Nachmittag in dem kleinen Haus im Pflaumenwinkel auf. – Doris Rinkhaus kam zuletzt und weitab von den anderen. Er sagte außer ihrem Namen kein Wort von ihr; denn er wußte: er hätte Husch an das Geranienfenster Paulinens im Liszthaus setzen können, während er mit Minchen Herzlieb das Verbrüderungsfest feierte – Husch hätte ihn deshalb nicht scheel angesehen; aber sie geriet an die Qualen des höllischen Feuers, wenn das Bild der blonden Doris in die Zweieinsamkeit ihres Hauses trat, und sie gönnte ihren Augen nicht, daß sie eine Studie Jockeles betrachtete. Darum: als die Reihe an Doris Rinkhaus kam, entwischte Husch mit ihm in die ferne, ferne Zeit und leitete ihn zu klugen und besinnlichen Reden über die Mädchen des Frühlingshauses.

Dabei merkte er, daß Tante Veronika über alle hinwegschien – heller, als er den lieben Glanz empfunden hatte, wie er noch mitten darin stand. Und sie wurden lustig an dem Mädchen Mali, die es fertig gebracht hatte, mit ihrem Singen alles in ewigkeitstiefe Abgründe zu schlagen, was ihm an Klängen in sein jauchzendes Zigeunerherz hineingeboren war.

Doris Rinkhaus war er seit Tagen ganz aus den Händen gefallen. Er hatte sie nicht mehr gesehen seit jener Stunde, in der sie ihn fragte: »Wo haben Sie Ihre waldwüchsige Zigeunergesundheit hingebracht?«

Aber das war schon immer so gewesen. Sie drängte sich nicht in seine Angelegenheiten und war immer ganz unsichtbar, wenn er sein Herz auf Abenteuer schickte. Es war, als hätten sie drüben im Gartenhaus ein Barometer, das den Druck der Atmosphäre auf dies Herz mit verräterischer Genauigkeit anzeigte. Doris Rinkhaus schloß beide Augen, wenn sie merkte, daß er wieder einmal in eine blutjunge Geschichte hineinsegelte, aus der er sich doch alsbald rettete.

So behütete sie ihn, daß er vor ihr rot werden mußte. Auch den Faschingsritt hatte sie mit einem lachenden und einem trauernden Auge betrachtet – solche Dinge lagen ihr nun einmal nicht.

Im Sommer, wenn sie beide von der gleichen Stille der Baumwinkel eingesponnen wurden, hingen sie an den goldgeschmiedeten Lichtketten, die im Schattengarten umherlagen. Aber nun plätscherte ein langweiliger Februarregen in die Welt, und Maria Reh hatte aus der Stadt mitgebracht: Jakobus Sinsheimer wäre von der kleinen Person am Silberblick festgenommen worden.

Er selbst saß drüben in schöner Ahnungslosigkeit und dachte: es wäre fein, daß von dieser dreitägigen Haft nichts ruchbar geworden.

»Ich begreife Dich nicht«, sagte Maria Reh zu Do – »wie kannst Du darüber so vergnügt sein?«

»Du tust ja, als wärest Du mit ihm verheiratet!« lachte Do. »So hol' ihn herüber und laß ihn die Mädchen abschwören für alle Zeiten! Warum willst Du nun gerade diesen hübschen, langen Bengel zu einem Mönch machen? Na, und daß er nicht mehr in Dich versunken ist wie im Ibenheimer Waldmärchen – das sollte Dich doch nicht zur Beschließerin seines Herzens machen!«

Maria Reh kannte diese Reden. Sie waren die Vorläufer langer und schweigender Stunden, über die sie sich oft recht mühsam wieder zueinander fanden: »Du bist es dem Vertrauen der alten Dame schuldig, daß Du mal zu einem kleinen Familienrat reisest.«

Aber damit war sie gründlich abgefallen, und seitdem bekam sie verzweifelte Augen von diesem Liberalismus artigen Frauentums und knurrte sich in ein rebellisches Kopfschütteln über verrückte Erziehung hinein.

Einmal um diese Zeit griff sie sich Gwendolin und hatte eine lange, eindringliche Parkwanderung mit ihr. Der Regen war fort, ein kalter Nebel reifte durch die Bäume und strickte Netze aus Silber. Die Ilm rauchte, und die Baumläufer eilten geschäftig pochend über die alten Stämme und hatten ihre liebe Not, daß der Frühling unter dem weißen Glanze nicht wieder einschliefe.

Auf der Schunkelbrücke bei der Pappfabrik, als die Mädchen zur Belvederer Allee hinübersteuerten, wurde Gwendolin von ausgelassener Lustigkeit an Maria Rehs komischer Sorge – die Geschichte mit Minchen Herzlieb wäre ja nur eine kurze Novelle gewesen mit dem Titel ›Zwei glückliche Tage‹, und die Sache hätte mit dem Lustspiel eine verblüffende Ähnlichkeit: der erste Tag glücklich, weil er sie hatte, der zweite, weil er sie los wurde! Es wäre ein Lustspiel, das diese Sorte Mädchen in jedem Monat einmal als Heldinnen durchlebte!

Da geriet Maria Reh in harte Bedrängnis, rettete sich hinter Tante Veronika und tat, als wäre sie von ihr als Agentin der Sittenpolizei eingesetzt.

Aber Gwendolin ließ dafür ein verständnisloses und erschütterndes Lachen auf sie los.

Auf dem Heimweg ging Maria den Philosophenweg entlang durch die Kiefern nach dem Walle des alten Schießstandes und kämpfte dabei einen harten Kampf ums Recht. Weil sie erkannte, daß sie in dieser Gefahr für Jockele ganz allein sehende Augen behalten hätte und am Ausgange der Dinge triumphieren wollte, beschloß sie ein Tagebuch. Darin wollte sie sich alle Bitternis über den leichtsinnigen Verkehr Jockeles und die noch viel leichtsinnigere Beurteilung durch Doris Rinkhaus vom Herzen schreiben. Sie machte sich auch gleich einen Plan. Es sollte ausgiebig von Erziehung und Vererbung darin die Rede sein und von den Gefahren, die mütterliche Nachsicht über einen Menschen bringen könne. Und zuletzt – zuletzt würden die denkwürdigen Worte stehen: »Das war das Ende: es ist gekommen, wie ich vorausgesehen habe! Ein leuchtendes Talent ist zerbrochen am Zigeunertume des Herzens.«

So war Maria Reh durch eine närrische Rechthaberei viel zu früh auf den Distelrain der Altjüngferlichkeit gedrängt worden. Sie verfiel von Stund an in eine selbstquälerische Wachsamkeit. Und weil sie sich vor Doris Rinkhaus nicht verbergen konnte und doch vor Fragen verschont bleiben wollte, sagte sie ihr, was sie vorhätte. Aber sie stellte es so dar, als ob es sich um die Niederschrift von Erinnerungen aus dem Baumgarten handelte, die sie zur leidlich nutzbringenden Anwendung der langen Abende ersonnen habe.

So oft Doris Rinkhaus die emsige Feder über das Papier knirschen hörte, saß sie ohne die leiseste Anwandlung von Neugier über ihren Büchern. Sie dachte sich eine Darstellung der kleinen Ereignisse durch Maria Reh nicht sehr interessant; denn es fehlte der Scheinwerfer einer rotblütigen Lebensauffassung und rassiger Freude am Dasein.

Sie kamen darüber aber doch nicht selten ins Scherzen –

»Wo stehst Du jetzt?« fragte Do.

»Immer noch beim Sommer in Ibenheim!«

»Du bist ausführlich, Maria! Vergiß die Geschichte mit dem Druckknopf nicht – sie ist lehrreich.«

»Wie meinst Du das?«

»Nun, wenn Du mal Großtante geworden bist, so läßt sich dann durch Deinen verblühten Mund eine weise Nutzanwendung machen, etwa mit der Überschrift ›von der Niedertracht der leblosen Dinge‹.«

Aber sie war noch gar nicht bei dem Sommer in Ibenheim – die Zigeunergeschichte und das romantische Sterben von Jockeles Mutter, die Gartenhütte mit der aufgehängten Weltkugel, das Zinzilein, das gemalte Schmetterlingsbuch, Tante Veronika – – sie schätzte den Umfang auf drei dicke Bände. Und es war mühevoll, sich in die Seele eines Jungen hineinzudenken. Über die erste Schwärmerei, in der sie selbst doch mittendrein gestanden hatte, schrieb sie sich ein lästerliches Kopfweh. –

Nach dem Fasching, als Jockele dachte, er stünde längst wieder in schöner Sicherheit auf sich selbst, war er in erhöhtem Grade der Gegenstand des Interesses aller Malmädchen geworden. Es war, als hätten sie ihn über dem heimlichen Gelöbnis belauscht, das er sich auf einsamer Wanderung durch die märzlichen Felder gegeben: auf Dreitagemädchen sein Herz nicht mehr hinfliegen zu lassen.

Das kam daher, daß Jockele die wahre Größe seines Ruhms nicht ahnte – – Spitzenreiter! Es war kein Mädchen in Weimar, das nicht mindestens eine Handvoll verliebter Konfetti oder zwei Augen voll Wohlgefallen über ihn gewirbelt hatte! Dazu Husch, das hysterische Modell. Es ging die Sage, der Arme Heinrich sei dem Jockele auf dem Hainturm eingefallen, und zur selbigen Stunde hätte die Husch im

Gartenhaus am Horn schon einen verzückten Leidrausch bekommen
…

Die Phantasie ist das letzte Wunder, das der liebe Gott den Menschen gelassen hat, damit sie nicht voll Mißvergnügen an seiner Schöpfung werden. Wo sie ahnen, weil sie nicht wissen können, geben sie sich damit eine Zaubervorstellung.

Auch waren auf dem Wege durch die Menschen aus den dreihundert Mark für den Armen Heinrich dreitausend geworden. »Dreihundert, dreihundert!« riefen die Besonnenen, aber sie erschauerten dennoch bis ins Herz hinein vor dem großen Lichte, das an dem Künstlerhimmel im Aufgehen war.

Während sich die anderen noch schülermäßig in der Aktklasse mühten, warf er in der Einsamkeit seines Gartenhauses einen unerhörten Glanz in sein Modell und tat Wunder. Er hatte Minchen Herzlieb an der Straße stehen gelassen wie ein Gänseblümchen – aber was wollte dies alles besagen gegen das siebenfache Mirakel: die schöne, klare Doris Rinkhaus liebte ihn! Die Millionenerbin den Zigeunerjungen! Und sein wildes, geniales, strahlendes Wesen stürmte über sie hinweg und sah sie nicht! – So redeten die Leute in Weimar von ihm, und was zwischen diese leuchtenden Fäden hineingesponnen wurde, war nicht minder bunt und unterhaltsam. Und alles fand seine Bestätigung darin, daß just in dieser wundertätigen Zeit Jockele weniger denn je unter die Menschen ging. Er schwebte im Baumwinkel auf der Leiter und steckte bis über die Ohren im Tartarus. Wer neugierig war und auf dem hohen Wall des alten Schießstandes dahinwandelte, konnte ihn sehen.

Einmal kam Maria Reh aus der Akademie, warf die Lippen und erzählte Do: die Leute wüßten, daß sie an einer himmlischen Liebe zu Jo litte, die sich aber gar sehr nach Erde sehne …

Maria Reh spazierte also emsig vorwärts auf dem Distelraine, nahm zu an ofenhafter Ausdehnung und hatte sich schon in eine rechtschaffene Verbitterung hineingeschrieben.

»Eigentlich müßtest Du vor Vergnügen über diesen Klatsch wieder das springseilhüpfende Jungsein kriegen«, lachte Do, und sie lachte so lange, bis sie auch Maria Reh von der angenommenen Entrüstung geholfen hatte. –

Weimar hing nun ganz von Maienseligkeit – jawohl, auch der Frühling ist in Weimar voll inbrünstigerem Glück als anderswo; denn es rauschen die hellen Ewigkeiten darin um die klingenden Tore der Stadt.

Jockele wurde von Grün und Blühen in seliger Vergessenheit gefangen. Die Blüten fielen, und die große Gruppe aus dem Tartarus ward fertig.

Do, die oft einmal in den Baumwinkel gekommen war, wurde immer schweigsamer, und auch Maria Reh war nur mäßig beglückt.

»Er hat sich da an eine Sache gewagt, die noch über seine Kraft geht«, sagte sie eines Tages zu Doris Rinkhaus.

»Das wird ihm noch oft passieren«, sagte Do. Es klang hart und mitleidlos; und gleich darauf kam Jo selber und setzte sich zu den Mädchen an den Gartentisch. Er war versonnen und ließ seine Augen über die hohen Kastanienwipfel gehen – er hatte sich den Tag, an dem er die letzten Farbentupfen in das Bild setzte, anders gedacht. Maria Reh hatte sich fertig gemacht zu einem Ausgang –

»Kommen Sie mit – wir wollen Jakobus Sinsheimer suchen!« lachte sie.

Da lehnten sie die ›Gruppe aus dem Tartarus‹ gegen die Hauswand und gingen zu dritt in die Felder und redeten immerfort von dem Bilde. Do sagte:

»Es ist äußerlich geblieben im Empfinden. Sie sind über das hysterische Mädchen dazu gekommen; aber Ihre gesunde Art hat sich zuletzt nicht unterkriegen lassen – das ist es!«

Genau so hatte Do über den Armen Heinrich geurteilt, der ihm seinen ersten Ruhm eingetragen. Aber nun stand er doch mit gebrochenen Flügeln vor Do, und Marias scheue Zugeknöpftheit quälte ihn. Langsam fing er wieder an zu leuchten, und abends brachten sie ihn frohmütiger und mit neuen Plänen heim: er wollte die Tiefen und Schründe übermalen, die Figuren mit strahlendem Himmel umhängen und sie auf die Spitze eines Berges stellen, der im letzten Scheine des Abends lag. Dann sollte das Bild ›Schmerz‹ heißen.

Do hatte ihre Einwände; aber er ließ sie nicht an sich kommen, und die nächsten Tage fanden ihn wieder im Baumwinkel. Er legte Himmel über die Felsen; die Figuren blieben in ihrer Stellung, aber er verlieh den Gesichtern die stille Erhabenheit des Leides, das in die Nachbarschaft Gottes führt. Aus treibenden Wolken stieg ein umglühter Bergkegel hervor, wo zuerst die Abgründe des Tartarus gegähnt hatten.

Aber das selige Leuchten, das er in seinen Träumen gehabt, verlor sich dennoch über allem und ward Finsternis.

Als er am vierten Abende mit Do und Maria vor dem Bilde stand, die in diesen Tagen nicht gekommen waren, weil er sie darum gebeten hatte, legte sich ein schweres Schweigen auf ihn und die Mädchen. Das zerriß er mit einem gellen Auflachen; dann rannte er in den Schuppen und stürzte mit einem hocherhobenen Grabscheit heraus und schlug blindwütig auf die Leinwand ein, bis sie in bunten Fetzen herumlag, und der Rahmen krachend zusammensank.

Husch hörte im Hause das wilde Schlagen und Knattern des Holzes.

Sie stürzte heraus und warf sich über die Trümmer und achtete des niedersausenden Spatens nicht.

Darüber kam er zu sich, und er sah sie vor dem Haufen Fetzen knien, wie sie Doris Rinkhaus anstarrte.

Da schleuderte er das Grabscheit fort und lief in das Haus.

Husch aber schritt auf Do zu, die vor Maria stand, und streckte ihre Arme aus und war anzusehen, als käme sie aus dem Grabe.

»Sie sind es gewesen!« schrie sie Do ins Gesicht – »Sie haben ihn so von sich gebracht! Nun ist er wahnsinnig geworden.«

»Nein – *Sie* sind es gewesen!« sagte Do, und ihre Stimme zitterte zum ersten Male. Sie wandte sich ab und wollte zu Jakobus gehen und mit ihm reden. Aber Husch kam ihr zuvor und warf sich mit heiserem Schrei auf die Schwelle.

Da trat Jakobus heraus und gebot ihr, stille zu sein, und trug sie auf seinen Armen hinein. Er hatte Do und Maria einen Wink gegeben, daß sie in ihr Haus gehen sollten, er wollte später hinüberkommen.

Wie er Husch zu Bette gelegt hatte, schlug ein grimmiges Lachen aus ihm – zwanzigmal hatte er sie nun so auf sein Lager geschleppt und war voll Erbarmen mit ihr gewesen … nun dachte er, er hätte sich von ihrer krankhaften Art niedertreten lassen und hätte diese Wochen jauchzenden Mühens verloren wegen ihr. Und hätte sich selbst verloren.

Da warf er den Malkittel ab und ging hinüber in das Gartenhaus. Er hatte sich wieder fest in den Händen. Maria Reh war in das Nebenzimmer geflohen, als sie ihn kommen hörte.

»Es ist gut«, sagte er, »ich bin froh, daß ich so rasch gewesen bin!«

»Ich auch!« sagte Do. »Es war eine wilde Geschichte, aber es war ein kurzes Leid. Sie müssen nun zusehen, daß Sie die ›Gruppe aus dem

Tartarus‹ auch in Ihrem Kopfe zerschlagen können! Reisen Sie mit mir nach Ibenheim – mit mir ganz allein?«

»Wann?«

»Morgen?«

»Heut abend wäre es noch besser.«

»So reisen wir heute abend. Wie steht es mit Husch?«

»Sie schläft«, sagte Jo. »Aber diesmal ist es zu Ende zwischen mir und ihr! Wo ist Fräulein Reh?«

Da rief Do Maria herein –

»Bitte, gehen Sie zu Husch's Mutter«, sagte er, »und bringen Sie ihr diese fünfzig Mark. Ich kann das Mädchen nicht mehr um mich haben – ich kann nicht! Sie wissen, was Sie der Frau sagen werden. Und wenn Sie mehr Geld braucht, so soll sie später zu mir kommen, ich will ihr geben, was mir möglich ist; denn Husch ist leidender geworden durch mich, viel leidender. Ich hätte sie mehr schonen sollen.«

»Noch mehr?« fragte Do. »Sie hätten sie nach dem Armen Heinrich abschaffen müssen.«

In Maria Reh aber ging eine ungeheure Fülle von Lichtern an – es waren ihrer so viele, daß sie geblendet dazwischen umhertappte.

Zuerst wollte sie erkennen, daß Do nun doch an der himmlischen Liebe litte, die sie als einfältige Dichtung der Menschen belacht hatte. War Do in gut gespielter Gefrorenheit all die Zeit her nur zur Seite gestanden voll Erwartung, daß die Stunde ja kommen müßte, in der ihr diese ringende Jugend in die Hände fiel? Hatte man sie mit der Sendung zu Husch's Mutter betraut, damit die beiden schon bei den Vorbereitungen zur Reise unbeobachtet wären?

Es schoß Licht in rasenden Pfeilen um sie her und wurde doch nur langsam Tag.

Aber zuletzt ärgerte sie sich über ihr verwinkeltes Herz und begriff die Stunde als einen Sieg ihrer längst gehegten Überzeugungen.

Jockele ging hinüber, um sich zu der schnellen Abfahrt zu bereiten. Er traf Husch in den Tiefen ihres krankhaften Schlafes. Und als er so alle Dinge zusammenwarf, die er mitnehmen wollte, ward ihm doch bange vor der Zeit, in der ihre ordnenden Hände und ihre sorgende Stille nicht mehr um ihn wären. Einmal hatte sie gesagt, sie würde sich in den Tod hinüberschlafen, wenn er sie fortschickte …

Daran dachte er nun und sah immer einmal zu der Türe nach dem Kämmerchen; denn es war ihm, als müßte sie mit entgeisterten Augen und halb erstarrten Gliedern hereintreten und ihn fragen: »Was willst Du mit mir und Dir beginnen?«

Aber sie kam nicht, und er ging zu Maria Reh und sagte ihr, ob es nicht besser wäre, man ließe sie noch ein paar Tage kommen. Dann würde sie fragen, wo er hingegangen sei und was überhaupt geschehen wäre, und Maria Reh sollte in Ruhe mit ihr reden. Da wehrten die Mädchen beide ab und wunderten sich über die Macht, die dies krankhafte Wesen bis zuletzt über seine Kraft und Jugend behalten hatte.

Gegen Abend reisten sie ab.

Maria Reh schickte nach einem Arzte und besprach das ganze wunderliche Erleben mit ihm.

Zweimal hatte der Frühling um Ibenheim am Walde geblüht und hatte Jakobus vergeblich gesucht.

Nun stürzte der dem grünen Bergsommer mit ausgebreiteten Armen ans Herz.

Was war das für ein überschäumendes Jauchzen! Und was war das für ein Finden der alten Steige und durchsonnten Waldwinkel, die alle auf ihn gewartet hatten! Die Erde erschauerte, wo sein Fuß über sie schritt, und die blaue Seide der Lüfte flatterte, wenn sie an seine Stirne streifte. Der Sandbruch, um dessen Säume der Wind und die Herbstblätter gelaufen waren, und die gelben Wände, über die Regen und Sonne gegangen, aber kein Menschenfuß – das alles lag da als eine schlummernde Welt von Wundern. Und was die jubilierende, sinnende, träumende Jungenseele in Jahren hineingedichtet hatte, wurde wach und wandelte, wie es den Klang seiner Stimme hörte.

O Menschen, die Ihr in den Steinbrüchen der Städte jung gewesen seid, was ahnt Ihr von den atmenden Geheimnissen der Erde! Was wißt Ihr vom Glück! Und was wißt Ihr vom Himmel!

Und dann schlug die Gartenhütte ihre Augen auf. Da pendelte noch die geschwärzte Weltkugel, die einmal ein Behälter für Schokoladenpfennige gewesen war, und geriet in ein stürmische Schwingen. Da hingen die Kästen mit den Schmetterlingen, da war … es war alles da, was ein wundertätiges Jungenherz in Verstand und Unverstand als nötig zur Seligkeit erkannt hatte. Auch die Trümmer der Flugmaschine. Davor wurde Jockele besinnlich und sagte: »Die Trümmer eines Flugzeugs liegen auch in dem kleinen Haus am Horn – aber sie liegen wohl in allen Häusern!«

Ob Tante Veronika mit der schönen, blonden Doris Rinkhaus jemals oder gar schon an jenem Tag ihres ersten Zusammentreffens im Baumgarten am Horn einen Zweibund geschlossen – aus dem Gefühl einer Interessengemeinschaft an Jockele – ist nicht bekannt geworden. Es ist aber nicht anzunehmen; denn das Vertrauen der alten Dame zu ihrem Pflegesohne war unbegrenzt von Anbeginn und wollte so bleiben bis zu dem Augenblick, in dem es für Jockele ein so gleichgültiges Ding geworden wäre, daß er es zerbrach und ihr vor die Füße warf. Sie war mit klingendem Spiel in das Herz, in das tapfere, eigenwillige Herz Dos eingezogen, als sie in der Kriegszeit zu ihr sagte:
»Ich habe die Erziehung meines Jungen auf dies unbegrenzte Vertrauen gestellt, weil ich meine, es ist keine Grundlage sicherer, Eltern und Kinder in alles überwindender Zuneigung aneinanderzufesseln; denn die Bande des Bluts vermögen das nicht.«
Dies Wort war zu einer Offenbarung für Doris Rinkhaus geworden: man hatte in dem reichen Haus am Rhein über sie Beschlüsse gefaßt, für die sie mit List oder elterlicher Gewalt gewonnen werden sollte. Und sie war aufwieglerisch geworden. Die Bande des Bluts waren nicht zerrissen, aber die des Vertrauens wollte sie sich erkämpfen; darüber hatte sie das elterliche Haus verlassen, eine längst Mündige. Und sie wollte heimkehren, wenn ihr die Mündigkeit auch von Rechts und Gesetzes wegen zugesprochen sein würde. –
In ihrem Verhalten zu Jakobus war mancherlei Wandel eingetreten. Zuerst hatte sie ihn gesehen mit den Augen Maria Rehs: als den dunklen, blauäugigen Jungen, mit dem das Schicksal von der Schwelle des Lebens ab ein leuchtendes Spiel getrieben, und der aus seiner umblühten Waldjugend rein und schön und schwärmerisch vor das süßeste Geheimnis des Lebens geraten war. Er fragte nicht vorwitzig nach Dingen, die ihm nicht geziemten, sondern ließ die Sonne geahnter Wunder heimlich in sein Herz fallen, wie der Frühling fällt in das Herz des Waldes. Und erschauerte in Ahnung harrender Herrlichkeiten.
Danach tat er ihr selbst die Türen auf, und sie erkannte die Fülle und Leere der jungen Jahre in ihm. Das Haus am Walde ward offen für sie – von Stund an wußte Do, daß Maria Reh die Kunst der feinen Hände, die die Uhr seines Lebens geregelt, nicht erkannt hatte.

Tante Veronika meinte dies helle Jungenleben ganz anders als Maria Reh; denn Maria Reh war mit fünfundzwanzig Jahren eine Distelbäuerin, Tante Veronika aber hielt mit fünfundsechzig das Uhrwerk ihrer kleinen Welt unter einer Glocke aus Himmel und sorgte, daß kein Staub in das blanke Getriebe fiel. Dabei war sie aber immer lächelnd bereit, es auch einmal putzen zu müssen.

Wenn Do darüber nachdachte, was sie an Himmel und Erde zumeist bewunderte, so stand die freundliche Greisin mit den Scheiteln aus Silber ganz vorn. Und wenn sie sie fragte, wen sie unter allen Menschen zumeist liebe, so schritt Tante Veronika mit dem sanft wiegenden Spitzenumhang und dem Kapotthütchen mit den violetten Bändern, dem gelben Krückstock und dem ganzen sauberen Drum und Dran unter den Kastanien des durchsonnten Baumgartens daher und sagte: »Ist dies wohl das kleine Haus, in dem der Kunstschüler Jakobus Sinsheimer wohnt?«

Do ließ Fräulein Veronika an jenem Sommertage auf diese Frage hin auch gleich in ihr Herz spazieren; denn der Jakobus Sinsheimer hatte ja auch dort sein Kämmerchen gemietet.

Wie dann Gwendolin mit den dürstenden Sinnen über Jockele kam, ward ihm nicht gekündigt ... aber es hockte sich doch eine frauenhafte, wachsame Eifersucht vor alle Türen dieses Herzens und hatte den Finger immerfort auf dem Schellenknopf.

Darüber ärgerte sich Doris Rinkhaus, sandte Jockele eine Kriegserklärung und führte einen Kampf mit sich selber. Und weil sie auch in ihren Schlummer läuten hörte, reiste sie vor die bunten Tore des Bergwalds und wurde an Tante Veronika zu einer lächelnden Königin über sich selbst.

Maria Reh fuhr gleich das schwere Geschütz der Sittlichkeit auf, als Jockele in Huschs Nebelnetze fiel. Doris Rinkhaus ließ sich von ihr die ›leichtsinnige Lebensauffassung‹ vorwerfen und sagte: »Husch ist ein Irrtum, aber sie ist nur eine Gefahr für den Maler und nicht für den Menschen.« Und dann fand sie das leuchtende Wort, das für Maria Reh zu einem Stachel wurde: »Möchtest Du etwa die sein, an der er seine Jungmännlichkeit schleift?«

Maria Reh fand sich nicht in die Fernen des anderen Geschlechts, die so nahe sind, daß sie sich mit den Händen greifen lassen, aber ihre Rätsel doch nicht enthüllen; sie sticken den Himmel der Nächte mit Sternen und müssen ihn schön und ahnungsvoll erhalten in Ewigkeit.

Am zweiten Tage gingen Do und Jo miteinander auf den Steigen der Jugend. Da sagte Do zu ihm: »Sie müssen Tante Veronika verraten, daß Sie die ›Gruppe aus dem Tartarus‹ zu einer Art ›Berg der Seligkeiten‹ gemacht haben, und daß Sie dann einen Glauben bekamen, der auch diesen Berg zu versetzen vermochte.«

»Ja. Aber es ist grausam«, sagte er. »Ich habe ihr rauschende Briefe geschrieben und habe ihr gesagt, der ›Arme Heinrich‹ wäre nur ein sanftes, sentimentale Lied auf zwei Saiten; die ›Gruppe aus dem Tartarus‹ dagegen würde eine wilde Sinfonie des Schmerzes auf neuen, unerhörten Instrumenten sein.«

»Sie haben da kaum ein Wort zu viel gesagt«, scherzte Do, »denn sogar ein Grabscheit hat mitgespielt.«

»Mir ist heute, als würde ich nie wieder einen Pinsel anfassen! Wäre es nicht am besten gewesen, wenn ich auch die Farbentruhe mit zertrümmert hätte?«

Da horchte Do auf in den Tiefen ihres Herzens; denn in diesen geheimen Kammern lagen heiße und freudige Wünsche, vor denen sie selbst erschrak, wenn sie merkte, daß sie anfingen, sie zu bedrängen.

Damals, als sie ihn am Ufer der Ilm in Tiefurt fragte: »Was wissen Sie von Goethe?« damals hätte sie diese Pläne jubelnd und stürmisch vor ihm ausgebreitet.

Nun schritt einer neben ihr, vor dem sich ihr erblühtes Frauentum noch immer nicht zu wehren brauchte – diese ungeschlossene Kraft reichte nicht an sie heran – und vor dem es sich nicht beugen konnte … aber es schritten da ein Wille und eine Art, die das andere Geschlecht hatten, und die sie sich nicht zusammenzupacken getraute wie die des langen Jungen, der ihr vor Jahr und Tag aus dem Bergwald heraus in die Arme gelaufen war.

Wenn Maria Reh die letzten Worte Jockeles gehört hätte, wäre sie kampfwütig gegen Do geworden; denn es war ihr Stolz, daß sie dies Talent im Walde gefunden hatte, und so oft sie davon sprach, fing sie an, mit Rührung Goethe zu zitieren: von jenem Blümlein, das sie mit allen Wurzeln ausgegraben und in den Garten beim kleinen Haus gepflanzt habe. – Daß zuletzt doch der weiße Tod seine Hand im Spiele hatte und den Jungen jählings hinauswarf in die Welt, konnte sie nicht ganz in Abrede stellen, aber sie ließ sich ihren Entdeckerruhm darüber nicht schmälern.

Das gelang ihr um so leichter, als Jockele zwar seinen künstlerischen Eigensinn und seine technischen Unbeholfenheiten hatte – wer aber wollte die Keckheit besitzen und ihm sagen, daß er einer der vielzuvielen wäre, die einem Irrlicht ihres Herzens nachstürmten, das sie für die Fackel des Genius hielten? –

Nun, da das erste Wort von Jakobus selbst gesprochen worden, nun ward Do auf einmal bange, einem Quell nachzugraben, der am ersten heißen Tage wieder versiechen konnte.

Sie erschrak und sagte: »Bilden Sie sich denn ein, die Sterne lassen sich so vom Himmel holen, ohne daß Sie sich auf dem Wege über die blauem Berge einmal die Knie zerschürften? Oder wie haben Sie sich dies Pflücken der fernen Lichter gedacht?«

Er sagte: »Gedacht! Was denkt sich ein Junge unter dem Kampf um Glück und Ruhm eines Künstlers? Was denken sich die Menschen dabei? Und was selbst der Künstler? Man weiß, daß es ein Kampf war, wenn er Sieg wurde, und dann sagt man: dieser Kampf war Glück! Aber wenn er nie zum Siege führt, dann heißt er Künstlerelend, und sein Symbol ist der Schmachtriemen. – Ich bin nicht Narr genug gewesen, in diesem ersten fröhlichen Anlaufe rechts und links neben die Straße zu schauen; denn das sag' ich Ihnen: hätt' ich mich darüber ertappt – ich hätte mich dieser guten, sorglichen Mutter nicht einen Tag lang verborgen! Es hätte sich dann wohl auch ein anderer Weg gefunden; denn unter den Drängen meiner Thüringerwaldjahre stand der zur Malerei doch erst an zweiter Stelle, und vor Maria Reh kannte ich Tante Veronika und ihre Bücherei, kannte ich das Zinzilein und den Herrn Matthias Prinz und mich selber.«

Do kam ins Wundern – »Davon haben Sie mir nie ein Wort gesagt.«

»Ich hatte es wohl selbst vergessen«, sagte Jockele. »Was hat man überhaupt mit siebzehn Jahren für Augen! Aber nun, da ich mit dem Grabscheit auf mich losgehauen habe ...«, er blieb stehen und sah ihr lange und tief ins Herz ... »warum haben mir Zorn und Zufall ein Ding in die Hände gespielt, mit dem man in die Erde wühlt, was tot ist? ... Kommen Sie«, rief er und faßte sie an der Hand, »wir wollen jenen glückseligen grünen Waldjahren ein Opfer bringen – wir wollen pflanzenhaft und erdenselig sein, wie ich es damals gewesen bin mit Maria Reh!«

Da liefen sie in kindhafter Fröhlichkeit über den Waldgrund, der ganz warm war von dem Lichte, das den junglaubigen Bäumen aus den

Händen fiel, und sie warfen sich an einen Mooshang. Der war mit einem dünnen Schattennetze überstrickt; die hohen Stauden des Fingerhutes standen umher und hauchten aus den ersten offenen Blüten süßes Gift.

Do hatte diesen roten Zauber im Walde nie zuvor gesehen. Hinter ihnen reckte sich ein schlanker Buchenbestand mit glänzenden Stämmen, der hatte ein goldenes Dach. Vor ihnen trällerte ein fußbreites Bergwasser an einer Kiefernschonung dahin, und der frühe Sommer hatte ihm die Ränder zu bunten Wundern gesäumt.

Jockele stapfte in dem blühenden Glück der Heimaterde herum und brach einen Armvoll davon. Dann setzte er sich neben Do in das gebrochene Licht und suchte aus seinem Herzen hervor, was er dort in der ersten heißen Freude an der Welt zusammengetragen hatte. Da merkte er, daß die ganze Naturwissenschaft noch in feierlichster Ordnung war – selbst das Linnésche System; aber er warf in seiner Freude tiefe und schöne Gedanken über das trockene Rüstzeug der anderen Jahre. Da wurde ein lustiger Tempel aus lebendigen Blumen daraus. Er blätterte weiter in dem Buche des Glücks, das nun längst ganz oben auf dem Regale seiner Erinnerungen gestanden hatte – »Erde, heilige Erde!« rief er und drückte seine Lippen hin ins Moos. Und »Erde, heilige Erde!« rief er und schüttete alle Blüten über Do aus …

»Wann war das doch, wissen Sie – wie ich mit dem Grabscheit den Berg der Seligkeiten zerschlug?«

»Das ist schon sehr lange her«, sagte sie. –

Aber nun ging es doch wunderlich mit Doris Rinkhaus.

Wenn ihr jemand das Wort Schicksal zuwarf, so fing sie es mit hellem Lachen und spielte damit als mit einem goldenen Balle; dann ließ sie es fallen und sagte: »Ach was! Es gibt kein Schicksal!«

Wer das aus ihrem Munde hörte, stellte sich ihr entgegen und dachte: »Wie kann ein so kluges, klares Mädchen solch eine Lächerlichkeit reden!«

»Ich habe noch nie ein Schicksal gehabt«, sagte sie dann; »denn ich habe mein Leben immer nach meinem Willen gelenkt. Es waren Irrtümer da, und es lag Gelingen und Freude daneben – aber Schicksal? Nein und tausendmal nein! Wenn man wach ist, und wenn man stark ist, gibt es kein Schicksal. Aber jeder Tag wird dazu, der mit Händen voll Gaben an Dich herantritt, und Du fragst ihn nicht: was will das werden?«

Allein – es kommen Stunden mit geschlossenen Händen und ahnungsreichen Augen. Die sehen aus wie Sommerhimmel oder wie eine Nacht voll Sterne. Und der Mensch fällt diesen Stunden in die Arme und läßt sich tragen in Seligkeit und absetzen an einer Wegstelle – dünke sie ihn nun ein Paradies oder eine Wüste. Die Menschen sagen dann: »Ich bin an diese Stelle verschlagen worden – es ist das Schicksal.« Do sagte: »Das ist ein Irrtum; denn Ihr habt nichts getan, was Euch vor diesem Verschlagen behütet hätte. Ihr schlieft, oder Ihr ließet Euch tragen mit geschlossenen Augen, weil Ihr Euch einer frohen Hoffnung hingabt. Wo sind die Tage, die man nicht anders hätte leben können, wenn man gewollt hätte?«

Sie hatte einmal im Kampf um ihre Überzeugung gegen einen Jenenser Universitätsprofessor gestanden, der dem jungen Viktor von Scheffel sehr ähnlich war, und den sie gut leiden mochte. Zu ihm sagte sie: »Das Schicksal eines Menschen wächst im Quadrate der Abnahme seines Willens.« Und weil dieser Herr jung und Jurist war, debattierte er mit lachender Losgelassenheit auf sie hin. Er sagte: »Ich sollte Offizier werden und trat in die Armee und hatte blöde Augen. Da mußte ich aus einer gesicherten Überlieferung meines Geschlechts heraus zur Wissenschaft. Schicksal! Nicht ich, nicht mein Wille – meine Augen waren daran schuld, daß ich den Krieg gegen Rußland und Frankreich nicht als Kommandeur des dreizehnten Armeekorps mitmachte.«

Es war eine Stunde gewaltiger Heiterkeit für Do; denn der gescheiterte General bewies ihr ihr Recht – »Sie haben sich einer bunten Hoffnung an die Schürze gehängt«, lachte sie, »und haben Ihre Tauglichkeit zum Offizier schlecht erwogen – das nennen Sie nun Schicksal! Aber ich will Ihnen helfen; Sie hätten sich das wirklich leichter machen können: ein Granatsplitter, der die Tücke des Feindes zertrümmern sollte, zertrümmerte den Himmel Ihres Auges – das kann Schicksal sein. Es muß nicht; denn nicht alles, das nicht in Ihrem Willen liegt, darf in diesen Kasten gebracht werden.«

Auch brünstig atmender Waldgrund, berauschend küssende Sonne, jubilierende Blumen und trällernde Bäche, und was alles über eine himmelgesegnete Hochwaldstunde hinwegblüht als Ahnung, Wunsch und Sinnenseligkeit, kann Schicksal werden.

Es lauert an allen Ecken und wird nicht erkannt. Es vermag sich im Raum einer Stunde zehntausendmal zu verwandeln.

Jo lief wieder auf eine Entdeckungsreise.

Doris Rinkhaus versank in das warme Moos und flatterte ihren Wünschen nach. Sie dachte: »Soll ich mit dem Schicksal ein bißchen Verstecken spielen?«

Ihr Herz hatte auf einmal ganz wunderliche Meinungen und Anschläge und redete mit ihr: »Die Gwendolin hat er geküßt, und die Husch hat er geküßt – was ist das für ein bleiches nebelhaftes Wesen! Wegen Minchen Herzlieb ist er sogar in ein fremdes Haus gedrungen, und mit der behäbigen Maria Reh hat er seine rosenrote Himmelfahrt gehabt. Am Rhein sind die jungen Studenten in Schwärmen um mich geflogen – weil sie wußten, daß ich reich bin? Die Gwendolin hat einen Mund wie Feldmohn und hat lodernde Sinne ... Minchen Herzlieb hat tirilierende Augen und hat die Seidenbluse und das Röckchen voll Frühling ... Husch – na, Husch hat vielleicht die Seele einer Lilie, die sich als singende Sehnsucht über das närrische Herz eines Mannes tastet ... und Maria Reh lag als das Rätsel Weib in betörender Sonne und in den lustigen Halmen des Wachtelweizens – vielleicht hat sie auch ein bißchen gelockt: ›Junge, lieber Junge, komm und rat' mich!‹«

So hatte Do ihre Gedanken in das Blühen und Singen des Frühsommermorgens hineingelassen und sah ihnen nach – »Vor mich aber hat er noch nicht einmal seine Augen hingestellt, damit sie sagten: Do, Du bist auch hübsch, und Du gefällst mir doch eigentlich sehr.« ... Die Mädchen prickelten um seine vollen Sinne wie Sekt in einem neugefüllten Glase. »Warum prickelt er nicht um mich? Und wenn er gar einmal schäumte wie vor Gwendolin – man würde sich ja wohl helfen können ... Und wenn nicht? – Na ...«

Sie legte sich lang ins Moos und fühlte die warmen Hände der Sonne über ihre schlanken Glieder streichen. Es war süß und wohltätig. Sie bedeckte ihr Gesicht mit dem Sommerhute, der einen Kranz von kleinen, bunten, sehr lustigen Blumen hatte, aber gar nicht lärmend war, und schloß die Augen.

So hörte sie Jakobus zurückkommen und ganz leise gehen.

Er setzte sich neben sie, und sie wußte genau, daß er nicht dachte, sie wäre eingeschlafen. Warum ließ er sie so ruhig weiterspinnen an dem langen Faden ihrer Erwartung – warum prickelte er nicht?

Die Augen unter dem Hute taten sich auf, und sie hatte sich über eine lange, schöne Strecke Lebens hingedacht – – Jakobus war da immer neben ihr gewesen und lächelte zurück auf die ferne Zeit seines jugendlichen Irrtums, in der er auf der Leiter geschwebt und die ›Gruppe aus dem Tartarus‹ gemalt hatte; denn danach hatte er in Jena die Naturwissenschaften studiert und hatte sich durch ein keckes gelehrtes Kunststück den *Dr. phil.* erworben.

Nun war ihr, als müßte sie ihm den wachen Traum erzählen. Sollte sie ein bißchen Schicksal spielen, das in Gestalt eines Traumes durch ihren Schlummer gezogen sei? Konnte sie nicht wirklich eingeschlafen sein unter dem trauten Schirme des Hutes und unter den Zärtlichkeiten der Sonne?

Aber das war ein plumpes Wagnis; denn lustig und schön war der Traum doch nur deswegen, weil er sie so heiß, heiß lieb hatte und weil sie geholfen, ihm den Weg zu bahnen zur Hochschule und darüber hinaus.

Doris Rinkhaus war keine von denen, die einem schimmernden Wunsche nachlaufen und mitten im Jauchzen den Boden unter den Füßen verlieren und um Hilfe rufen. Wenn sie sich jetzt aufrichtete und ihm den Traum erzählte - mochte er nun im Wachen oder im Schlummer zu ihr gekommen sein - dann geschah es ihr wohl, daß sie in ein Paar sehr blaue, sehr schöne und sehr wehmütige Augen sah, und daß Jockele die Achseln zog und sagte: »Der Gedanke ist hell wie ein Märztag und wie Doris Rinkhaus selber. Aber wenn ich den Willen hätte und die Kraft, nachzuholen, was ich zu diesem Ziele brauche – wo wäre das Geld?« Dann könnte sie lächeln und sagen: »Na, Sie guter, ahnungsloser Junge, reden Sie doch keine Dummheiten! Wenn ich Sie auf den Weg gesetzt habe, werde ich natürlich auch für das bißchen Geld sorgen ...«

Es fiel nun wirklich eine tiefe Finsternis um sie, in der auch die klaren Sonnenbrünnlein, die durch das Flechtwerk des Hutes sickerten, ganz versiegt waren. Alles heimliche Glück war fort. Sie dachte den Traum zu Ende - aber nach dem Worte Geld erschütterte sie ein Herzbeben. Sie preßte den Hut fest auf ihr Gesicht und dachte: »Dann würde er vielleicht seine jubelnden Arme um mich werfen, oder er würde die wilde Art kriegen, in der er mit dem Grabscheit auf sich losschlug, und würde sagen: ›Wissen Sie, daß Sie sich damit den Jakobus Sinsheimer kaufen?‹« Seine jubelnden Arme oder dies kecke Wort - beides war in diesem Falle gleich gräßlich. Dieser letzte Gedanke schlug wild und häßlich durch sie hindurch. Sie richtete sich mit einem wilden Ruck empor –

»Was haben Sie da wieder zusammengetragen? Und warum rufen Sie mich nicht?«

»Haben Sie denn nicht geschlafen?« fragte er erstaunt.

»Ach, Unsinn«, sagte sie.

»Warum machen Sie solch ein verlorenes Gesicht?«

»Ich hatte mich in einen Gedanken verfitzt. Er war dumm und kindisch.«

Es lag nichts gefestigter in dem Wesen Dos als der Wille, sich das königliche Recht der Selbstbestimmung in allen Stücken zu wahren, zumeist in den Angelegenheiten des Herzens. Der Gedanke, daß sie sich verschachern könnte, hetzte ein ganzes Heer von Gespenstern auf sie.

Und es lag nicht minder in ihrer eigenwilligen Art, die nach keiner Seite hin eigensinnig oder gar verstockt war, sich den Platz an der Seite eines Mannes zu erkämpfen.

Sie wollte nicht ›genommen‹ sein, wie man ein Stück aus dem Schaufenster des Krämers ersteht. Sie haßte lärmende Kleider und Hüte. Sie haßte die im Schwunge stehende Ausstellung, der die Mädchen gemeinhin huldigen, und konnte bitter und verächtlich von ihrem Geschlechte reden, wenn sie in den Zeitungen das verzweifelte Lockmittel der Mitgift ausgestreut fand.

Ihre Empfindlichkeit in diesen Dingen wurde von niemandem verstanden. Am wenigsten von Maria Reh. Man kannte diese Empfindlichkeit auch in der Stadt. Es gingen da Gerüchte von ihrem überschwänglichen Reichtume, aber man wußte, daß sie sich jedem mädchenhaften Flirt gegenüber ablehnend verhielt. Daraus wuchs dann die Sage von der himmlischen Liebe zu Jakobus – Maria Reh war daran nicht schuldlos; denn Do war durchsichtig – wie denn starke Seelen alles Versteckspiel verschmähen – und sie hatte der Freundin nicht verborgen, daß sie den Gedanken als einen lieben Genossen träumerischer Stunden hätschelte: einen Mann durch sie zu einem Sieger des Lebens werden zu sehen.

Als Jakobus die lodernde Stunde hatte und das Feuer seines Zornes über sich und sein Werk dahinrasen ließ, weil er nicht hatte einlösen können, was ihm der Rausch eines schaffenden Glücks versprochen, da stand sie daneben und fiel ihm nicht in die Arme; denn ihr Herz bewunderte ihn und jauchzte ihm zu.

Und sie fühlte, daß sie unter den drei Mädchen, die um ihn gewesen waren, die einzige sei, die Seite an Seite mit ihm stand. Maria Reh lähmte dieser heilige Brand – sie sah Wut und Enttäuschung. Husch sah ein Unglück und ging unter in Mitleid. Aber Doris Rinkhaus erkannte den Sieger.

In jenem Augenblicke verschwieg sie sich Maria Reh; da hatten die Gedanken der Freundin freies Spiel, und sie erinnerte sich an Huschs krankhafte Furcht vor Do und sagte zu sich: »Dieses Mädchen sieht mit ihren wunderlichen Ahnungen in Fernen, die unseren hellen Augen verschlossen sind.« –

Nun streifte Do mit Jakobus durch die heimatlichen Wälder. Sie fühlte, wie ihm das Herz aufging in Frohsinn, aber sie quälte sich mit einem Glück, vor dem ihr bange ward. Darüber verlor sie ihre Durchsichtigkeit für Jo.

Sie kam in dem Kampfe mit sich selbst nicht zurecht; und vor dem einen – vor dem, was die zehntausend anderen für die einsamste Lösung gehalten hätten, prallte sie zurück.

»Überlaß es der Zeit!« beriet sie sich und ward eine Stunde lang ganz frei und sorglos. Dann ärgerte sie sich darüber und sagte: »Er hat davongelaufene Jahre einzuholen – ich werde zu einer Feindin an ihm, wenn ich nicht rede!«

Sie war nicht mit ihm gegangen, weil sie in den Wäldern von Ibenheim von ihm hören wollte: »Ich werde keinen Pinsel wieder anfassen!« Aber nun, da er es gesagt hatte, war sie ihren heimlichen Plänen näher denn je.

Sie wußte auch nicht, daß es zuletzt doch nur ihr überlegenes Alter und ihr geschlosseneres Menschentum waren, was ihm seine sanfte Scheu auferlegte. Er kam nicht zu dem Gefühle, daß er ihre Klugheit und klare Art beherrschte, wie es der Mann in ihm forderte – die anderen Mädchen hatten ihm gegeben, was er wollte, er hatte sie gleich in die Hände bekommen, wie er sie in den Sinnen hatte. Und Husch war gar in ihm untergegangen. Doris Rinkhaus aber hatte für ihn immer den Königsmantel um, auch wenn sie im Moose lag und die Zärtlichkeiten des Sommers empfand, als kämen sie ihr von seinen Händen und seinen Lippen. –

Sie hatten Sehnsucht nacheinander, wenn weiter nichts zwischen ihnen war als ein Streifen Sonne und Waldrauschen.

Diese Sehnsucht war für ihn fremd und schön und sah genau so aus wie jene, mit welcher er den Prinzessinnen der Märchen nachgeträumt hatte, die sich von vier Schimmeln mit blauen Federstützen auf den Köpfen in einem goldenen Wagen durch den Wald kutschieren ließen.

Und diese Sehnsucht war für sie ein ganz mädchenhaftes Wünschen nach junger Kraft und einem jubelnden Sieg über sie selbst.

Aber so oft sie dachte, daß ihre Lippen verräterisch rot aufblühen könnten, ward sie noch wachsamer; denn sie sagte sich:

»Wenn ich in diesem Kampf unterliege, komm' ich heim und habe seit zwei Jahren ein albernes Spiel mit mir und den Meinen getrieben ...«

Die Schablone des Durchschnitts konnte an diese beiden jungen Menschen gelegt werden so oder so – sie paßte nicht.

Sie waren voll von den Drängen der Frühlingserde, aber sie streiften mit den Spitzen ihrer Finger die Säume eines Himmels, den sie über sich gewölbt hatten in ihrer reichen und glaubensvollen Jugend. – Und zuletzt hatte sich Doris Rinkhaus doch in einen edlen Trotz des Herzens hineingelebt, der für Jakobus eine fremde, unnahbare Herrlichkeit war – er hatte für ihn um kein Mädchenherz gelegen. –

So führten sie ihre Sehnsüchte spazieren im sommerstillen Bergwalde. Eins lief dem Herzen des anderen nach, und sie kamen sich doch nicht näher.

Sie wanderten den weiten Weg zum Forsthaus an der Hörsel und fanden Matthias Prinz und das Zinzilein und das Kleine, dem der Kopf von hellgelben Haarringlein umweht war. Es hieß Maria und konnte sein junges Lachen schlagen wie ein Buchfink.

Sie kehrten zurück in das Haus vorm Walde und hatten die Herzen voll Frohmut. Das Zinzilein war eine schlanke, junge Jägersfrau, war voll Waldfrische wie einst und suchte nach Geheimnissen an diesen beiden, wie sie nach Geheimnissen an Jockele gesucht hatte, als seine Augen voll erster heißer und seliger Ahnungen waren. Die Herzen im Jagdhause jubilierten hinter dem Zaun ihres Glücks, aber das war ein anderes Glück, als es die hochgemuten Träume suchen, die ausziehn, zu erobern.

An diesem Abende rettete sich Do zu Tante Veronika.

Jakobus war bei dem Pastor, mit dem er die Leiden und Freuden des zweiten lateinischen Übersetzungsbuches, der Musterstücke aus lateinischen Klassikern und des Gallischen Krieges, durchlebt hatte.

Tante Veronika hatte gefaßt den Bericht von der wilden Stunde im Baumwinkel angehört, dazu die lange Geschichte, die vom Tartarus bis zum Berge der Seligkeiten reichte; und sie wäre noch gefaßter gewesen, wenn ihr das Reich der Kunst, in dem Jockele ein Bürger sein wollte, nicht nur aus ferner genießender Betrachtung bekannt geworden wäre.

Nun, als sie hinter der blauen Sommernacht und den sachte wehenden Vorhängen saßen, brachte Veronika wieder die Rede darauf. Es lag ihr daran, den Jungen glücklich zu sehen. Und Doris Rinkhaus ward ganz freudig in ihrem Bekenntnisse von dem Eifer, mit dem Jakobus in seinen Tagen gestanden hatte –

»Er ist weiter gekommen als alle, die gleichalterig mit ihm sind«, sagte sie, »aber ich halte es doch nicht für richtig, ihm nicht wenigstens einen anderen Weg zu *zeigen*. Dieser Weg ist nicht leichter und nicht schwerer, und doch scheint mir, als würde er durch die Wissenschaft, durch die Tore einer Universität hindurch zu reinerer Befriedigung gelangen, als sie ihm die Malerei jemals gewähren wird. Er hat ja darin gestanden, und er kann sich an jedem Tage zu ihr zurückfinden, wenn er zu der Erkenntnis kommt, daß es so am besten für ihn wäre.«

Doris Rinkhaus ging da auf einem Pfade, an dessen Seiten sie alles Gestrüpp längst fortgeräumt hatte, und schritt ganz in Klarheit und Freude.

»Er sollte die Naturwissenschaften studieren«, sagte sie, »und könnte damit vielleicht nach einem Jahre der Vorbereitung anfangen. Läßt er dies Jahr jetzt verstreichen oder eine noch längere Zeit, so verschlägt er sich alle anderen Straßen ins Leben.«

Sie erinnerte Tante Veronika an die äußeren Vorgänge, die ihn in die Akademie geführt hatten. Sie kannten auch beide seine Neigungen viel zu gut, als daß sie einander nicht mit gesteigerter Hellhörigkeit in die Herzen gelauscht hätten. Doris Rinkhaus ward leuchtend und umschien Tante Veronika als ein warmer Sommerhimmel.

Auf einmal schob sie den blauen Vorhang der Nacht zurück, kniete der alten Dame zu Füßen und legte ihr die Hände in den Schoß –

»Liebste Tante Veronika«, sagte sie, »schwören Sie mir, daß Sie ihm nichts von allem verraten, was ich Ihnen nun sage! Sie brauchen mir meinen Wunsch ja nicht zu erfüllen, aber schweigen müssen Sie; denn ich erbitte nichts für mich von Ihnen und von ihm!«

Da gelobte ihr Fräulein Sinsheimer, daß sie ihre Worte als unverbrüchliches Geheimnis bewahren wollte.

Und Do sagte: »Heißen Sie ihn diesen Weg gehen, und lassen Sie mich alle Kosten bestreiten! ... Das ist es, wovon er nichts erfahren darf, bis ich es ihm selber sage – – Himmel, was ist mir dies Wort so schwer geworden!« sagte sie und atmete tief, »denn ich weiß, ich dränge mich damit in Sie hinein – Sie könnten auch meinen: ich dränge mich zwischen Sie und ihn. Aber nun, da es gesprochen ist, nun kann ich mir das Herz freireden! ... Ich glaube, Jockele würde nicht glücklich werden als Maler. Ich habe ihn viel froher, ja ich habe ihn ganz verwandelt gesehen vor der Natur und in dem Eifer, der in diesen Tagen aus der andern Zeit über ihn gekommen ist. Ich denke mir die Sache so: schalten wir drei Jahre der Studien in sein junges Leben, so bereichern wir ihn, und er wird dieser Jahre gedenken als einer stolzen Zeit, auch wenn er zu der Erkenntnis käme, daß er im Reiche der Kunst ein König hätte werden können. Dann mag er alles wieder aufnehmen, was einst sein war; denn von dem einmal eroberten Felde verliert er keinen Fußbreit Erde; aber das neue Land müßte für ihn versinken, wenn Sie ihn nicht jetzt auf die Wege in dies Land leiten.«

»Haben Sie schon mit ihm darüber geredet?« fragte Veronika.

»Nein«, sagte sie, »ich habe aber alles mit mir erwogen seit jener Stunde, in der ich ihn im Baumwinkel die große Leinwand begeistert aufrichten sah.«

»Sie wußten also, daß es damit nichts werden würde?«

»Nein – ich fürchtete es nur. Es hat nichts zu bedeuten. Enttäuschungen, wie sie am Wege wachsen und wie sie auf eine stürmische talentvolle Jugend an allen Enden warten! Es hat sicherlich nichts zu bedeuten«, beruhigte sie.

»Warum wollen Sie ihm das nicht alles selber so schön und glücklich sagen?« forschte Veronika.

Da senkte Do ihre Stirn auf die Knie der alten Frau und sagte: »Ich kann es ja nicht! Er würde mich auch an Sie weisen, weil ich ihm nicht verraten darf, daß ich ihm die Mittel dazu anbiete. Oder er würde sich vorkommen als ein Ding, mit dem ich Versuche machen will, weil ich es mir so in mein närrisches, eigenwilliges Herz gesetzt habe; und er könnte aufwieglerisch werden und sagen: Probieren Sie das mit einem anderen oder mit sich selbst!« Da merkte sie, daß sie um die Sache klug und eindringlich herumredete ... »Ach Gott«, sagte sie, »ich müßte Ihnen da wohl noch etwas erzählen, aber Sie wollen es nicht wissen; denn Sie fühlen, daß ich dafür keine Worte finde!« Dann richtete sie sich auf und trat wieder hinter den blauen Vorhang der Nacht: »Denken Sie so: was ich selbst bei meinen Eltern niemals durchzusetzen vermochte, und was ich auch nicht mehr wollte, als ich älter geworden war, das möchte ich nun an Ihrem Sohne zur Tat werden sehen! Ich hoffe, es wird ein großes Glück – hätte ich sonst zu Ihnen davon geredet?«

In den nächsten Tagen war sie oft mit Veronika allein. Veronika sagte: »Ich bin über die Jahre hinaus, in denen man sich in rauchende Begeisterung sinnt, und ich liebe ein klares und richtiges Sehen. Ich will mit Jakobus sprechen – nein, wir beide wollen mit ihm sprechen; denn Sie sollen sehen, wie er den Gedanken erfaßt. Aber das kann ich Ihnen schon sagen: ich gehe in großer Freude mit Ihnen; denn ich habe mich oft gefragt, ob ich in allen Stücken richtig mit dieser Jungenjugend verfahren bin.«

So wurden sie sich über alles einig. Und am vierten Tage danach, zur Teestunde, baute Tante Veronika sicher und umsichtig den Plan vor ihm auf. Es konnte natürlich kein Geheimnis daraus gemacht werden, von welcher Seite er kam.

Da jubelte Jockele nicht, und er war nicht betrübt, sondern blieb in allerschönster Ordnung und fragte besinnlich: wie es denn mit dem Gelde wäre?

»Sie würde dafür sorgen«, sagte Tante Veronika.

Da sagte er: »Es ist ein sehr weiter Weg, aber er ist verlockend, und Du hast ein großes Vertrauen zu mir.«

Dann ging er hinüber in die Gartenhütte und blieb dort allein bis zur Stunde des Nachtmahls.

Was sollte das heißen? Das kleine blühende Waldmädel hatte zuerst zu ihm gesagt: »Du mußt ein Naturforscher werden.« Und nun wachte dies Wort eines Kindes noch in dem alten, lieben Haus und durchlief als Echo alle Winkel und Herzen. Und Doris Rinkhaus, die ihr Leben so fest in den Händen hielt, fing den silbernen Ball und warf ihn ihm zu. Wollte sie damit sagen: »Jakobus Sinsheimer, haben Sie denn an der ›Gruppe aus dem Tartarus‹ nicht erkannt, daß Ihre Kunst bankrott ist?« Wollte man ihm die Einsicht Dos verheimlichen und ihn schonen? Oder dachten sie, daß er durch sein wurzelgründiges Verfahren im Baumwinkel diesen Bankrott selbst angesagt hätte und nun nicht mehr wüßte, wohin er sich wenden sollte? ... Wenn er wirklich einmal zu der Erkenntnis käme, daß er damals Maria Reh in einen Irrtum hinein gefolgt sei, in den ihn der Jammer jenes fremden Sterbens im Winterwalde gedrängt hatte – was dann?

Nun, dann mußte er doch noch von neuem zu lernen anfangen, um sich eine Stellung im Leben zu erkämpfen, vielleicht einen mühseligen, armen Posten.

Es war zum zweiten Male, daß er so ans Rechnen geriet. Einst, wenn Tante Veronika die Augen schloß, mußte er sie beerben. Er hatte sich nie um ihre Vermögensverhältnisse gekümmert, Wenn sie ihren kleinen Schatz seinetwegen in diesen letzten Jahren ihres Lebens verringerte, wenn sie in jedem Monate davon nahm, um ihm zu geben – konnte sie ihn nicht eines Tages rufen und zu ihm sagen: »Jakobus, Du mußt nun auf Dir selbst stehen; denn alle Güte und Liebe einer Greisin kann die kleine Truhe nicht mehr mit Gold füllen. Ich habe Dir alles gegeben, was ich hatte, bis auf den kargen Rest, an dem ich mich ins Grab leben muß.«

Was dann?

Sie hatte ihm gesagt, für fünf oder sechs Jahre, und – wenn er mit dem auskommen könnte, was sie für ihn bestimmt hatte – wohl auch noch für länger, wollte sie mit dankbarer Freude für ihn sorgen.

Aber was dann?

Mit dieser Frage in den Augen erschien er beim Nachtmahle.

... »Ich habe wohl ein bißchen in den Tag hinein gelebt«, sagte er; »ich weiß nicht, ob nach der Art der vielen oder nach meiner eigenen. Es schadet nicht, wenn ich besinnlicher werde.«

Er redete das aus einer Versonnenheit des Herzens heraus, in die er in der Gartenhütte geraten war, und es klang, als hätte er ganz vergessen, daß die Frauen mit ihm zu Tische saßen.

»Es ist aber ein wunderlicher Kram, wenn einer sich schieben läßt aus der einen Sache in die andere. Das darf nicht sein, wenn er nahe an die Zwanzig gerückt und ein so langer, gesunder Mensch ist, der schon einmal ein Galeriestück, ein Monumentalgemälde verpatzt hat ...«

Darüber wachte er auf und lachte.

»Du sollst gar nicht geschoben werden«, sagte Tante Veronika.

»Ich habe das auch nicht so gemeint«, sagte er und hatte seine hellen Augen wieder. »Ich reise morgen früh nach Weimar und will zusehen, wie man so etwas eigentlich macht. Es ist eine feine Sache, meine Damen«, scherzte er, »aber sie ist für den, der sie angreifen möchte, doch etwas ganz Ungeheuerliches. Heute früh sagte ich noch: ich habe einen solchen Haufen Naturwissenschaft im Kopfe, daß ich mich wundere, wohin das alles über dem Armen Heinrich und dem Tartarus und den Stößen von Akten und Landschaften gekommen war. Ich habe auch gedacht, es ließen sich drei dicke Bände damit füllen – aber nun, da ich nicht mehr damit spielen soll, ist auf einmal nichts Gescheites mehr vorhanden ...« Er verfiel wieder in das Alleinsein – »Jakobus Sinsheimer, Du sollst Student werden! Du Waldjunge, Du Schmetterlingsjäger, Du Stein- und Pflanzensammler, Du Zigeunerfindling sollst an die Türen der Hochschule klopfen und Einlaß fordern! ... Es sitzt da einer an seinem Tische und fragt: Auf welchem Gymnasium waren Sie?«

»Auf keinem.«

»Wo haben Sie Ihre Zeugnisse?«

»Es sind keine da.«

»Na, zum Teufel, was haben Sie denn überhaupt für eine Vorbildung?«

»Ich habe meinen Armen Heinrich verkauft. Ich habe eine Gruppe aus dem Tartarus zerhauen. Ich kann die Klassen des Linnéschen Systems seit vier Jahren vor- und rückwärts aufsagen. Ich weiß etwas von den Wundern des Radiolarienschlammes und von den vier Klassen der Grundformen bei den Organismen. Ich weiß ...«

Und der Mann an dem Tische sagte: »Damit können Sie sich allenfalls ein paar Kollegs – nicht ohne Nutzen für sich selbst – schinden, wenn Sie sehr viel Zeit haben. Aber keine noch so verliebte Thüringerwaldfreude ersetzt Ihnen die mangelnde Matura, junger Mann ...«

Doris Rinkhaus und Tante Veronika aßen in frohem Zuhören darauf los. Auch Jockele kam über seinem neunzehnjährigen Appetit nicht dazu, dieses Selbstgespräch als prasselndes Feuerwerk steigen zu lassen. Er redete mit langen Unterbrechungen.

Seit seinem achtzehnten Auffindungstage nannte er sich mit Stolz neunzehnjährig, und er hatte sich seit seinem Hiersein oft von Tante Veronikas großem Schrankspiegel bestätigen lassen, daß sein hoher, geschlossener Aufbau mit gutem Recht Ansprüche auf Dreiundzwanzig geltend machen könnte. Er hatte sich auf dem Gang in den Tartarus ein Rasiermesser angeschafft, dem der Schnurrbart zwar noch bis auf weiteres zum Opfer fiel. Aber vor den Ohren hatte er sich kecke Kotelettchen stehen lassen, die ihm seine Mannhaftigkeit hinreichend bezeugten.

Dem jungen Zigeunertume, das immer ein bißchen ungewaschen daherschreitet, und das den Robespierrekragen und den in der Hand getragenen Hut sowie ein durch mancherlei Äußerlichkeiten betontes Wesen als zur ›richtigen Genialität‹ gehörig betrachtete, war er geschmackvoll aus dem Wege gegangen.

Er huldigte von Tante Veronika her dem lästerlich zur Schau getragenen Glauben, daß ein zweimaliges Vollbad in der Woche dem Menschen genau so nötig wäre wie jedem Tage ein noch so bescheidenes warmes Essen.

Einmal hatte er sich in einem Ringe junger Maler zu der rauchenden Auflehnung verstiegen: es wäre eine brüchige Weisheit geworden: ›Sage mir, mit wem Du umgehst, so will ich Dir sagen, wer Du bist‹ – es müßte heißen: ›Sage mir, wie oft Du badest, so will ich Dir sagen, was Du wirst‹. – Er hatte wenig Verständnis mit dieser unerhört rebellischen Anschauung gefunden.

Als er alle großen Steine mit Sorgfalt auf den Weg gefahren, erklärte ihm Do: sie hätte mit Tante Veronika vereinbart, den Sommer über im Frühlingshause zu wohnen; denn es liefen so viele und so glänzende Fäden aus dem älteren Herzen in das junge, daß sie eine sehr schöne und reiche Zeit vor den Toren des Waldes genießen wollte.

»Sie scheinen diesen Tag mit Neuigkeiten angefüllt zu haben bis zum Rande«, sagte Jockele und sah sie lange an.

»Den Winter über reise ich vielleicht nach Bonn, oder ich bleibe in Weimar – ich weiß das noch nicht. Ich will aber meine Wohnung im Gartenhaus am Horn nicht aufgeben.«

»So!« sagte Jockele und setzte das kleine Wort hin wie ein Siegel. Er war horchend geworden – »Ist das etwa, weil ich gedacht habe, ein so langer und so alter Mensch dürfe sich nicht aus einer Sache in die andere schieben lassen?«

»Nein«, sagte sie.

»Dann werde ich sehr einsam sein.«

»Wissen Sie, daß wir uns im Baumgarten oft wochenlang kaum gesehen haben?«

»Es ist wahr«, sagte er – »in Zeiten, in denen ich sehr fleißig gewesen bin.«

Am andern Morgen reiste er nach Weimar. Als er unter den Kastanien durch den Garten schritt, sah ihn Maria Reh kommen und lief ihm entgegen.

»Wie steht es mit Husch?« fragte er.

»Der Arzt hat sie in eine Nervenheilanstalt geschickt«, sagte sie; »er erklärte für ausgeschlossen, daß sie je wieder in Ihre Dienste träte. Sie haben einen ganz wilden Einfluß auf dies Mädchen gehabt und haben Sie physisch und seelisch zerbrochen.«

»Ich habe gar nichts dazu getan«, sagte er; »aber vielleicht wäre ich ihr Schicksal geworden.«

»Das ist die selbstsüchtige, harte Männerart – ›ich habe gar nichts dazu getan!‹ Hätten Sie sie früher fortgeschickt! Nun müssen Sie doch auch ohne das arme Geschöpf auskommen.«

»Nun! Nun ist das ganz etwas anderes.«

Er ging mit ihr durch sein kleines Haus – »Husch ist wirklich nicht mehr darin!« sagte er, »das haben nicht ihre Hände getan!«

»Nein, ich selbst habe ein bißchen Ordnung geschafft.«

Dann ging er mit ihr durch den Garten und setzte sich an den Tisch mit der machtvollen Bank, die am Südzaune steht, und erzählte ihr, wie es mit Do und mit ihm wäre.

Maria Reh fand das unerhört. Sie faßte den Plan als einen ganz persönlichen Kampf Dos gegen sie auf, so, als ob sich Do ärgerte, weil Maria Reh Jakobus aus dem Bergwald in die Akademie gebracht hatte … »Nun will sie mich übertrumpfen und will Sie in die Universität führen!«

Sie sagte das, als hätte sie einen Stengel Wolfsmilch zwischen den Zähnen.

»Die Sache sieht also genau so aus, als würde ich zum drittenmal in die Schule gebracht«, lachte Jockele, »zuerst von Tante Veronika, dann von Maria Reh, zuletzt von Doris Rinkhaus … Aber dies dritte Mal findet Jakobus Sinsheimer seinen Weg allein.«

»Sie denken überhaupt daran, ihn zu gehen?«

Er zog die Achseln – »Es läßt sich doch nicht so ohne weiteres von der Hand weisen. Einstweilen: auf gute Nachbarschaft, liebe Maria!«

Sie schlug herzhaft in die dargebotene Rechte; und wie er sich abwandte, rief sie ihm nach: »Auf gute Nachbarschaft – bis Sie sich selbst untreu werden!«

In die Akademie kam er in den folgenden Tagen nicht. Er war wieder einmal innerlich zerrissen. Sein Häuschen war bis unter das Dach voll von der anderen Zeit. Im Schuppen lag der zertrümmerte Berg der Seligkeiten – es waren Leinwandfetzen voll blutrotem Leuchten dabei, das er damals mit erschauernder Hand aus dem innersten Herzen Gottes heraus gemalt hatte.

Er wollte mit Gwendolin reden. Aber er suchte sie dann doch nicht. Warum auch? Daheim hatte er so selbstbewußte Worte gehabt, nun fastete er seine Seele durch eine verlorene Stille und wußte nicht, was das werden sollte.

Aber eines Tages saß er im Zuge nach Jena – es jährte sich nun, daß ihn Gwendolin so hart auf den Rand des Lebens aufgeklopft hatte – und eine Stunde später stand er im Zimmer Ernst Haeckels.

Es war die Stunde, von der er später nicht wußte, woher er den Mut genommen hatte, sie zu erleben.

Der greise Professor war nicht mehr im Amte. Er saß in seinem Lehnstuhl und schaute ihn aus seinen gütigen, hellen Augen an und ließ sich erzählen, wie es um diesen Jockele stand. Dann wurde ein Gespräch geführt, welches jenem nicht unähnlich war, das sich über dem Nachtmahl am Tische zu Ibenheim ereignet hatte.

Er sagte dem alten Herrn manches kluge und gute Wort – es muß verraten werden, daß er in diesen Tagen Goethes naturwissenschaftliche Schriften gelesen hatte und an Haeckels ›Kunstformen der Natur‹ betriebsam herangetreten war, damit er die Fahrt in das neue Land wohl ausgerüstet anträte.

Eine Stunde mit einem bedeutenden Menschen verbracht, bleibt lebendig bis an die Pforten des Todes. Eine Stunde, die das Licht eines großen Mannes durchstrahlt, wandelt sich für sehnsüchtige Hände zu einer Wunderlampe – Türen der Finsternis springen vor ihr auf und werden Glanz, Schlacken werden Brand und Steine fangen vor ihr an zu blühen …

Als er wieder auf der Straße stand, fand er den Erobererschritt aus der Gegend des Tartarus. Er fühlte Flügel, wo er die Arme trug, und es war wieder eine Fackel in seiner Hand – just wie damals, als er der Welt das neue Licht zu bringen hatte.

An diesem Abende saß er nicht über den Naturwissenschaften. Er schrieb einen Brief nach Ibenheim, der war stolz und mutig, aber er hütete sich doch vor Flügen, die ihm – so nahe dem Baumwinkel und den Trümmern des Berges der Seligkeiten – ihre Gefahren hatten. Doris Rinkhaus mit den sichtigen Augen würde diesen Brief auch lesen, und sie war Zeuge seines jammervollen Absturzes gewesen.

Darum wog er jedes Wort und setzte es hin, als verschriebe er dem anderen seine Seele: »Ich will nun doch nicht mit beiden Füßen in das tiefe Meer springen, das sich vor mir aufgetan hat. Ich sehe unter den Rändern des fernen Himmels einen Saum, der vielleicht nur eine Spiegelung der Luft ist, aber es kann auch eine neue Welt sein. Ich will ruhig meines Weges fahren ... Es muß nicht die Matura sein, es geht auch mit dem Einjährigenzeugnis der Kunstschule, es geht zwar nur bis zur kleinen Matrikel – aber wenn dann der Maler den Studierenden der Naturwissenschaften nicht aus dem Felde geschlagen hat, wird es ja wohl auch weiter gehen. Im Oktober hol' ich mir die Berechtigung zum einjährig-freiwilligen Militärdienst ...«

Es war ein langer und klarer Brief, klar bis zur Schwunglosigkeit. Er verbarg das Glück an dem gefundenen Wege nicht, aber der Tartarus war zu nahe, und die vielen Pinsel in der alten Blumenvase mahnten zu einer höchst gemäßigten Begeisterung. –

Ein Mensch von tüchtiger Art gerät in Irrtümer und kann darüber mit sich und der Welt zerfallen; einem Windhund passiert das nicht; denn sein ganzes Leben ist ein Irrtum.

Es könnte einer sagen: dieser junge, gesunde und kluge Mensch – warum setzt er sich nicht ein Jahr hinter die Bücher und läßt sich testieren, was er gelernt hat? Es warten Tausende von jungen Leuten in der Welt auf ein Glück, wie es ihm in den Schoß fällt; aber er steht halb unentschlossen davor – es fehlt ihm der Trieb, und er ist zuletzt doch nur ein Blender.

Aber Jockele durchlebte in diesem Sommer einen wilden und bitteren Kampf mit sich selbst; denn es ward herrschend, was die Erziehung in sorgsam gehüteten Jungenjahren an ihm getan hatte. Nun zeigte man ihm ein neues Land der Verheißung und sagte: »Dies alles will ich Dir geben, wenn ...« Und auf der anderen Seite stand Maria Reh, die ihn damals zu sich selbst geführt hatte, und kämpfte um ihn. Sie war verärgert und hatte der kunstbeflissenen Jugend erzählt, daß man ihn schiffbrüchig machen wollte.

So rissen die Tage an ihm herum, und er war froh, als die langen Sommerferien Ruhe brachten.

Er saß da ganz einsam im Baumwinkel am Horn, aber die Naturwissenschaften standen hoch oben auf dem Bücherregale; denn danach fragte man ihn in der Oktoberprüfung nicht. Es klangen auch die Worte Ernst Haeckels in ihm nach: er wisse so viel wie ein Student im dritten Semester. Das hatte er im Spiel mit Wald und Quell, mit Stein und Wiese gelernt. Er wußte nun auch, daß es im Grunde die Naturwissenschaften gewesen waren, die ihn zur Kunst geführt hatten. Seine Freude an Farben, Formen und Licht war eine Gegengabe der Natur, die er als Künstlerin belauscht hatte, und deren Kunsttrieben er in heimlicher Entdeckerlust nachgegangen war.

Doris Rinkhaus hatte ihm nicht geschrieben. Sie bedrängte Tante Veronika nicht, aber sie quälte sich doch an dem ruhevollen Zuwarten der alten Freundin, und die Frage trat groß und voll Rätsel vor sie hin: warum diese Begeisterungslosigkeit bei solch einem jungen Menschen, der mit Augen voll Wundern durch seinen Bergwald zog?

Es wurde so karg zwischen ihnen, daß erst um die Mitte des Septembers ein Brief kam, der von der Oktoberprüfung redete, und wie er wohlgerüstet hineinschritte. Er hätte auch viele Tage gemalt, und die Sorge um das Lernen, die zu Anfang groß gewesen, wäre ihm zuletzt ganz aus dem Sinne gekommen …

Gwendolin hatte Weimar im September für immer verlassen. Ehe sie ging, hatte sie ihn noch mit Felidora Ritter bekannt gemacht. Das war etwas ganz Neues, Schlankes und Schwärmerisches. Sie sah aus wie ein reifes Kornfeld mit Mohn und Cyanen und war Kunstgewerblerin. Sie war eine von jenen, welche die Männer – wenn sie brünett und sehr jung sind – schon über dem Begegnen in gehobene Stimmung versetzen. Dazu kam für Jockele, daß sein Herz einen Sommer lang verwaist gewesen war wie nie im Leben. Da zog er alle Wimpel und Segel hoch und fuhr der ährenblonden Felidora entgegen.

Es war eine lumpige Zeit. Sein Herz hing wie die Weltkugel aus Blech an einem dünnen Faden und pendelte, wohin er es stieß.

Manchmal fiel ihm ein, daß die Prüfung nahe wäre. Er hatte da einen Stapel Bücher auf dem Tisch und schlug hin und her eins auf: dürftiger Kram, den er kannte, und der neben ihm lag. Und davor hatte ihm auch nur eine Stunde gebangt? – Es sah in ihm aus wie in seinem Häuschen, das er den Sommer über selbst in Ordnung gehalten hatte. Das Gartenhaus Dos stand nun seit zwei Monaten mit geschlossenen Augen …

Darüber bekam die tiefe Schattenstille und grüngoldene Einsamkeit Stimme und sagte: »Jakobus Sinsheimer, was ist das mit Dir? Da sitzt die blonde Felidora in dem Stübchen Gwendolins – warum nimmst Du sie Dir nicht? Es ist ein feines, hohes und sommerliches Mädchen ...«

Er ließ sein Herz reden, bis es durstig wurde. Dann lief er mit begehrlichem Munde zu ihr. Und als er sie fand, führte er sie auf dem alten Wall unter den hohen Kastanien durch die Schlüpfe im Zaun.

»Eigentlich fürchte ich mich vor Ihnen«, sagte sie. »Auf diesem Weg ist Gwendolin und Husch und Minchen Herzlieb gegangen und Maria Reh und Doris Rinkhaus. Alle in zwei Sommern. Es ist ja ein ganzes Heer ...«

»Und Felidora, meine große Sehnsucht«, setzte er hinzu. »Die anderen sind alle von selber gekommen, aber Felidora hab' ich gesucht – schon seit einer Woche.«

Da ging sie mit in den Baumgarten.

Sie hatte ein buntes und freudiges Kleid an, und in ihrer Stimme war ein Klang aus sommerlichen Feldbreiten, voll von zitterndem Glanze.

Jockele dachte: »Man möchte sich an Dich hinschmiegen wie in die Ähren, die über den Sommerrainen wehen.«

Dabei sah er sie an, und sie sagte: »Jawohl, ich fürchte mich doch vor Ihnen.«

»Das ist fein«, sagte er und faßte sie so sachte unter und schritt mit ihr über die blanken Netze, die auf der Baumwiese lagen. Da verfingen sich ihre Füße in den Maschen von Gold, und sie sanken in das Gras.

Die Grillen sangen, als ob es Zeit der ersten Mahd wäre. Aus den Feldern zog noch der Duft von gebackenem Brot, aber die Felder waren längst abgeerntet. Und hin und wieder sprang ein reifer Apfel ins Gras. Das war unter dem Regen und der Sonne des Septembers noch einmal so wogehoch und blumig geworden, daß die Hasen darin Pfingsten feiern konnten.

In diesem Grase küßte er sie, und sie wollte sich mit ihren Händen schützen.

»Es tut nicht weh!« sagte er.

»Nein?« fragte sie.

»Guck an, wie fein Du küssen kannst!«

»Es ist mir ja gar nicht eingefallen, Sie zu küssen.«

»Du brauchst auch gar nicht! Aber leiden mußt Du es.«

So schäkerten sie sich ganz hinein in das goldene Netz. Den Hut und die Handschuhe und die Tasche Felidoras hatten sie noch rasch daneben hingelegt. Und auf dem hohen Walle saß der Sommer und warf einmal eine grüne Schale vom Kastanienbaum, da sprangen die braunen, reifen Früchte heraus.

Das Gebüsch des Baumwinkels hielt alle Hände über sie, und Jockele rauschte wie das Meer, wenn sich die Morgensonne hineinstürzt.

»So – nun laß Dir mal noch was für morgen«, sagte sie ernsthaft. »Du bringst mich ja um mich selber! Jetzt gehen wir hinein, oder wir gehen hinaus ins Feld, und Du liest mir das Hexenlied vor.«

Da bekam er weite Augen und suchte nach dem Faden, an dem der Tag mit diesem Gedichte aufgereiht war.

Sie merkte das und rettete sich rasch in die Höhe und sagte: »Denkst Du denn, man kennt in Weimar nur Deine irdischen Lieben?«

Er besann sich, wie er an dem Hexenliede wild geworden und in pathetischem Rausch auf die Leiter vor Dos Fenster gestiegen war. Der mädchenhafte Schwatz, den nur Maria Reh betrieben haben konnte, fiel ihn jäh an.

In diesem Augenblick schlug er sich auf und riß das Kapitel Maria Reh heraus und warf es in den Winkel zu dem Fastnachtsspiele Minchen Herzlieb.

»Wie solch eine große und füllige Person ihren Nachbarn das Leben verleidet!« sagte er. »Sie ist wie der Papagei, der nebenan auf der Mauer steht und alle Sonnenruhe in Fetzen reißt. Sie braucht immer ein Tamtam und haut an alle Herzen. Sie ist eine Gehässigkeit oder eine Geschmacklosigkeit – und dies alles, weil sie keiner geheiratet hat!«

»Einst war Maria Reh aber Deine himmlische Liebe.«

»Na ja!« – Er schütterte sich lachend wieder hinein in die frühere Helligkeit; die blühte in roten Küssen wie Mohn im Sommerkorn.

»Wir müssen doch hineingehen«, sagte er; »denn ich berausche mich über dem lauten Lesen an meiner Männlichkeit.«

»Da auch?« neckte sie.

»Es ist aber nicht mehr so schön und still bei mir und von so sehnsüchtig-schmerzlicher Hingebung umrankt wie einst, als ich … als ich noch Maler war … Setz Dich so«, sagte er, »mit dem Rücken nach mir!«

Er drehte ihr den Lehnstuhl herum, daß sie nun den kleinen Ofen ansehen mußte.

Er hatte auf einmal ein ganz feierliches Herz und eine feierliche Stimme, und dann las er und schaute manchmal auf, ob sie sich nach ihm umwende.

Weil sie andächtig war, als hörte sie mit geschlossenen Augen zu, schwelgte er sich in ein blutrotes Martyrium hinein. In ein tiefes Erleben wollüstiger Schmerzen. Es rollte Donner aus der Klosterzelle des Mönchs Medardus, es jauchzte das wilde, verbotene Lieben, es klagte der Jammer, es jubelte der Sieg. Und als er geendigt hatte, wandte sich Felidora nicht um. Er lehnte am Fenster und fühlte, wie der Schweiß an seinen Schläfen herniedersickerte. Sie blieben noch lange so.

Da krähte Tante Veronikas kleine Standuhr keck über das verebbende Meer, das da aufgewühlt war, und Felidora sprang empor und warf ihre Arme um ihn und sagte: »Das war schön und groß! Und solch ein Mensch setzt sich in solch einen Winkel und rät an sich herum, was er werden soll? Werde Schauspieler, Jakobus!«

Sie jubelte das heraus, wie die Pendule ihren silbernen Schlag. Sie jubelte das mitten in die Stunde hinein, in der er das Kapitel Maria Reh aus seinem Leben gerissen hatte; und Doris Rinkhaus war weit, weit von ihm. Husch allein war nahe und fastete sich so durch ihre weißen Tage, an denen er selbst sacht und karg geworden war. Das Pathos des Berges der Seligkeiten fiel noch mit schönem, purpurnem Leuchten über ihn … Und nun standen Felidoras blaue Schwärmeraugen vor ihm und warfen ein fremdes, nie gesehenes Licht in seine Seele.

Aber es zuckte ein Wetterleuchten an dem dämmerigen Himmel seines Herzens. – »Wenn sie das sagt«, dachte er, »so bin ich nichts weiter als ein Tag in ihrem Leben! Sie will nichts von mir; sie hält keine Rechnung in den Händen wie Minchen Herzlieb und sagt nicht: das und das bist Du mir schuldig geworden. Ich bin ihr wieder einmal zu jung, und sie wollte nur sehen, wie so etwas gemacht wird.«

Die Gedanken flogen in ihm auf wie verstürmte Vögel.

»Ich hüpfe immerfort auf Schwellen«, sagte er, »seit drei Monaten immer so in keuchendem Schwunge … Naturforscher, Maler, Bräutigam, Schauspieler, *Primo amoroso*, Spitzenreiter, Zerstörer des Berges der Seligkeiten, Zigeuner, Hypnotiseur – hast Du die Stirn, zu sagen, ich hätte es mit achtzehn Jahren zu nichts gebracht? Komm!« rief er und langte den Hut vom Nagel am Türpfosten herab und drückte sich ihn keck aufs Ohr.

»Wohin?«

»Eine Laute will ich mir kaufen und Schellen an den Hut – so, weißt Du, so!«

Er wogte in komischen Sprüngen vor ihr hoch und nieder und hatte die Augen voll Hexenlied und Juchhei. Dann warf er den Hut auf den Stuhl und tobte in Anderthalbmeterschritten durch die Stube.

Da ließ sie ihn toben und setzte sich mit ihrer lichten Sommerhelligkeit auf den Stuhl und sagte: »Du, ich glaube, Du bist ein richtiges Genie.«

»Ja, ja, Genie!« sagte er. »Genie, das hab' ich in der langen Reihe der Gipfelhöhen meines ruhmreichen Daseins vorhin vergessen!«

»Ach, komm doch zu Dir! Solch ein tragikomisches Gesicht paßt nicht für Dich und bringt mich wieder zum Fürchten.«

Da zog er ihr das Kleid zurecht, und sie ließ sich von ihm fertigmachen zum Ausgang.

»Heut abend gehen wir ins Theater. Was ist heute?«

»Die Räuber. Und morgen Pygmalion.«

»Wir gehen an beiden Abenden hin. Schade, daß nicht auch solch ein halbverblödeter Wedekind dabei ist – ich meine, man könnte sich da gleich ein paar nette Rollen aussuchen«, lachte er bitter. Aber draußen unter den Bäumen, durch die eine nachmittägliche Drossel silberne Fäden zog, fand er sich und ward wieder ein brauchbarer Mensch.

Sie sagte, an den Tagen, an denen sie ins Theater gingen, wollte sie nicht kommen. – Er war froh, als diese Tage vorbei waren; denn danach trieben sie ihre junge Liebe wild und königlich in die Blüte.

Er hatte sich eine Frau verschafft, die das Häuschen festlich machen sollte zu Felidoras Geburtstag; er war am fünften Oktober, sie wurde da einundzwanzig.

Man sah vom Wall aus in die Gärtnereien hüben und drüben, über die der Herbst alle Brunnen seiner Kraft ausgoß an Astern und Dahlien. Es war eine ausgelassene Farbenlust, und die Kastanien taten ihre goldenen Königsmäntel dazu um. Auf den Feldern loderten die Kartoffelfeuer – es waren die Tage, in der sich Frühling, Sommer und Herbst zum Ringelreihen finden und noch einmal alle Vogel- und Menschenherzen abschießen.

Jockele hatte das kleine Haus für Felidora von allen drei Jahreszeiten rüsten lassen; denn seine Seele feierte schon seit einer Woche Hochzeit.

Am fünften Oktober, der wieder voll Sonne war, daß sie über die Fensterstöcke hereinquoll und über die Sündflut seiner Sinnenfreude klingend dahinströmte, entlockte ihm Felidora das Gelöbnis: er sollte zu dem Regisseur gehen und ihm das Hexenlied vorsprechen. Er konnte auch sagen »Ich zählte zwanzig Jahre, Königin«, oder den Melchthal – er hatte in den Stunden, in denen Felidora nicht bei ihm war, ein bißchen in den Klassikern herumgelernt. Aber er ahnte das wartende Gelöbnis da noch nicht, sondern nur das Verlöbnis, in das er sich in seiner Art wieder einmal mit aller Frische und Vergessenheit hineinschwang.

Es war noch ein Hundertmarkschein vom Armen Heinrich her dagewesen, den er in der kleinen Standuhr verborgen hatte. Aber die Theaterfreude Felidoras war nun auch über den gekommen, und in diesen fünften Oktober rollten die letzten beiden Zwanzigmarkstücke, rollte sein Herz in purpurrotem Leichtsinn, rollte die Warnung Gwendolins, sich nicht immer gleich zu verheiraten, rollten Gott und Teufel in ihm ...

Am anderen Morgen, als die Blüten alle angewelkt waren und ein Herbstregen in grauer Unerbittlichkeit an die Fenster klapperte, gellte das wachsame Ührlein in seinen späten Schlaf. Es hatte schon die Sechs und die Sieben ärgerlich gerufen, aber die Acht schrie es unheimlich und angstvoll.

»Du, ich glaube, die Frau ist draußen und will ins Haus.«

»Sie ist immer auf morgens zehn Uhr bestellt«, sagte er und fand sich aus der Nacht und dem anderen Tage herüber.

Auf einmal – –

»Ja, was trommelt denn die draußen so wild an das Fenster?«

»Herr Sinsheimer! Herr Sins–hei–mer!«

»Unerhört!«

»Herr Sins–hei–mer!«

Herr Sinsheimer stürzte ans Fenster und riß es auf –

»Zum Teufel, Frau, sind Sie denn um den Verstand gekommen?«

»Ach Gott, Herr Sinsheimer, Sie haben mich doch heute so früh bestellt! Es ist doch heute der sechste Oktober! Ich warte schon seit einer geschlagenen Stunde – Sie haben doch gesagt, am Sechsten hätten Sie die Einjährigenprüfung.«

Jawohl. Um acht Uhr hatte die Sache begonnen. Und fünf Minuten nach acht Uhr stand der Herr Sinsheimer im Nachthemd am Fenster des kleinen Hauses am Horn Nr. 35 und stemmte den Himmel mit seinen langen Armen über sich, der auf ihn herniederbrach – grauenhaft und mitleidlos, wie nur ein Himmel einfallen kann.

Der Roman ›Jockele und die Mädchen‹ ist zu Ende; denn was nun kommt, ist eine sehr verständige und sehr symmetrische Geschichte, die mit einem Examen anfängt, mit einem Examen fortfährt und mit einem Examen endigt. Jockele bestand die Prüfungen alle drei – und was hernach kommt, heißt ›Jockele und seine Frau‹, darf aber nicht beschrieben werden ...

Weil der Himmel einfiel und kein Halten war, stürzte Jakobus Sinsheimer im Nachthemd in die Hosen. Was aus dem Nachthemd heraus-schaute, überschüttete er mit kaltem Wasser. Die Aufwartefrau erkannte inzwischen den Zweck des Blumenfestes; sie vergaß, den schwarzen Schulterkragen abzulegen und drängte dem Jockele das Handtuch und die Zahnbürste auf. Felidora war ein wenig kärglicher gekleidet und hob ihn in Weste und Joppe. Er ergriff die Mappe mit dem Schreibpapier, stülpte sich den Hut auf wie damals, als er die Laute der Verzweiflung erstehen wollte, die Krawatte schwang er in der Rechten, daß sie hinter ihm zur Tür hinausflatterte – er knüpfte sie unter den triefenden Kastanienbäumen. So stürmte er dahin. Die Stufen vom Horn hinab in den Park. Über die Naturbrücke. Ins Fürstenhaus. In den Prüfungssaal ...

Da wunderte sich der Herr Professor Redslob ein bißchen; denn das Thema zum deutschen Aufsatz hatte er längst gegeben, und viele Federn knirschten schon eifrig übers Papier. Aber er lächelte seine duldsame Freundlichkeit über Jockele dahin, auch ohne das Erlebnis ganz zu durchschauen – denn das wird ihm erst in diesen Zeilen verraten – aber Jockele hatte seinen Lokalruhm. Deshalb kam ihm der Professor entgegen und sagte: »Na, Sie werden wohl eine überzeugende Abhaltung gehabt haben – Witterungsverhältnisse oder so«, und er nannte ihm das Thema in Geduld noch einmal. Dann rückte sich Jockele in den Unbequemlichkeiten des für die obwaltenden Umstände viel zu geräu-migen Nachthemds zurecht, überzeugte sich, daß er auch wirklich da wäre, und fing an, sich die Berechtigung zum einjährig-freiwilligen

Militärdienst zu erwerben. Nach acht Tagen hatte er auch ›das Mündliche‹ bestanden.

In dieser Woche, die zwischen Anfang und Ende der Prüfung lag, ereigneten sich zwei Dinge für ihn.

Zuerst bekam er einen Brief aus Ibenheim. Der verkündigte ihm, daß Doris Rinkhaus mit Tante Veronika eine frohe Fahrt über die Alpen angetreten hatte – sie wollten in Sestri-Levante und Nervi den Winter verbringen. Do schrieb, daß sie erfahren hätte, wie Tante Veronika, seit sie Jockele aus dem Walde gezogen, in Enthaltsamkeit und selbstvergessener Sorge für den Jungen, außer der raschen Fahrt nach Weimar, Ibenheim nicht verlassen habe; darum hätte sie die alte Dame aufgeladen und sei mit ihr in den Frühling an das Südmeer gezogen.

Darüber kam Jockele zum drittenmal ans Rechnen, und er hatte feierliche Gedanken und sagte: »Was hat diese Tante Veronika für ein opferfreudiges und großes Herz! Und was ist diese Doris Rinkhaus für ein tapferes und königliches Mädchen!«

Er hatte überhaupt gute Vorsätze in dieser Woche; denn gute Vorsätze haben ihren Platz zwischen den Schwellen und sind einundeinhalb Meter lang. Deshalb reichen sie noch einen Schritt weit über jede Schwelle hinweg. –

Das andere Erlebnis betraf Felidora.

Sie hatte am sechsten Oktober gegen Abend die delikate Annäherung eines jungen Bankbeamten gehabt, den ihre Sommeraugen und ihre ährengelbe Feldstille ernsthaft sehnsüchtig nach ihr machten. Da erteilte sie sich einen Generalpardon und zog schuldlos und schön dem neuen Glücke nach.

Das gestand sie Jockele, und er stieß ein teilnahmsvolles »Oh!« hervor; er sagte ihr auch, daß er nicht verständnislos für ihre Wünsche sei, und daß sie gute Freundschaft halten wollten – er selbst ginge mit Semesterbeginn nach Jena studieren.

Da quittierte sie ihm über das seelenvolle »Oh!« mit einem bedauernden »Ach?« Und er erfaßte ihre beiden Hände und sagte: »Du schönes, hohes Mädel! Und nun mußt Du mir mein Wort zurückgeben; die verrückte Stunde, in der Du mich zum Komödianten machen wolltest – wo ist sie geblieben?«

Es schienen danach noch sonnige Oktobertage um das kleine Haus im Baumwinkel.

Da bereitete sich Jockele zum Auszuge. Er kramte viele welke Zeichen des Erinnerns unter den mancherlei Dingen hervor, die er mit hinübernehmen wollte in das neue Leben.

Als er seine Wohnung aufkündigte, erfuhr er, daß auch Maria Reh nicht mehr in das Gartenhaus zurückkehre. Nun hatte Doris Rinkhaus die weiße Stille oder grüne Einsamkeit ganz allein, so oft sie darin leben wollte.

In diesen letzten Tagen stand Jockele einmal gegen den Zaun gelehnt, an dem er die ›Gruppe aus dem Tartarus‹ gemalt hatte, und ließ die vielen Bilder lieben Zusammenlebens der beiden Jahre durch seine Seele gehen. Da merkte er: Doris Rinkhaus leuchtete über alle hinweg und stand als ein großer, schöner Stern an dem Himmel, an dem nun die Nacht des Vergessens heraufziehen sollte.

Da wurde ihm, als wäre alles Licht von ihr gekommen, und als hätte sein Herz keiner andern gehören können, weil sie es fest in ihren Händen hielt. Warum hatte er ihr dies nie sagen können? Es drängte ihn, ihr die Stunde, diese letzte Stunde im Baumwinkel, zu beschreiben und ihr zu sagen, wie er seine Arme nach ihr ausgebreitet hätte. Aber ihr blondes Königinnentum verbat sich das. Und er – – so zwischen den Schwellen! –

Es wachsen in dem Winkel, in dem der Zaun des Tartarus gegen den Grenzzaun nach dem Wall stößt, drei Kastanienstämme aus einer Wurzel.

Zu dem einen trat er hin und schnitt mit dem Messer ihren Namen in die Rinde: Do – groß und tief. Und durch das D grub er ein J. Wer nicht wußte, was diese Zeichen bedeuteten, der mochte lesen »Dio« – es waren ihre Namen, beide in einem.

Wenn Doris Rinkhaus wieder einmal auf der Schwelle zu dem Gartenhause stand und ihre Augen wandern ließ über die Stellen frohen Beisammensein aus den glücklichen Jahren, dann mußte sie die Zeichen im Stamm entdecken. Sie allein unter allen Menschen, die hierher kommen würden, verstand sie.

Das war der Brief, den er ihr schrieb – es war der erste, und sie sollte ihn finden, wenn sie je zurückkehrte. –

Danach zog er aus. Er übergab der Dienstfrau den Schlüssel und sagte: »Wenn ich wiederkäme, dann käm’ ich wohl, um von neuem Maler zu werden.«

In Jena ging er zu Ernst Haeckel und ließ sich von ihm beraten, welche Vorlesungen er belegen sollte, und wurde Student. Er dachte nicht an die Matura – erst wollte er ein Stückchen hineinlaufen in die Wissenschaft.

Er mietete sich ein in einem nüchternen Hause der Stadt, aber er fand sich da nicht zu sich selber. Und um die Novembermitte, als er vier Wochen in Unbehagen in der steinernen Straße unter vermauertem Himmel gelebt hatte, jubilierte er in Flockentreiben und brüllendem Weststurm den Wall des alten Schießstands in Weimar entlang. Er konnte nicht durch die verschlossenen Schlüpfe im Zaun – da stieg er über und sprang hinein in den alten, einsamen Winkel, in dem noch die Dieme gespaltenen Holzes stand, der so wintertraurig und so voll von Leben war.

»Zigeuner!« jauchzte er und schlang seine Arme um den Stamm der Kastanie, in die er die Namen geschnitten. Er war Maler gewesen und war Student geworden, aber er hatte nicht leben gelernt in den steinernen Gassen; nun lief er ins Herrenhaus und jubelte die silberne Exzellenz an: »Lassen Sie mir mein Haus im Winkel wieder – ich kann nicht daheim werden unter fremden Menschen, nicht daheim werden in der anderen Stadt, nicht daheim werden in mir selber. Ich will an jedem Tage nach Jena reisen – was verficht's, ob ich dort wohne oder hier?«

Dann lebte er wieder an der alten Stätte und arbeitete sich in eine tiefe, ungeheure Freudigkeit hinein.

Es trat kein Mensch seine Stapfen in den Schnee und in die Einsamkeit, die um ihn waren.

Er wartete auf Doris Rinkhaus, aber sie kam nicht. Es wurde Frühling und Sommer.

In Stunden, in denen er die Naturwissenschaften vergessen durfte, suchte er Farben und Pinsel hervor und den grauen Malerkittel und malte den Garten von allen Ecken aus, er malte die Häuser – er malte sich Schätze der Erinnerung für die Zeit, in der dies sonnendurchschauerte Idyll doch endlich ein Märchen für ihn werden müßte. Er dachte an Do, für die er dies Bild bestimmte und jenes – und ob sie wohl einmal sagen würde, wenn sie seinen Namen darunter las: »Jakobus Sinsheimer – den hab' ich einst gekannt; wir waren damals beide jung!«

Doris Rinkhaus war den Frühling über in Bonn.

In den langen Sommerferien reiste er nach Ibenheim.

Tante Veronika tat freudig geheimnisvoll, und eines Tages ging sie mit ihm zur Haltestelle der Bahn – so ganz von ungefähr, und war stolz auf ihren glücklichen, langen Studenten, der voll von grausam gelehrter Weltbetrachtung war.

Da lief der Zug ein, und Doris Rinkhaus stieg heraus und stürzte der alten gütigen Frau ans Herz.

Und weil Jakobus zur Salzsäule geworden war, da er auf das leuchtende Wunder hinschaute, sagte sie: »Na, Jockele?«

Da zersprang er – »Do! Do!«

Die Welt ging unter, und er hatte gerade noch Zeit, Doris Rinkhaus zu retten, und trug sie auf seinen glückseligen Armen über den Bahnsteig und in seinem Herzen, in seinen Augen hinauf auf den Berg ins Frühlingshaus.

Da hatte er sein zweites Examen bestanden – *summa cum laude*. Es dauerte viele Tage, aber das Zeugnis bekam er schon am ersten.

Wie Do und Jo ›Du‹ zueinander sagten, und er längst keine Scheu mehr vor ihrem Königinnentum hatte, ließ sich auch Tante Veronika das Gelöbnis der Verschwiegenheit zurückgeben. Es war eine schöne und helle Stunde, in der sie ihm ihr Herz aufschloß – diese Stunde sah aus wie Doris Rinkhaus. Aber Do war hinausgegangen; denn Jockele war in allen Stücken gewachsen, seit er mit Gwendolin das lebende Bild in der Fasanerie gestellt hatte. Sie ahnte, was käme, und wollte dazu ganz allein mit ihm sein.

Danach fing er an, Hochzeit zu feiern, und sagte: das Gartenhaus am Horn riefe nach ihr, und er malte es ihr mit Worten von Herrlichkeit und Sehnsucht. Aber Doris Rinkhaus sagte: »Ich werde auch wieder einmal in dem Gartenhause wohnen – da nehm' ich Tante Veronika mit, und es wird sehr fein.«

Wieder verging ein Jahr, wieder hatten Do und Tante Veronika den Winter im Frühling des Südens verbracht, und wieder saßen Do und Jo in den Sommerferien vor dem thüringischen Buchenwalde. Da erzählte ihr Jockele viel von der ›Entwicklung der Organismen aus eigener Kraft durch die physikalische und chemische Energie der lebendigen Substanz‹, viel von ›plastischem Distanzgefühl‹ und wie die Natur die wundervollsten Kunstgebilde schaffe. Er erzählte ihr, daß er diesen Kunstgebilden nachginge, und just wie einst male er, was er sehe; und er schreibe dazu, was er erkannt hätte. Und daß dies eine Förderung der Wissenschaft bedeutete. Noch ein Jahr wollte er daran arbeiten, dann wollte er das Werk einreichen und damit zum Doktor promovieren. Es wurde fertig und hieß ›Der Kunsttrieb der Natur‹.

Von dem ›Schmetterlingsbuche mit Illustrationen‹, das der Dorfjunge in der Gartenhütte von Ibenheim verfaßt hatte, bis zu diesem war ein weiter Weg.

Sein väterlicher Freund Haeckel las es, und er klopfte ihm auf die Schulter und sagte: »Ein rechter Kerl geht nicht unter – auch ohne Matura; deutsche Hochschulprofessoren sind keine Philister, und aus einem Zigeuner wird durch die kluge Sorge seiner alten Tante ein gelehrter Doktor.«

Da bestand er sein drittes Examen – diesmal *cum laude*.

Danach reisten sie nach Bonn – Do und der Doktor und Tante Veronika und das Mädchen Mali; denn Veronikas neunundsechzig Jahre mochten die Hilfe der alten Dienerin auch auf der Reise nicht mehr entbehren.

Damit ist die symmetrische Geschichte mit den drei Prüfungen zu Ende.

Die Gartenhäuser am Horn in Weimar liegen wieder einsam. Aber unter den Sommerbäumen schreiten schöne, lichte Gestalten, gaukeln liebe und bunte Träume. Und wer am Kastanienstamm beim Zaun die eingeschnittenen Namen betrachtet, für den erwachen die Träume zum Dasein; denn um Sieger leben die Vergangenheiten.

Erzählungen aus dem Biedermeier

Biedermeier - das klingt in heutigen Ohren nach langweiligem Spießertum, nach geschmacklosen rosa Teetässchen in Wohnzimmern, die aussehen wie Puppenstuben und in denen es irgendwie nach »Omma« riecht.

Zu Recht. Aber nicht nur.

Biedermeier ist auch die Zeit einer zarten Literatur der Flucht ins Idyll, des Rückzuges ins private Glück und der Tugenden. Die Menschen im Europa nach Napoleon hatten die Nase voll von großen neuen Ideen, das aufstrebende Bürgertum forderte und entwickelte eine eigene Kunst und Kultur für sich, die unabhängig von feudaler Großmannssucht bestehen sollte.

Georg Büchner Lenz **Karl Gutzkow** Wally, die Zweiflerin **Annette von Droste-Hülshoff** Die Judenbuche **Friedrich Hebbel** Matteo **Jeremias Gotthelf** Elsi, die seltsame Magd **Georg Weerth** Fragment eines Romans **Franz Grillparzer** Der arme Spielmann **Eduard Mörike** Mozart auf der Reise nach Prag **Berthold Auerbach** Der Viereckig oder die amerikanische Kiste

ISBN 978-3-8430-1884-5, 444 Seiten, 29,80 €

Erzählungen aus dem Biedermeier II

Annette von Droste-Hülshoff Ledwina **Franz Grillparzer** Das Kloster bei Sendomir **Friedrich Hebbel** Schnock **Eduard Mörike** Der Schatz **Georg Weerth** Leben und Taten des berühmten Ritters Schnapphahnski **Jeremias Gotthelf** Das Erdbeerimareili **Berthold Auerbach** Lucifer

ISBN 978-3-8430-1885-2, 440 Seiten, 29,80 €

Erzählungen aus dem Biedermeier III

Eduard Mörike Lucie Gelmeroth **Annette von Droste-Hülshoff** Westfälische Schilderungen **Annette von Droste-Hülshoff** Bei uns zulande auf dem Lande **Berthold Auerbach** Brosi und Moni **Jeremias Gotthelf** Die schwarze Spinne **Friedrich Hebbel** Anna **Friedrich Hebbel** Die Kuh **Jeremias Gotthelf** Barthli der Korber **Berthold Auerbach** Barfüßele

ISBN 978-3-8430-1886-9, 452 Seiten, 29,80 €